Puisque les machines font tout le boulot

Zanzimooc 2

- Louise CAPA
- Guillaume COLLAIN
- Emmanuel D
- Louise DUPRAZ
- Miles NIKREIN
- Thibaut LEM
- Axel MAGNAN
- Alix MERLE
- Thibault MIRABEL
- Lucas PEREZ
- TM

Zanzibar

Onze nouvelles de science-fiction
écrites durant la deuxième session (confinée)
du Zanzimooc, atelier en ligne d'écriture du futur.

Sommaire

« Introduction » — Zanzibar

« L'appât aux innocents » — Axel Magnan

« Akènes » — Alix Merle

« La balade de Nur » — Louise Capa

« VHYS12-5 » — Emmanuel D

« Lizerion » — Guillaume Collain

« Zarg » — Louise Dupraz

« Les OiesZifs » — Lucas Perez

« Projet Neurone » — Miles Nikrein

« Mangue » — TM

« Thelma » — Thibault Mirabel

« Uncivilized » — Thibaut Lem

Édition : Books on Demand,
12/14 rond-Point des Champs-Elysées, 75008 Paris
Impression : BoD - Books on Demand, Norderstedt, Allemagne
ISBN : 9782322273317
Dépôt légal : décembre 2020

┌   ┐
autrices/auteurs
└   ┘

Louise Capa

B. Traven, Joy Division, photographe

Guillaume Collain

Cuisine, 65daysofstatic, associatif

Emmanuel D

Testa Nera, boulangerie, coureur à pied

Louise Dupraz

Rap, Star Wars, biodanseuse

Miles Nikrein

Nexus, audioblog, transhumaniste

Thibaut Lem

Child in time, Don Quichotte, Batteur pour WAT

Axel Magnan

Ender, outer wilds, doctorant

Alix Merle

Dystopies, cycliste, optimiste

Thibault Mirabel
Salammbô, la Volte, SCOP

Lucas Perez
Cowboy Bebop, jeux vidéos, ancien consultant

TM
Architectures sucrées, analyse sociale, chatte de gouttière libertaire

Axel Magnan

Adam marchait sur le chemin de l'école en fredonnant avec l'enthousiasme qui caractérisait les enfants humains. Il entendit Lys-Banane-Poire-Rouille longtemps avant de la voir. La petite bois-herbe-rouille piétinait lourdement sur ses pédoncules colorés.

« Coucou, Bois-Fraise-Bois-Poire, comment vas-tu ? » demanda Lys-Banane.

Le traducteur d'Adam convertissait en mots les odeurs émises par les bois-herbe-rouille, mais les noms propres restaient tels qu'il les épelait maladroitement, en associant une odeur aux lettres utilisées par les humains.

« Coucou Lys-Banane-Poire-Rouille, ça va ! Attends ! Attends ! Il faut que je te raconte ce que mon grand frère m'a dit ! » s'époumona l'enfant, pendant que son traducteur produisait les molécules odorantes qui transmettraient ses mots, mais aussi ses émotions, à son amie.

« Tu as de la chance de pouvoir parler avec ton frère, moi on est 40 sœurs dans ma couvée, mais personne ne veut jamais jouer avec moi... Il t'a dit quoi ?»

La membrane autour de l'orifice respiratoire de Lys-Banane reflua, signe d'émotion forte.

« Bah franchement, dit Adam, des fois je me dis que c'est toi qui as de la chance Lys-Banane, vu comment il peut passer son temps à m'embêter quand il devient méchant. Mais, oui, ce que je voulais dire, c'est qu'il m'a dit que les cadeaux qu'on reçoit à la fête de la Fédération chaque année... »

Adam baissa la voix et regarda autour de lui pour s'assurer qu'aucun bois-herbe-rouille ne pourrait sentir son scoop.

« ... Il paraît que c'est pas les parents qui nous les offrent, mais les robots. »

L'orifice respiratoire de Lys-Banane palpita rapidement dans le silence de l'incroyable révélation. Elle se calma lentement, avant d'odorer une réponse pleine de mépris.

« Bah, je le savais déjà, Bois-Fraise. Pff, tu es nul de l'avoir su qu'à 8 révolutions terriennes. »

Le traducteur patinait légèrement quand il s'agissait de convertir les perceptions du temps, très variables entre espèces.

« Oh. Désolé si tu savais, Lys-Banane. »

Adam était déçu.

Adam et Lys-Banane étaient presque arrivés à l'école quand Lys-Banane rompit enfin l'absence d'odeur pesante.

« Au fait, Bois-Fraise, tu sais ce que c'est un robot, toi ? Moi je sais, hein, mais c'est pour vérifier que tu sais bien toi aussi. »

Adam retrouva le sourire devant la mauvaise foi de son amie.

« Ha ! Tu es comme moi, Lys-Banane, tu ne sais pas. On va demander à la Maîtresse. »

Magdalena alluma son cigare. Puis, elle tira longuement dessus pendant que l'employé du spatioport contrôlait ses papiers.

Elle était grande et bien bâtie. Sa vie aventureuse avait laissé les marques de l'expérience sur un visage qui respirait la maîtrise et la maturité. Elle était classe, et elle le savait. C'était un des avantages du métier.

L'employé du spatioport aussi le savait. Avec gêne, il détourna son pédoncule oculaire vers les papiers d'identité de l'immigrante.

« Identité : Magdalena Van Pelt, Espèce : humaine, Profession : chasseuse... Citoyenne Van Pelt, je crains que le métier de chasseur soit peu utile au vu de la pauvreté nutritionnelle de la faune locale de Sisypha. Mais ne vous inquiétez pas, la colonisation datant d'il y a 12 ans seulement, vous bénéficiez du programme de réorientation gratuit de la Fédération. »

Magdalena souffla la fumée de son cigare dans la trompe gélatineuse de l'employé.

« Vous avez mal lu. Je ne suis pas chasseuse, mais Chasseuse. »

Elle tapota théâtralement le bureau de l'employé avec l'index.

« Avec. Une. Majuscule. »

L'employé stridula sous l'effet du stress.

« Vous... vous chassez... ce type de gibier ? »

Magdalena toisa l'employé.

« Le seul qui compte, gratte-papier.

– Sur Sisypha, nous sommes une communauté de Travailleurs. Nous ne parlons pas d'eux, nous ne voulons rien avoir à faire avec eux. »

Magdalena mâchonna le bout de son cigare avec sa puissante mâchoire.

« C'est justement sur ce type de planète qu'il est le plus simple d'en coincer ».

Elle arracha ses papiers des protubérances tactiles de l'employé médusé, et se lança vers la sortie du spatioport, à la recherche de sa proie.

« Le voyage supraluminique a été ainsi découvert par les humains en -543 avant la Fondation, ce qui en fait l'avant-dernière espèce de la Fédération à avoir découvert cette technologie. Vous savez qui est la dernière, les enfants ?

– Les kkk'kkk"kkk-kkk, Maîtresse !

– Non non, tu confonds, Lys-Banane ! Essaie de te souvenir ! Presque aussi grands, mais avec plus de pédoncules sensoriels !

– Les sololyaylolos !

– Ouiiii ! Super, Lys-Banane ! Quelqu'un se souvient de l'année ?

– En -437 !

– Exactement, très très bien AoAo.

– Hé, euh, Maîtresse, c'était qui les gens qui l'ont découvert, le voyage supraluminique, chez les humains ?

– Et bien, euh, des gens très intelligents, comme dans toutes les autres espèces, je suppose, mon petit Adam.

– Mais Maîtresse, je comprends pas, le livre montre des photos des vieilles portes spatiales des humains et des sololyaylolos, et elles sont presque pareilles ! C'est bizarre non ? S'ils avaient découvert ça chacun de leur côté, ça serait bien plus différent, non, Maîtresse ?

– Euh, hé bien oui, c'est parce que, euh, les sololyaylolos ont dû s'inspirer de ce que faisaient les humains.

– Mais c'est pas possible Maîtresse, le livre dit qu'ils se sont croisés qu'en -429.

– Euh, hé bien, je vais y réfléchir et je te réponds demain, d'accord ?

– Oui, Maîtresse, merci !

– Bien. Donc après cela, justement en -429, les humains et les sololyaylolos ont failli entrer en guerre. Il y aurait eu des milliards de morts, et ce n'est que l'invention miraculeuse du traducteur universel portatif qui a permis de rompre le malentendu entre les deux espèces, jetant les bases de la Fédéra... Qu'y a-t-il, Klp'plr"mln-gtk ?

— Madame, mais le traducteur, qui a pu l'inventer si les espèces ne pouvaient pas se parler et étaient en guerre ? Personne ne pouvait connaître suffisamment bien la langue humaine et les signaux lumineux des sololyaylolos pour faire le traducteur à l'époque, non ?

– Je... je crois que c'est l'heure de la récréation, les enfants. »

« Maîtresse, c'est vrai que c'est les robots qui nous apportent les cadeaux à la fête de la Fédération ? » demanda Adam.

Il avait attendu avec Lys-Banane que la classe termine avant d'interroger la maîtresse. Celle-ci tourna ses cavités auditives vers Adam, visiblement abattue.

« Qui vous a raconté ça ? Vos parents ? »

Adam et Lys-Banane percevaient clairement la lassitude mêlée de stress de leur maîtresse. Ils ne l'avaient jamais vue se dilater comme ça. Adam, penaud, osa la vérité.

« Mon frère, Maîtresse. Mais le grondez pas, je crois qu'il disait ça pour rire. »

La Maîtresse se calma, et cliqueta sèchement sa réponse.

« Oui, enfin, le mal est fait maintenant. Je vous interdis d'en parler à vos camarades. Il ne faudrait pas les inquiéter.

– Les inquiéter, Maîtresse ?

– Oui Adam. Si tes parents, la mère de Lys-Banane et moi sommes venus ici, c'est pour tenter de ne plus avoir à faire à eux. Mais ils nous ont suivis jusqu'ici. Nous avons pour règle de les ignorer et de ne pas parler d'eux. Car si vous respectez cette règle, ils restent loin.

– Et si on pense quand même à eux ?

– Alors, ils pourraient venir.

– Et ils sont dangereux ?

– C'est compliqué. Pas directement, mais ils font du mal à tout le monde s'ils viennent. Ne pas penser à eux, ne pas vouloir d'eux ici, est le seul moyen d'être tranquille. Tous les adultes qui ont choisi de venir ici sur Sisypha ont décidé de ne pas parler d'eux, pour être tranquilles. Si vous aimez vos parents, n'en parlez pas, n'y pensez pas.»

La maîtresse toucha doucement la joue d'Adam et le ventricule frontal de Lys-Banane.

« Ne vous inquiétez pas, il n'y a rien de grave. N'y pensez plus. Croyez-moi. C'est le genre de sujet dont on vous reparlera quand vous serez grands, mais soyez patients. Vous comprenez, les enfants ?

– Ouiiiii, Maîtresse. »

Les enfants avaient répondu en chœur.

Une fois en dehors de l'école, Lys-Banane odora tristement.

« Avec tout ça, on sait toujours pas si c'est les robots qui nous apportent les cadeaux à la fête de la Fédération. Et on a promis à la Maîtresse de pas en parler aux adultes qui ont choisi de venir vivre à Sisypha. »

Adam réfléchissait en écoutant son amie.

« Et... Et pourquoi pas demander à l'Antelque ? »

Lys-Banane palpita avec enthousiasme.

« Mais oui, Bois-Fraise ! L'Antelque ! Il fait pas partie de la communauté ! P'tet que lui sera pas malheureux si on l'embête avec ça. Et il est toujours content qu'on lui parle, en plus.»

Les deux enfants partirent vers le Relais de l'Antelque en spéculant joyeusement sur ce qu'étaient ces fameux robots dont les adultes ne voulaient pas entendre parler.

En se dépêchant, ils seraient chez eux avant le goûter.

Magdalena écrasa son mégot sous son pied. Elle avait trouvé l'hôpital de la petite colonie.

Elle fit lentement le tour de l'édifice démesuré aux formes contorsionnées, caractéristiques de l'architecture spécio-inclusive de la Fédération. Tous, du plus volumineux kkk'kkk"kkk-kkk à la plus minuscule larve de couvée bois-herbe-rouille, pouvaient venir se faire soigner ici.

Bien sûr, Sisypha étant colonisée par des Travailleurs, l'hôpital portait toutes les marques de leur hypocrisie. Les machines ici étaient de simples automates appuyant les soignants au chevet des malades. Des automates traités comme de simples auxiliaires, mais des auxiliaires dont dépendait la vie des malades, quoiqu'en disent les Travailleurs quand ils voulaient se rassurer.

Magdalena cracha avec dédain sur le mur de l'édifice, avant de retourner à sa quête du transformateur qui alimentait l'hôpital.

Elle trouva le transformateur à la lisière de la forêt d'arbres à élytres, si caractéristiques des villes pionnières, qui bordait le parc de l'hôpital. Après s'être assurée d'être seule, elle plaça l'obturateur électrique à sa surface.

Elle choisit un banc à proximité avec une bonne visibilité sur le transformateur. Elle saisit de la main droite l'arme qu'elle portait en holster sous son bras gauche, et actionna la télécommande de l'obturateur.

L'obscurité et le silence se firent dans l'hôpital. Puis le vacarme des sons, des ultrasons, des phéromones et des signaux lumineux grandit avec la panique hospitalière.

Une voix humaine, claire et distincte, venant de la fenêtre de l'hôpital la plus proche, se fit entendre par Magdalena au milieu du vacarme.

« Oh non, le kkk'kkk"kkk-kkk du hall principal ! Il ne tiendra pas une minute sans souffleuse artificielle ! Fraise-Musc, Thérèse, allez voir au transformateur !»

Magdalena sourit. Une minute. Elle n'aurait pas à attendre longtemps.

Quinze secondes s'écoulèrent. La panique enflait.

Trente secondes désormais. La clameur était assourdissante.

Quarante-cinq secondes. Et toujours rien.

Cinquante secondes. Les deux soignants étaient arrivés, tentaient d'arracher l'obturateur en vain.

Cinquante-cinq secondes. Le retour de la voix depuis la fenêtre.

« Vous faites quoi là ? On va le perdre, vite, merde ! »

Ils ne viendraient pas. Déçue, et soucieuse d'éviter des morts, Magdalena désactiva l'obturateur et relâcha la crosse de son arme.

Ils n'étaient pas venus. Ils avaient dû sentir qu'elle ne voulait de mal à personne, que la situation se résoudrait sans eux.

Septième échec de la journée. Magdalena était frustrée.

Mais elle n'était pas une meurtrière, elle ne mettrait personne en danger sérieusement. Elle devait réfléchir à une stratégie différente pour les attirer.

« Fraise-Musc, Thérèse, c'est bon, c'est revenu tout va bien. »

Madgalena sourit, soulagée. Tout bien réfléchi, elle allait devoir demander de l'aide à Fulveng, un collègue. Il était jeune, mais il n'y avait pas organique plus malin que lui quand il s'agissait de coincer une proie.

Décidée, elle alluma un nouveau cigare. Quand les deux soignants furent partis, elle réajusta son manteau en cuir, et alla récupérer l'obturateur.

Elle profita encore quelques minutes du vent frais de Sisypha. Une fois revigorée, elle s'étira doucement, avant de déclarer pour elle-même :

« Allez Magdalena, direction le Relais de l'Antelque ».

Le Relais surprenait toujours Adam par sa taille.

Le bâtiment, de plain-pied, était juste assez haut pour faire rentrer les espèces les plus grandes de la colonie, et peint d'un bleu électrique qui détonnait avec les tons pastel des maisons de la colonie. Le parc alentour, rempli de jeux pour les enfants, était une des destinations de promenade préférées d'Adam.

Le relais était composé d'un petit vestibule, qui menait par deux couloirs à une paire de balcons équipés de pupitres permettant de communiquer avec l'Antelque. Ces balcons dominaient une seconde pièce, de forme vaguement circulaire, qui était si grande que Lys-Banane et lui avaient mis une après-midi entière à en faire le tour quand ils avaient essayé.

Adam et Lys-Banane se tenaient dans l'encadrement de la porte du vestibule.

« Tu es sûr de toi, Bois-Fraise ? L'Antelque est si occupé, je ne veux pas qu'on l'embête avec nos histoires. Ou pire, qu'il en parle à ma mère, odora Banane-Fraise, stressée.

– Ne t'inquiète pas, Lys-Banane ! L'Antelque a toujours été gentil avec nous. On va juste lui poser notre question. Comme ça, demain, on aura notre réponse. »

Lys-Banane hocha le ventricule frontal.

Les deux enfants entrèrent dans le vestibule, luttant contre les courants d'air chaud, et passèrent devant la file d'attente du balcon des Communications. Ils évitèrent la longue queue des personnes venues demander à l'Antelque de transmettre un message vers d'autres mondes, et s'aventurèrent vers le balcon du Pupitre Personnel. Celui-ci était souvent vide, car rares étaient les gens suffisamment patients pour parler à l'Antelque.

Une fois sur le balcon, ils s'arrêtèrent, impressionnés par l'Antelque, comme à chacune de leur visite.

La lumière traversant l'immense plafond de verre illuminait la plaque de pierre irrégulière, noire veinée de bleu vif et de blanc laiteux, qui recouvrait le sol derrière le pupitre, et qui s'étendait aussi loin que la pièce. De la lumière ondulait doucement dans les veines de la pierre, et l'air tourbillonnait constamment au-dessus de celle-ci.

« Il est siiiiii beau, Lys-Banane. »

Lys-Banane tourna ses appendices oculaires vers Adam.

« Je suis pas d'accord, Bois-Fraise. Il brille, mais il sent si fort le métal oxydé, ça donne l'impression qu'il nous gronde... C'est pour ça que même s'il est gentil, les bois-herbe-rouilles sont un peu mal à l'aise avec lui, en fait. »

Elle odora un rire.

« Même ma mère. »

Adam pianota longuement sur le pupitre jusqu'à ce que son message prenne forme. Après qu'il eut fini de taper, il laissa Lys-Banane relire, et elle envoya le message.

Bonjour, Antelque. C'est Adam et Lys-Banane, on vous a déjà posé des questions avant, mais pas si importantes. Là, c'est important. On voudrait savoir si c'est les Robots qui nous apportent les cadeaux à la Fête de la Fédération. On a demandé à notre maîtresse, qui n'a pas voulu nous répondre, car elle a dit qu'en parler rendait les habitants de Sisypha malheureux. On ne veut pas rendre nos parents malheureux, mais on voudrait une réponse. Comme vous êtes venu ici car vous êtes en stage, peut-être que vous, vous ne serez pas malheureux qu'on vous pose la question. Vous voulez bien nous répondre ?

L'écran du pupitre redevint vierge. L'Antelque était lent à répondre, et il avait plein de travail à faire autre que répondre aux deux enfants.

Adam recula du Pupitre, et reprit sa contemplation de l'Antelque. Lys-Banane, agacée d'être négligée, tenta d'attirer à nouveau l'attention de son ami.

« Tu savais qu'ils sont tous capables de parler entre eux, les Antelques ? Même s'ils sont sur d'autres mondes, ils savent toujours tout ce qui arrive aux autres.

– Bah oui, c'est pour ça que c'est eux qui font les Communications, Lys-Banane.

– Haha, mais tu savais que même eux ils savent pas pourquoi ils peuvent le faire, ni comment ils le font ?

– C'est pas possible, ils doivent bien avoir appris ?

– Non, il paraît que c'est comme quand on respire l'azote dans nos ventricules, ou, euh, quand vous respirez l'air dans des poumons. On sait le faire, c'est tout. »

Adam acquiesça, pensivement. Puis, il se tourna vers Lys-Banane, tout sourire.

« Tu sais quoi, quand je lui ai parlé la dernière fois, je lui ai demandé s'il était vieux. Devine ce qu'il m'a répondu !

– Qu'il était très très vieux ?

– Oui ! Il a plus de 4000 révolutions terriennes ! Mais, il m'a dit que pour les Antelques, il est tout juste adulte. Il va travailler ici pour 134 révolutions terriennes encore. Après, son stage sera fini, et il ira ailleurs.

– Un stage ? Une sœur de couvée de mon parent, Fraise-Musc, fait un stage à l'hôpital, mais je crois que ça va durer moins de 134 révolutions terriennes.

– Oui, j'imagine. Viens, allons voir sa réponse ! »

Lys-Banane et Adam se rapprochèrent du Pupitre. Quelques mots étaient affichés.

Oui, bien sûr les enfants. C'est une question légitime, et à mon humb

« Ho, ça va être long. »

Adam regarda l'heure, avancée, et rédigea une réponse pour l'Antelque sous le contrôle de Lys-Banane.

D'accord, merci Antelque. On revient demain pour lire ta réponse.

Heureusement, l'Antelque savait qu'il était lent, et il ne se vexait pas que les enfants aient autre chose à faire qu'attendre une réponse.

« Tu sais Lys-Banane, je trouve ça fou que l'Antelque puisse comme ça nous aider à parler avec des gens sur d'autres planètes aussi rapidement, mais que dès qu'il veut nous parler à nous, ça prend des heures pour répondre à une question.

– C'est sans doute juste comme ça qu'il fonctionne, Bois-Fraise, tu sais, moi je comprends toujours pas comment tu fais pour tenir debout sur seulement deux membres. »

En partant, Lys-Banane se fit bousculer par une humaine, d'âge mûr, qui faisait la queue pour le balcon des Communications. Elle se retournait dans tous les sens, semblant chercher un angle sous lequel les courants d'air ne l'empêcheraient pas d'allumer son cigare.

« Oups, désolé petite, je voulais pas te rentrer dedans. Ça va ? Je t'ai pas fait mal au moins ? »

Comme elle faisait un peu peur, les deux enfants partirent en bredouillant des excuses.

Magdalena regarda, vaguement vexée, les enfants qui venaient de s'enfuir. La rançon du charisme était trop souvent la peur, surtout chez les plus jeunes. La vocation prestigieuse et respectée de Chasseuse était une voie solitaire.

Elle attendit patiemment son tour pour utiliser les capacités de l'Antelque, seul moyen de communication interstellaire existant sur les mondes des Travailleurs. Ça la faisait doucement rire, cette illusion désespérée qu'en n'utilisant pas les technologies développées par les Robots, cela permettait de rester protégé de leur regard omniscient.

Le mépris qu'elle ressentait à l'égard de leur communauté la surprenait toujours vaguement.

Avoir passé sa vie à arpenter ces mondes, tous identiques, où les gens se pensaient supérieurs et protégés, purs et épargnés car ils tentaient de vivre sans les Robots, l'avait convaincue de la bêtise de leurs habitants. Ces gens qui détournaient les yeux, le regard vide, quand un Robot venait remplacer un disjoncteur défaillant, ou éteindre un four laissé allumé par mégarde. Ces gens qui se répétaient comme un mantra qu'ils étaient en contrôle, et qu'ils étaient plus heureux que ceux qui acceptaient le soutien des robots.

Personne n'était en contrôle. Personne ne l'avait jamais été. Autant accepter l'aide des robots.

À force de ruminer, son tour était arrivé, et elle se tenait sur le balcon des Communications.

Elle s'installa au pupitre, agacée par les rafales de vent.

Bonjour, Antelque. Je dois contacter quelqu'un sur Courland. Fulveng Ta-aH.

La réponse s'afficha, très lentement.

Bonjour, mon collègue sur Courland va mandater un Robot pour contacter le Chasseur Ta-aH.

Magdalena quitta le pupitre, et alla s'installer dans une des alcôves construites près de l'immense corps minéral de l'Antelque. Après une demi-heure où elle cultiva paisiblement son ressentiment interne pour les technologies volontairement lentes et peu pratiques des hypocrites Travailleurs, l'Antelque alluma le petit pupitre de son alcôve.

Relation établie. Bon échange.

— Bonjour Magdalena. Tu as besoin de moi ?

Contrairement aux réponses de l'Antelque, toujours lentes à apparaître, les messages interplanétaires qu'ils transmettaient, grâce aux miracles de la communion psychique de leur espèce, s'affichaient instantanément.

– Salut Fulveng. Oui, j'ai besoin de toi. Je suis en Chasse pour le compte de la Société Savante de Hehihmhn, sur le monde Travailleur le plus proche de Hehihmhn. Une jeune colonie. Sisypha. Bref. La Chasse n'est pas bonne. J'ai essayé les trucs habituels, et j'ai même fait le coup de l'hôpital, mais les robots se font vraiment discrets ici, et la colonie est trop petite pour qu'ils aient vraiment besoin de colmater tous les problèmes du bled. Résultat, venir ici était une mauvaise idée, et je suis coincée.

— Et du coup, tu as besoin de moi pour tenter la Pirouette du Mendiant ?

— Exactement.

— Houlà, tu dois être désespérée. Mais bon, au vu des risques, tu dois être sûre de toi si tu veux tenter le coup. C'est rare qu'une Chasseuse expérimentée comme toi tente la Pirouette.

— Exactement.

— Hum. Je veux bien t'aider, mais c'est risqué, Magdalena. S'ils sentent le coup venir, ça ne marchera pas. Mais, attends. Je regarde les données de Sisypha. La colonie ne date que d'une dizaine d'années. Les premiers enfants doivent avoir atteint l'âge de se poser des questions. Tu pourrais utiliser ça à ton avantage.

– *L'Appât aux Innocents ? Je n'y avais pas pensé. Si je combine avec la Pirouette, je peux en effet en acculer un.*

Elle repensa aux enfants qui l'avaient bousculée. Les deux enfants venaient alors du balcon du Pupitre Personnel. Ils avaient donc posé directement une question à l'Antelque. Rares étaient les questions suffisamment sensibles pour que des enfants prennent la peine de les poser à un Antelque. Elle allait essayer de les retrouver.

– *OK, Fulveng, ça peut marcher. Je m'occupe de l'Appât aux Innocents, mais j'ai besoin de toi pour préparer la Pirouette du Mendiant.*

– *Tu confirmes que je lance la procédure de la Pirouette ?*

– *Oui.*

La réponse de Fulveng mit plusieurs minutes à arriver.

– *Chasseuse Van Pelt, je confirme le lancement d'une procédure d'exclusion de la Guilde à votre encontre. Votre autorisation de voyage interplanétaire est suspendue, à effet immédiat. Vos comptes en banque seront vidés dans deux heures et vos biens saisis. Je dois légalement vous rappeler que faute d'un rapport confirmant une Chasse réussie dans les 15 prochains cycles quotidiens standards, cette suspension sera définitive. En cas de rapport de Chasse réussie avant ce délai, vous retrouvez l'accès à vos biens et vos comptes, ainsi que le droit à l'embarquement pour des voyages interstellaires. La Guilde et ses membres suspendent toute communication avec vous pour une durée définitive, à l'exception de la réception d'un rapport de Chasse réussie. Veuillez accuser réception.*

– *J'accuse réception.*

– *La Guilde des Chasseurs prend note de votre prise de connaissance de la procédure disciplinaire, et vous prie d'agréer ses salutations les plus professionnelles.*

Le pupitre resta inerte longtemps, avant d'afficher un dernier message.

– Bon courage à toi, Magdalena.

– Merci, Fulveng. Bon courage à moi aussi.

Magdalena éteignit le pupitre et partit à la recherche d'un hôtel où elle pourrait payer d'avance une quinzaine de jours en pension complète. Elle ne savait pas combien de temps cela lui prendrait de monter l'Appât, et elle préférait être prudente.

Adam retira son casque de réalité virtuelle et bâilla longuement. La journée avait été longue avec le détour au relais, et il était temps d'aller au lit. Sa mère, à côté de lui, retira également son casque. Ils avaient fini de regarder le film tous les deux. Son frère dormait chez un ami, et son père faisait la vaisselle. Il profita du calme pour questionner sa mère.

« Maman, c'est quoi, un roi ? Le héros du film, à la fin il devient roi, ça veut dire quoi ?

– C'est le nom qu'on donnait aux chefs humains, à l'époque où nous ne vivions que sur Terre, la planète où nous sommes apparus. Rois, empereurs, patrons, ils ont porté de nombreux noms différents au cours de l'histoire, et ils ont gouverné les hommes pendant des millénaires.

– Il n'y en a plus aujourd'hui ?

– Non, il n'y en a plus.

– Mais pourquoi ?

– Hé bien... »

Sa mère cherchait ses mots.

« ... Je dirais que c'est parce que la majorité d'entre eux étaient mauvais.

– Mauvais ? Méchants, tu veux dire ?

– Méchants, je ne sais pas. Ce sont des gens qui en faisaient travailler d'autres pour eux. Eux prenaient les décisions, et les imposaient à ceux qui travaillaient pour eux. En échange, ils les protégeaient.

– Ils les protégeaient de qui ?

– Du roi lui-même. S'ils ne travaillaient pas pour leur roi, il était violent avec eux. Et cette situation rendait tout le monde malheureux, y compris les rois, qui avaient peur qu'on arrête de leur obéir.

– Pourquoi le roi avait l'air gentil dans le film alors ?

– Peut-être parce que les gens aiment cette idée, d'une personne bonne, qui serait un bon chef, un guide, et offrirait du bonheur à tous sans avoir à craindre l'avenir.

– Mais, du coup, le maire de Sisypha c'est un peu notre roi, non ?

– Pas vraiment, le maire, c'est un chef que l'on peut choisir, que l'on peut à tout moment changer, et qui propose des choses que nous décidons ensemble ou non de faire. Il travaille comme tout le monde, et ne nous force pas à lui obéir et à travailler, comme les rois.

– Mais je ne comprends pas, les adultes, ils sont heureux de travailler, non ?

– Oui, car de nos jours, nous choisissons notre travail. À l'époque des rois, les gens ne choisissaient pas vraiment. S'ils ne travaillaient pas, ils ne mangeaient pas. Et certains travaux étaient horribles.

– Mais plus maintenant, hein, Maman ?

– Non. Peu de temps après que les humains comprirent comment voyager dans l'espace, nous n'avons plus eu besoin de faire le travail que nous ne voulions pas faire. Les gens n'avaient plus à souffrir. Ils n'avaient plus peur des rois, des empereurs et des patrons, et donc ils s'en sont débarrassés. Et depuis, nous sommes libres et heureux.

– Mais Maman, comment on a fait pour ne plus avoir à faire que du travail agréable ? La maîtresse ne nous en a pas parlé à l'école. »

Sa mère regarda Adam, gênée. Elle hésita une réponse, puis se résigna à la porte de sortie la plus simple.

« C'est... compliqué. Je t'expliquerai quand tu seras plus grand.

– Oh. D'accord, Maman. Merci d'avoir parlé avec moi.

– Pas de souci mon chéri. Monte au lit, je vais aider Papa à finir la vaisselle, et on montera te faire un bisou avant de dormir. »

Adam acquiesça, et monta se coucher.

Dans sa chambre, il se prit les pieds dans un fil électrique qui traînait. Avec horreur, il regarda tomber sa lampe de chevet. L'ampoule et son abat-jour éclatèrent sur le sol.

Adam paniqua, anticipant le sermon. Il partit dans la salle de bain, attrapa la balayette.

Il entendait ses parents monter dans l'escalier.

Ils allaient le gronder. Il était trop maladroit.

Rapidement, il pelleta les débris de l'ampoule, cacha la balayette sous le lit, avec la lampe, espérant que ses parents ne remarqueraient rien.

Ils ne remarquèrent rien. Après l'avoir embrassé, ils le laissèrent à un sommeil pénible, torturé par l'angoisse d'avoir cassé sa nouvelle lampe de chevet.

Le matin venu, il fut surpris de constater que la lampe était réparée et à sa place habituelle.

Encore un mystère à élucider.

Magdalena crapotait avec gêne sur le banc situé en face de l'école.

Malgré son expérience, et le fait qu'elle avait déjà pratiqué l'Appât aux Innocents, elle avait conscience d'avoir l'air d'une personne... mal intentionnée, qui guettait la sortie de l'école.

De fait, elle guettait bien la sortie de l'école, mais elle ne voulait pas de mal aux enfants. Elle cherchait juste à repérer des échanges trahissant les questions qui ne manquaient pas d'agiter les jeunes dans les communautés de Travailleurs.

Il n'y avait qu'à pousser cette curiosité, et sa proie viendrait à elle.

Il n'y avait heureusement qu'une école sur Sisypha, avec de la chance elle n'aurait pas à trop attendre. Elle n'espérait pas vraiment trouver ses Innocents dès le premier jour mais bon, elle pouvait avoir de la chance.

Les cours étaient finis, et les enfants sortaient de l'école en discutant avec enthousiasme. Quelques bois-herbe-rouille firent un détour en passant près de son banc, incommodés par l'odeur agressive du cigare. Mais à part ces exceptions, les enfants l'ignoraient et vaquaient à leurs conversations.

« Allons manger un goûter ensemble ! »

« Tu as vu le dernier film sur Krk'rpk"hjl-nlp, le voleur de comète ? »

« Allons jouer chez moi ! »

Le groupe d'enfants était un vaste spectacle son, lumière et odeur. Au milieu du brouhaha clignotant et capiteux, Magdalena repéra sur l'écran oculaire de son traducteur un enfant qui odorait à un autre « Viens, Bois-Fraise, allons voir l'Antelque ».

Magdalena repéra vite l'enfant en question. Elle vit que cette petite bois-herbe-rouille et son compagnon humain, étaient ceux qui l'avaient bousculée hier, quand elle attendait pour utiliser les services de l'Antelque. Ils allaient donc récupérer leur réponse aujourd'hui. C'est donc qu'ils avaient posé une question compliquée, qui appelait à une réponse longue. Elle avait peut-être trouvé ses Innocents du premier coup.

Au pire elle se trompait, et elle reprendrait la Chasse le lendemain. Au mieux, elle aurait quitté Sisypha dès ce soir.

Après que les deux enfants eurent disparu de son champ de vision, elle écrasa son mégot et se leva de son banc. Elle retournait au Relais de l'Antelque.

« Houlà, la réponse est loooooongue »

Adam écarquillait les yeux devant le pavé de texte s'affichant sur le pupitre. Il n'avait eu qu'à rappeler son nom sur le pupitre, et l'Antelque avait immédiatement affiché la réponse qu'il avait patiemment rédigée durant la nuit.

« Je suis pas très surprise, l'Antelque n'est pas du genre à répondre simplement à une question. Avec un peu de chance, il répond quand même à la question dans tout ce texte.»

Les deux enfants se plongèrent dans la lecture de la réponse.

Oui, bien sûr les enfants. C'est une question légitime, et à mon humble avis, une question essentielle. La réponse est oui : ce sont les robots qui apportent vos cadeaux. Mais une fois dit cela, j'imagine que cela doit soulever deux autres questions : a) pourquoi vos parents vous mentent et b) pourquoi vous ne les avez jamais remarqués.

Adam et Lys-Banane se regardèrent.

« Il est fort. »

Pour vous donner le contexte, chaque espèce biologique ou minérale intelligente connue, a été approchée par les robots une fois un certain point technologique atteint. Nous ne savons pas d'où ils viennent, qui les a fabriqués, sinon que ce n'est pas une espèce de la Fédération. Ils ne répondent pas aux questions, ils ne font que nous aider. Dans tous les domaines. *Partout. Tout le temps. Que nous demandions expressément de l'aide ou pas. Ils sont ainsi à l'origine de la majorité de nos technologies.*

Nous ne comprenons pas les règles auxquelles ils obéissent, mais il y a une chose certaine : ils considèrent chaque individu, quel que soit son pouvoir, sa richesse, son âge, sa force ou son espèce comme ayant un droit égal à cette aide, et ils respectent les désirs de chaque individu tant que ceux-ci n'infligent pas de souffrance à d'autres individus.

D'où le fait qu'ils vous offrent des cadeaux : C'est une tradition universelle, et comme toutes les familles sur cette planète n'ont pas les moyens d'offrir ce qu'elles veulent à leurs enfants, les robots prennent le relais. Et pour ne pas faire de jaloux, ils ont donc fourni des cadeaux à tous les enfants, même ceux à qui les parents auraient pu faire ce cadeau. Une situation convenant à tous au final.

Si vos parents n'en parlent pas, c'est parce que ce sont des Travailleurs, et qu'ils ne veulent pas l'appui des robots. Les robots respectent cela, mais n'autorisent pas que cette non-intervention entraîne la souffrance d'un individu. Ils restent donc invisibles mais à proximité, car s'ils peuvent intervenir pour aider, ils le feront, mais sans être vus d'un Travailleur. C'est pour cela que vous ne les avez jamais vus.

« Mais pourquoi vos parents ne voudraient pas de leur aide, s'ils sont gentils et aident les gens ? » me demanderez-vous.

Adam hoqueta de surprise.

« Il est très fort. »

Parce que personne ne sait pourquoi les robots font ça. Pourquoi nous aideraient-ils sans rien demander en retour ? Beaucoup ont essayé de savoir, mais personne n'y est arrivé. Nous ne savons rien d'eux, et eux savent tout de nous.

Alors les Travailleurs tentent de reconstruire des sociétés nouvelles, indépendantes des robots. Mais pour le moment, aucune communauté n'a réussi à résoudre ses problèmes sur le long terme sans que cela entraîne de conséquences négatives pour une partie de ses membres, et donc sans que les robots interviennent. C'est pour cela qu'ailleurs dans la Fédération, on se moque des Travailleurs et de leurs mondes où l'on fuit les robots. Ailleurs, on ne les fuit pas, on les remercie, on les vénère, ou on les craint.

En tout cas merci pour la question les enfants, j'espère que cela vous aura éclairés et que vous n'hésiterez pas à m'en poser d'autres !

An'Tal-Jevein, Antelque Stagiaire en Communications Interplanétaires

Adam et Lys-Banane réfléchirent silencieusement au message de l'Antelque.

« Oups, on a pas dit merci. »

Adam tapa une réponse à l'Antelque.

Merci, Antelque. On a besoin de temps pour réfléchir à tout ce tu nous as dit. Bonne journée.

Lys-Banane se retourna, surprise, vers Adam.

« Tu as compris quelque chose, toi, Adam ?

– Oui, que c'est bien les robots qui nous amènent les cadeaux. Le reste, j'ai pas très bien compris, mais je voulais pas le vexer, l'Antelque. Je crois aussi avoir compris que les robots sont gentils, mais que nos parents ne savent pas pourquoi, et donc ils ne veulent pas de leur aide.

– Hum. Je crois que je comprends pourquoi... ça fait peur un peu, non ?

– Oui, un peu... Mais, du coup... »

Adam s'assombrit.

« Tu crois qu'ils s'en rendent compte quand les robots les aident alors qu'ils veulent pas d'aide ?

– Je sais pas, et on peut pas leur poser la question sans les rendre malheureux je crois. J'aimerais poser directement la question aux robots, mais si j'ai compris ce que disait l'Antelque, ils ne répondent pas aux questions.

– Oh si, ils y répondent. »

Adam et Lys-Banane se retournèrent. Une dame était accoudée au balcon et regardait l'Antelque.

C'était la femme que Lys-Banane avait bousculée la veille.

« Et je peux même vous apprendre à en attirer un dans un coin tranquille, si vous voulez des réponses. »

« Et pourquoi vous nous aideriez ? On vous connaît pas. Et c'est pas poli d'espionner les conversations des gens. »

Magdalena hésita. La meilleure solution, comme dans la majorité des cas, semblait être de dire la vérité, mais de juste en omettre un bout.

« Je ne suis pas une Travailleuse, je ne viens pas de ce monde. Mais je suis née sur un monde Travailleur, et j'estime que vous avez le droit de comprendre le choix qui s'offre à vous quant à la place que vous souhaitez donner aux robots dans votre vie quand vous serez adultes. Je veux donc vous aider.

– Mais pourquoi vous êtes ici si vous êtes pas de ce monde, et pourquoi vous étiez là à nous écouter ?

– Je suis ici, je veux dire, ici sur Sisipha, et ici au Relais de l'Antelque, pour faire mon métier. Il se trouve que j'ai entendu votre conversation dans ce contexte.

– Et c'est quoi votre travail ?

– Chasseuse.

– De quoi ? »

Magdalena offrit son plus beau sourire aux enfants, et resta silencieuse.

Lys-Banane intervint.

« Mais enfin, pourquoi on vous ferait confiance, vous nous voulez p'tet du mal !

– Hey, les enfants, l'Antelque ne vous l'a pas expliqué ? Les robots ne laissent aucun être d'une espèce intelligente souffrir s'ils peuvent l'éviter. Si je vous voulais du mal, les robots m'empêcheraient de vous en faire.

– C'est logique, oui.

– Bon, parfait. Je vous explique comment faire pour attirer un robot, et je vous promets que je vous laisse tranquille après, d'accord ?

– D'accord. »

Les enfants suivirent Magdalena hors du relais de l'Antelque.

Et elle leur expliqua comment attirer le robot à eux.

Les enfants dirent au revoir à Magdalena. Suivant ses conseils, ils se dirigèrent vers une des clairières bordées d'arbres à élytres du grand parc bordant le Relais. Après s'être assurés de leur solitude, ils tracèrent dans le sable de la clairière un message, trois fois, avec le syllabaire commun de la Fédération, avec l'alphabet humain et avec les idéogrammes Bois-herbe-rouille.

Venez, on veut vous poser une question.

Les deux enfants s'assirent sous un arbre à élytres. Et patientèrent.

Finalement, une forme ronde, lévitant au-dessus du sol, apparut progressivement au milieu de la clairière. Adam et Lys-Banane clignèrent des yeux.

Elle n'était pas là, elle était de plus en plus là, et elle était totalement là.

Désarçonnés par l'arrivée impromptue de la machine, les enfants se levèrent lentement et s'avancèrent avec prudence vers la sphère, faite d'un métal que les enfants n'avaient jamais vu, qui semblait onduler sous la lumière des soleils de Sisypha.

Magdalena, à l'abri des arbres, siffla. Cette unité robot était magnifique. Elle allait rapporter un sacré paquet d'argent pour elle, et un sacré paquet de frustration à la Société Savante de Hehihmhn.

Magdalena sortit son arme, et visa le vide derrière le robot. Elle resta en joue, à regarder le néant dans son viseur. Et elle attendit.

Bonjour Individu Lys-Banane, bonjour Individu Adam, vous avez demandé à nous parler ?

Les deux enfants avaient pensé cette phrase en même temps. Une pensée trop claire, qui ne leur appartenait pas, mais qui était indubitablement bienveillante.

De près, la sphère était impressionnante, et difficile à décrire pour les enfants. Elle était mécanique, mais ils avaient du mal à identifier sa nature précise, car ils sentaient leur attention se détourner s'ils essayaient de l'observer avec attention.

Adam osa le premier la parole.

« Oui, nous avons découvert que vous existiez. C'est l'Antelque qui nous l'a dit, il nous a aussi dit que vous donniez les cadeaux aux enfants à la fête de Fédération. »

L'Individu Antelque An'Tal-Jevein vous a dit la vérité. Nous vous demandons cependant de ne pas en parler aux autres enfants. Cela en rendrait inutilement triste une partie, qui ne sont pas prêts à entendre parler de nous. C'est un souci dans les communautés de Travailleurs. Les enfants qui ne savent pas que nous existons depuis leur petite enfance peuvent se méfier de nous. Alors, nous vous demandons de rester discrets pour le moment.

« On peut quand même dire à nos parents que nous vous avons parlé ? »

C'est votre choix. Nous ne recommandons pas le mensonge, mais nous comprenons pourquoi vous ne voudriez pas causer de souci à vos parents.

« Vous ne nous voulez pas de mal hein ? »

Non, nous ne ferons jamais de mal à l'un d'entre vous, le fait que nous respections le choix de vos parents de vivre sans nous le prouve, non ?

« Mais vous continuez d'intervenir quand même, vous avez réparé ma lampe, pour que je ne me fasse pas gronder »

Oui, nous ne pouvons pas laisser des individus risquer la vie, le bonheur ou la tranquillité d'esprit d'autres individus avec leurs décisions.

Lys-Banane interrompit le flot de pensées étrangères.

« Mais du coup, nos parents ne sont pas libres de faire ce qu'ils veulent, vous les surveillez ! Je comprends pourquoi ils se méfient de vous. »

Individu Lys-Banane, la liberté des êtres sentients est une question très complexe. Nous pensons qu'ils sont tout de même aussi « libres » qu'il est possible de l'être dans cet univers.

« Je ne suis pas sûre d'être d'accord, je dois y réfléchir. »

La machine leur adressa une pensée d'acquiescement. Adam reprit la parole.

« Mais pourquoi faire ça ? Nous aider tous sans rien nous demander en échange, je veux dire. »

Excellente question. Quelle réponse aurais-tu envie d'entendre ?

« La vraie. »

Ah. Eh bien, nous avons peut-être été créés par une ancienne espèce biologique ou minérale, et conçus pour vous protéger. Ou nous sommes apparus comme cela, et avons choisi de le faire. Ou nous sommes hypocrites, et tout ceci est un piège très complexe. Ou bien nous sommes des divinités, et nous vous aidons à être meilleurs. Beaucoup d'individus ont proposé beaucoup d'hypothèses.

« Oui, mais ça ne peut pas être tout cela à la fois, c'est pas possible. C'est quoi la vérité ? »

Les enfants furent alors submergés par une vague immense de compassion, dépassant tout ce qu'ils pouvaient imaginer. Ils entrapercevaient l'ampleur de l'être qui leur parlait. Et ils avaient un peu peur.

Eh bien, celle qui vous fera le plus plaisir de croire.

Et le robot recula doucement, s'éloignant d'Adam et de Lys-Banane.

« Atte... »

Un coup de feu retentit.

La sphère tomba, inerte, au sol.

Les enfants hurlèrent.

Magdalena accourut jusqu'aux enfants. Elle les prit dans ses bras pour calmer leurs sanglots.

« Tout va bien, tout va bien.

– Mais, mais, mais pourquoi tu as fait ça. Tu l'as tué ! »

Les enfants tentaient de s'extirper de son étreinte. Ils la frappaient de leurs petits poings et pédoncules. Elle les libéra.

« Non. Les robots ne marchent pas comme ça. On sait peu de choses sur eux, mais toutes les unités partagent leurs souvenirs en commun.

– Comment tu sais ?

– Je le sais, je suis une Chasseuse, je traque les robots pour en capturer des unités et les revendre.

– Mais pourquoi avoir fait ça, pourquoi être venu chez nous pour faire ça ! Il y en a plein d'autres des robots dans la Fédération !

– Oui, mais sur les mondes de Travailleurs, la Chasse est plus facile, il y a moins de règles à suivre.

– Mais pourquoi tu fais ça ? Pourquoi les chasser ?

– Ce sont des scientifiques qui me payent pour le faire. Ils veulent comprendre comment les robots fonctionnent, et ils sont prêts à me payer pour leur en ramener.

– Mais pourquoi ?

– Exactement, gamin. Ils se posent la même question que toi, la seule à laquelle les robots ne veulent pas répondre : pourquoi les robots font ce qu'ils font.

– Et ça vaut le coup de les tuer ?

– Mais enfin, gamine, tu l'as bien vu, ils sont si supérieurs à nous, on ne peut rien faire sans leur accord. Je n'ai rien tué, je les ai mis dans une situation où la seule issue logique pour eux était de me laisser détruire cette unité. Ce qui s'est passé, c'est que vous avez posé une question à laquelle ils ne veulent, ou ne peuvent, pas répondre. Insister avec leurs réponses floues vous aurait rendus malheureux. Alors reculer d'un mètre pour se laisser détruire, par moi qui, sans cette capture, serais bloquée sur cette planète, c'était la solution la plus simple pour eux. Ils ont choisi de laisser cette unité être détruite. Tout le monde y gagnait.

– Vous vous êtes servie de nous.

– Hé oui, mes petits, hé oui. Mais désormais vous avez vos réponses, et en savez autant, voire plus, que vos parents sur ces trucs. »

Elle tapota la sphère inerte de métal.

« Donc vous aussi, vous y avez gagné. »

Les enfants séchèrent leurs larmes en silence, en regardant Magdalena attacher des modules antigravité à la sphère. Dans un geignement plaintif, elle se souleva du sol. Et commença à dériver lentement vers la lisière de la forêt.

« Bon, en tout cas, merci pour votre aide les enfants. »

Elle leur tendit sa carte de visite.

« Si vous avez besoin d'argent un jour, si vous voulez quitter les Travailleurs ou rejoindre la Guilde des Chasseurs une fois adultes, n'hésitez pas. Je sais ce que je vous dois pour cette belle prise. »

Les enfants regardaient, ahuris, la carte tendue par Magdalena. Lys-Banane l'attrapa.

Madgalena se retourna vers la carcasse qui lévitait avec une lenteur exaspérante vers les arbres.

« Pff, ça va être une galère à ramener au spatioport en bon état. Et tout ça pour rien. Enfin. Je vais au Relais informer la Guilde de ma réussite, et je fonce au spatioport pour quitter cette planète perdue. Au revoir les enfants. »

Elle alluma un cigare, et partit à la suite de sa prise.

« Pourquoi vous dites "tout ça pour rien" ? »

Magdalena, surprise, se retourna vers Adam.

« Mais enfin, gamin, tu ne m'as pas écoutée ? Tu ne peux rien faire dans cet univers sans l'accord des robots. Ils savent ce que tu penses, gamin. Tu crois vraiment qu'on peut piéger des créatures comme ça ? »

Magdalena soupira.

« J'ai dit que ça ne servait à rien, les enfants, car les scientifiques ne trouveront rien dans cette unité. Ils ne trouvent jamais rien dans les unités qu'on leur rapporte. Les robots s'en assurent.

– Mais, mais, mais pourquoi ils continuent à vous demander d'en ramener alors ?

– Mais parce qu'ils espèrent que cela va changer, qu'un jour les robots commettront une erreur. Espoir mal placé à mon avis. »

Adam serra les poings, agacé.

« Mais pourquoi vous faites ce travail-là si vous pensez qu'il sert à rien, votre travail ?

– Mais, gamin, justement parce que c'est mon travail. J'ai choisi de le faire, sans que personne ne m'y oblige, et même si les robots s'évertuent avec succès à vouloir le faire à ma place. Et si je le fais, c'est aussi parce que je n'arrive pas à étouffer tout à fait cet espoir qu'il soit utile malgré tout. Allez, adieu les enfants. »

Magdalena les salua une dernière fois, et alla rejoindre la carcasse du robot.

Alix Merle

I

Elles sont d'un rouge éclatant.

Une femme d'une soixantaine d'années sort de la petite épicerie. « Souhaitez-vous les goûter, monsieur ?

– Avec plaisir, répond Gaspard. »

En plus de leur beauté, ces fraises sont délicieusement sucrées constate-t-il, réjoui par cette découverte. Dire qu'il n'était jamais entré dans ce magasin !

« Nous avons ouvert voici trois semaines, explique l'épicière.

– Cela faisait bien longtemps que je n'avais pas mangé de fraises, que dis-je, de fruits, aussi délicieux ! »

Gaspard prend le dernier morceau de fraise proposé par l'épicière. Délicieuses, véritablement délicieuses ! Il ne sait même plus quand il a eu l'occasion d'en manger pour la dernière fois. Il adorait accompagner sa grand-mère dans son jardin pour les ramasser. Sa grand-mère s'énervait, ne le voyant pas avancer. Gaspard insistait alors sur la nécessité de goûter la production avant de la faire partager au reste de la famille. Il sourit en y repensant. Il n'en a plus mangé depuis la guerre... Dix ans sans fraises, que c'est long ! Il attrape une des barquettes et entre la régler. Il a déjà hâte de pouvoir s'en délecter. Il est devenu extrêmement rare, voire impossible, de se procurer une fraise de nos jours. La taylorisation des exploitations agricoles a, au grand dam de Gaspard, engendré une unification des productions, se concentrant très majoritairement autour des pommes de terre, poireaux, carottes, poires et pommes.

II

Une fois arrivé chez lui, Gaspard défait le paquet délicatement. Il a l'impression de découvrir un trésor sur sa table. Il lave les fraises, les prépare, les coupe. Leur préparation le replonge de nouveau en enfance. Après la récolte, sa grand-mère et lui préparaient les fraises recueillies dans le jardin. C'était un moment que Gaspard affectionnait particulièrement. Il avait l'impression d'agir en inspecteur qualité. Chacune des fraises devait être d'une qualité irréprochable avant d'être servie aux convives. Il prenait un plaisir intense à prendre quelques secondes pour approcher ces fraises les unes après les autres de ses yeux et observer de près les petits grains secs qui recouvrent leur chair. Leur texture, par rapport à celle des fraises, a toujours intrigué Gaspard.

Gaspard attrape l'une des fraises au hasard pour l'approcher de son œil. « Il faut bien en inspecter la qualité » songe-t-il en souriant. Mais, à peine le fruit approché de son œil, Gaspard recule la tête, pris de stupeur. Les fameux petits grains secs étaient passés du vert au bleu. Il pense immédiatement avoir imaginé ce changement. D'ailleurs, lorsqu'il regarde de nouveau le fruit entre ses doigts, il constate qu'ils sont bien verts.

Il décide d'éluder cet épisode de sa mémoire et retourne dans ces pensées nostalgiques d'enfance, tout en finissant la préparation des fraises. Il commence par en manger quelques-unes. En quelques instants, toute la barquette y passe.

III

Le lendemain matin, Gaspard se réveille le corps engourdi. Vingt bonnes minutes lui sont nécessaires pour réussir à mettre en marche l'ensemble de ses articulations et émerger de son lit. Il s'en étonne brièvement, mais considère que sa nuit n'a pas dû être suffisamment reposante. Depuis la fin de la guerre, cela lui arrive souvent de passer de mauvaises nuits. Le bruit des tirs nocturnes des RobArmy et les sirènes les accompagnant continuent de le hanter, tout comme l'image de la maison de ses parents s'effondrant. Il repense brièvement à sa sœur et ses parents qu'il n'a pas revus depuis cette fameuse nuit. Cette nuit-là, ils n'avaient pas réussi à sortir assez rapidement de la maison.

Gaspard positionne la dosette dans la fente de la machine à café. Il doit s'y prendre à deux reprises, car il loupe la fameuse fente au premier essai. Il arrive malgré tout à l'atteindre et actionne le système. Il se retourne et attrape une tasse dans le petit placard à vaisselle, contenant deux tasses, deux assiettes et un bol. Malencontreusement, à peine l'anse de la tasse en main, elle lui échappe. Il s'attend à entendre dans la seconde qui suit le bruit cassant de la tasse se brisant sur le carrelage, mais constate avec un étonnement amusé que l'anse de celle-ci se trouve en réalité entre ses doigts. Après une rapide louange de son habilité, il positionne la tasse récemment sauvée de la casse sous la fente de la machine à café. En sortant de la douche, Gaspard s'habille. Il se rend alors compte que ses lunettes n'ont pas bougé de sa table de chevet. Il avait bien relevé depuis son réveil que tout n'était pas parfaitement net, mais il était impossible qu'il puisse ne serait-ce que marcher sans trébucher sans ses lunettes. Il en porte depuis ses six ans et sa vue s'était très rapidement dégradée au point qu'il avait été réformé dès les premiers jours de la guerre. Gaspard attrape sa paire de lunettes, la positionne sur son nez, mais la retire immédiatement. Il ne voit strictement rien avec.

Gaspard lance un bonjour enjoué en entrant dans l'épicerie. Les fraises achetées la veille n'avaient pas fait long feu et il avait ressenti le besoin irrépressible d'en acheter de nouveau.

« Vos fraises sont un véritable régal !

— N'est-ce pas ? Nous nous assurons personnellement que tous nos produits sont de qualité.

— D'où proviennent-elles ?

– Nous les achetons directement à l'un des rares petits producteurs existant encore de nos jours. Oh, vous savez, de mon temps, ces producteurs étaient bien plus nombreux !

– Je m'en doute. La guerre a malheureusement engendré des ravages. Sont-elles de la région ?

– Sans nul doute. Elles proviennent de Longes. C'est un petit village situé à une cinquantaine de kilomètres. »

Gaspard la remercie d'un signe de tête avant de saisir une nouvelle barquette de fraises et de se diriger vers la caisse.

« Je vois que vous avez opté pour mon fruit préféré ! relève alors l'épicier en souriant. En revanche, veillez à bien les conserver au froid. Ces fruits-là sont périssables.

– Leur succès ne m'étonne guère. Elles sont délicieuses, répond Gaspard. Presque addictives ! »

Justement, Gaspard ne peut s'empêcher d'entamer la barquette de fraises aussitôt sorti de l'épicerie. Tandis qu'il est déjà en train d'avaler sa seconde fraise de la journée, il ressent une sorte de vibration dans la poche gauche de son jean : son smartphone. Il active alors la transmission au niveau de son oreille droite.

<h1 style="text-align:center">IV</h1>

« Où es-tu, bon Dieu ? s'énerve une voix dans son oreille ».

Il avait complètement oublié ce rendez-vous avec les représentants de la Direction des services de renseignement.

« J'arrive au plus vite ! répond Gaspard en amorçant son sprint ». Il jette un rapide coup d'œil à sa montre : 9 heures 02 et 35 secondes. Il a donc déjà plus de deux minutes de retard, auxquelles s'ajouteront, *a minima*, une bonne quinzaine de minutes le temps de relier à vélo le

Vieux-Lyon et la tour Incity. Il ne comprend pas comment il a pu oublier ce rendez-vous.

Voici six mois qu'il travaille jour et nuit sur ce projet d'amélioration de l'anticipation comportementale. Genius Bank, son employeur, n'est pas la seule entreprise lancée dans cet appel d'offres et nombre d'innovations seront présentées à l'État dans ce contexte.

Il se rappelle le visage grave du président Perrinot dix mois plus tôt, qui apparaissait alors sur toutes les chaînes nationales. Gaspard se souvient de cette allocution solennelle comme si c'était hier.

« Mes chers compatriotes, ce 21 juin, notre nation a subi son huitième attentat depuis le début de l'année. Ainsi, le bilan des victimes de la Terreur verte se porte désormais à 540 morts, juste pour cette année 2047. Nous ne pouvons pas les laisser agir impunément. »

Le Président avait ensuite présenté les prémices d'un plan d'action pour *« exterminer définitivement la Terreur verte »*, selon ses propres mots. Il insistait, entre autres, sur la nécessité d'aller au-delà de la simple surveillance de la population. Il n'était plus suffisant de filmer le moindre coin de rue ni de recueillir toutes les données associées aux déplacements, transactions financières ou communications numériques ou physiques. Il fallait désormais anticiper les comportements. En effet, les chiffres et l'actualité le montraient bien : la surveillance ne garantissait pas à elle seule la sécurité de chacun. Dans la continuité de ce discours, l'État avait lancé un appel d'offres à toutes les entreprises pour présenter des innovations technologiques dans ce domaine. Gaspard, fort de son expérience de Data Analyst, avait soumis l'idée à son responsable de service de s'appuyer sur les données bancaires des citoyens pour anticiper les éventuels changements d'habitude et donc de comportement, qui pourraient exposer la population à d'hypothétiques dangers.

V

Finissant par sortir de ses pensées, Gaspard se rend compte qu'il est déjà en bas de la tour Incity. S'il est plutôt fier de ses aptitudes de cycliste, il s'étonne que seules cinq minutes lui aient été nécessaires pour effectuer son trajet, moitié moins de temps que d'habitude. Probablement que l'amélioration soudaine de sa vue y est pour quelque chose. Tant mieux, il a réussi à rattraper une partie de son retard. Il positionne son visage bien au centre de la porte. Un bip résonne brièvement, indiquant qu'il est autorisé à entrer dans le bâtiment. Il appuie son index sur le tourniquet de service et présente sa rétine à l'entrée de l'ascenseur, qui le conduit automatiquement à son étage de rattachement.

Son Responsable de service, le Directeur du site et les quatre représentants de la Direction des renseignements l'attendent dans la salle de réunion principale.

« Vous avez quelque chose de changé, mon cher Gaspard, mais je n'arrive pas à savoir quoi ? Relève alors, interloqué, Jacques Gambrèges, son responsable.

– Les lunettes, sourit Gaspard.

– Ah ! Vous êtes passé aux lentilles, merveilleux ! Bon, démarrons cette réunion, nous avons pris suffisamment de retard. »

Gaspard préfère ne pas corriger son Responsable au sujet des lentilles. Il allume la projection en 4D et entame sa présentation.

Trois heures plus tard, les représentants de la Direction des renseignements ressortent avec un air satisfait de la réunion.

« Ta présentation semble leur avoir plu, constate Jacques Gambrèges. Mais, je te préviens, c'est la première et dernière fois que tu fais attendre des personnes aussi haut placées !

– J'en suis profondément désolé.

– Pour autant, votre présentation semble avoir eu l'effet escompté sur nos amis ! se félicite Pierre Fanion, le Directeur. Ils avaient l'air ravis. Quelle idée audacieuse avez-vous eue ici mon cher Gaspard ! Classer les données bancaires des clients de la banque selon une hiérarchie des habitudes propres à chacun d'entre eux, générer un algorithme individuel à partir de cette base, identifier dès le paiement le moindre changement d'habitude et pouvoir bloquer le paiement immédiatement en cas soupçon de danger... Vous êtes un génie, mon ami !

– Merci Monsieur le Directeur. »

Gaspard ressent à cet instant une véritable fierté à l'idée de participer à la sécurisation de la nation. Il avait lui-même perdu un ami proche deux ans plus tôt dans une des attaques de la Terreur verte. Antoine travaillait pour PetroPlus, une grande firme de l'industrie énergétique. Lors d'un déplacement sur l'une des plateformes de son employeur, Antoine avait péri dans l'explosion d'un camion à l'entrée du site. Il était en train de passer le point de contrôle Sécurité.

Le monde dans lequel vit Gaspard n'est pas idéal. D'une certaine façon, il comprend une partie des revendications écologiques de la Terreur verte. Il adorerait pouvoir profiter de nouveau de la nature comme lorsqu'il était petit, pouvoir de nouveau récolter lui-même ses propres fraises. Dans tous les cas, il n'est pas possible de revenir en arrière ; le temps des terres fertiles recouvrant le territoire est révolu. Tout le monde le sait. Par ailleurs, l'humanité doit s'inscrire dans un progrès constant. Gaspard ne comprend pas cette volonté de régression, notamment technologique. Mais, surtout, il ne supporte pas la violence associée à cette lutte.

VI

Après une longue et harassante journée de travail à améliorer son projet, Gaspard décide de ne pas rentrer directement dans son minuscule appartement.

« Salut, disponible ?

– Toujours pour toi, lui répond une voix au téléphone. »

Vingt minutes plus tard, Gaspard arrive chez Justine. Elle lui ouvre. Il l'embrasse, lui enlève son chemisier et la porte dans son lit. Une dizaine de minutes plus tard, ils étaient allongés l'un à côté de l'autre.

« C'était... incroyable ! Je crois que nous avons atteint un tout nouveau niveau, lâche Justine, souriante. Une cigarette ?

– Avec plaisir. Au fait, figure-toi que j'ai déniché une merveilleuse épicerie à deux pas de mon appartement, avec de nombreux produits frais.

– Bof, les sachets lyophilisés me vont très bien, tu sais. De toute façon à quoi bon acheter des produits frais ? Je n'ai même pas l'espace de préparer quoique ce soit dans mon minuscule appartement. »

Il est vrai que l'appartement de Justine est particulièrement petit. Pour toute cuisine, elle ne dispose que d'un évier plus petit qu'un seau de bac à sable et d'une plaque avec deux brûleurs. Lorsque Gaspard a été promu Chef de projet, un poste de cadre, il avait eu le droit de louer un logement de 30 mètres carrés. Il a bien conscience de sa chance ; la plupart des personnes vivant seules ne peuvent pas vivre dans un logement de plus de 18 mètres carrés. La guerre avait ravagé une grande partie des habitations. Or, pour pallier la pollution aux armes nucléaires du territoire, le Gouvernement de Reconstruction avait opté pour une limitation des espaces habitables à disposition. Cela signifiait que chaque foyer se voyait désormais attribuer un nombre de mètres carrés maximal déterminé en fonction du nombre de personnes déclarées dans le foyer et de la fonction de leur représentant principal.

« Comptes-tu rester cette nuit ? demande Justine.

– Je te propose le plan suivant : je nous commande deux délicieux hamburgers-frites et, en fonction de la suite de la soirée, je répondrai à ta question.

– Parfait ! »

Trente minutes plus tard, le drone livreur frappe à la fenêtre de Justine. Gaspard signe le reçu sur l'écran avant de l'engin et récupère sa commande dans la fente prévue à cet effet.

Après avoir englouti la dernière bouchée de son hamburger, Gaspard se dit qu'il aurait aimé finir ce repas sur quelques fraises. Finalement, il décide de rester passer la nuit chez Justine.

« Au fait, tu n'as plus tes lunettes ? Constate Justine.

– Je les ai cassées, lui répond Gaspard.

– Cela te va bien, lui sourit Justine. Tu as l'air... Elle réfléchit un instant. Plus sûr de toi ! »

VII

Le lendemain matin, sur le chemin du travail, Gaspard repense aux fraises achetées la veille. Il les avait déposées en vrac sur la table, sans écouter les conseils de l'épicier, hâté par le temps. Gaspard a pris l'habitude de ne plus se soucier de la conservation des fruits et légumes depuis la centralisation des productions européennes autour de l'entreprise Mondagri. Leurs protocoles de préparation des semences autorisent désormais n'importe qui à oublier une pomme durant des mois dans un coin de sa cuisine sans que sa couleur change.

Pourtant, quand Gaspard rentre chez lui en fin de journée, les fraises ont déjà commencé à se ramollir. Il décide d'en manger quelques-unes.

Tout en continuant à avaler les fruits rouges les uns après les autres, il active la projection de son smartphone pour feuilleter l'actualité. Son cerveau ne pouvant se détacher des fraises, la requête envoyée à l'engin s'en trouve modifiée. À la place d'une demande de mise à jour du fil d'actualité, c'est une demande d'information sur les fraises qui est adressée. La page du Larousse se projette alors devant les yeux de Gaspard : « *Fruit comestible du fraisier, réceptacle charnu de la fleur auquel sont fixés de nombreux akènes* ». Gaspard se focalise sur le terme *akènes*. Automatiquement, la page chargée s'actualise sur la définition de ce terme : « *Fruit sec indéhiscent contenant une seule graine, n'adhérant pas au péricarpe* ». Il s'agit donc du nom de ces fameux grains.

Alors que sa main tâtonne dans la barquette à la recherche d'un fruit supplémentaire, Gaspard se rend compte, agacé, que celle-ci est déjà terminée. Son téléphone projette l'heure : 19 heures 05. L'épicerie vient de fermer. Gaspard s'en exaspère et balaie la table d'un geste énervé. Il heurte la barquette au passage juste avant d'entendre un bruit de fracas. Les yeux ébahis, il se rapproche de l'impact et constate que la barquette s'est pulvérisée contre la paroi bétonnée. Gaspard a toujours été un garçon relativement frêle, un peu maladroit. Il ne comprend pas. Il regarde de nouveau les restes de la barquette avant de diriger son regard sur son bras droit, le responsable de l'incident. Ses yeux interloqués effectuent plusieurs allers-retours entre la barquette et son membre, en quête d'une explication.

Fatigué de sa journée et de sa courte nuit, Gaspard décide finalement d'effacer temporairement cet instant de sa mémoire pour s'affaler dans le canapé. Il s'occupera des débris plus tard.

« Nous vous rappelons qu'un nouvel incident s'est déroulé la nuit dernière dans une usine Mondagri à Sinaia, en Roumanie. Selon les autori-

tés locales, cet acte de malveillance aurait été commis par des membres de la Terreur verte. Ils se seraient introduits illégalement dans l'une des fermes de la zone juste avant l'arrivée des ouvriers dans le but d'incendier l'intégralité de la production récoltée. Fort heureusement, les capteurs ont identifié les flammes suffisamment à temps. Pour l'heure, seule une dizaine de quintaux d'aliments auraient été détruits sur les 1200 que stockent habituellement cet immense hangar, servant à l'alimentation des territoires sud de l'Europe. »

Gaspard a entendu parler de cet évènement plus tôt dans la journée sans trop s'en soucier. En réalité, il ne l'intéresse toujours pas, même là, assis seul devant son écran. Gaspard ne peut détacher son esprit des fraises. Il repense à ce que lui a dit l'épicière sur leur provenance. Instantanément, son smartphone s'active et envoie sur l'écran télévisuel l'information recherchée.

Selon le référenceur national, Longes était un petit village situé au cœur du massif du Pilat. Plus rien ne devrait pourtant provenir d'une telle zone. Au sortir de la guerre, il n'était pas envisageable de décontaminer l'ensemble du territoire et les reconstructions ont ainsi été concentrées entre six aires urbaines majeures, laissant le reste du territoire à l'abandon. L'IA de son smartphone confirme l'hypothèse de Gaspard en projetant la carte de la délimitation de l'aire Lyon-Saint-Etienne. Celle-ci s'arrête bien à la frontière nord du parc du Pilat.

VIII

Dès son réveil, Gaspard enfile les premiers vêtements qu'il attrape et part en direction de l'épicerie. Mince, il a réussi à déchirer le bout de la manche de sa chemise en la mettant. Tant pis, il n'a pas le temps. Il avait rêvé de ces fraises toute la nuit. Il se souvient vaguement des détails, mais revoit surtout une image en particulier. Une fraise avançait tel le lapin d'*Alice au Pays des merveilles* et lui ne pouvait s'empêcher de la suivre jusque dans son terrier.

Gaspard découvre, effaré, que l'épicerie a fermé. Son rideau est baissé et les locaux semblent vides. L'étal, auparavant rempli des délicieuses fraises devant le magasin, n'est plus là. Gaspard ne comprend pas. Il essaie d'appeler le couple. Il crie : « Madame ! Monsieur ! Quelqu'un ? ». Il secoue le rideau. Il entend un craquement. Une partie du rideau s'est désolidarisé de son rail. Gaspard le lâche immédiatement, regarde autour de lui. Il sent une forme d'angoisse monter en lui, mais pas seulement. Il ressent également de la tristesse. Comment va-t-il pouvoir réussir à retrouver d'aussi bonnes fraises ? Il repense à Longes. Oui, c'est précisément là-bas qu'il doit se rendre.

Gaspard rentre chez lui d'un pas décidé. Il attrape un sac à dos, des chaussures de marche, quelques vêtements, un pull, sa veste toute-température et sa gourde filtrante. Quelques minutes plus tard, il quitte son appartement et part en direction de la Limite. Il ne sait pas encore comment il va réussir à aller au-delà, mais il s'en fiche. Il avance, déterminé, sûr de lui. Il doit suivre le lapin blanc jusqu'à son terrier.

IX

La Limite est désormais devant ses yeux. Une barrière de barbelés de 10 mètres de haut le sépare de la zone inconnue. Il sait néanmoins que les apparences sont trompeuses. En effet, pour empêcher les éventuels aventuriers de tenter la traversée de la Limite, le gouvernement de Reconstruction a très rapidement installé un système dit de « protection des citoyens ». Personne ne sait ce qu'il en est précisément, mais de nombreux mythes l'entourent. Selon certains, la zone au-delà de la barrière aurait été entièrement minée. Le seul moyen de la traverser serait de suivre un chemin d'une largeur d'un mètre serpentant entre les différentes mines. Bien sûr, personne n'en connaît le tracé ni ne sait s'il existe réellement. Quelques années plus tôt, un ami de Gaspard lui avait également raconté l'histoire de cet homme qui avait tenté de partir au-delà de la Limite. Selon ses dires, une horde de drones armés aurait jailli du sol à la seconde où le pied de l'aventurier se serait posé de l'autre côté de la barrière. Encerclé, il aurait tenté de fuir. Mais, la horde l'aurait arrêté en l'espace de quelques secondes. La rumeur raconte que personne n'aurait été en mesure d'identifier l'homme en question, son corps ayant entamé une décomposition accélérée à la suite de l'attaque des drones.

« Je suis fou » pense Gaspard. Comment en est-il arrivé à ce point, lui, habituellement si précautionneux ? Il n'avait jamais songé ne serait-ce qu'à prendre son vélo sans porter son casque. Pourtant, il est là, à une cinquantaine de mètres de cette barrière, prêt à la franchir, pour des fraises.

« Ce n'est pas raisonnable. Rentre chez toi. Ce ne sont que des fraises, bon Dieu ! »

Alors qu'il achève cette pensée tout en commençant à tourner son corps dans la direction opposée, il ne sait pas comment ni pourquoi, ses jambes s'activent et le portent à toute vitesse en direction de la Limite. Il ne lui suffit que de quelques secondes pour atteindre la barrière. Une alarme s'enclenche. « Écartez-vous immédiatement ! Je vous le répète : écartez-vous immédiatement » scande une voix métallique. Gaspard stoppe son élan l'espace d'une seconde. Une image de fraise lui apparaît. Son corps se remet immédiatement en marche et commence à escalader la barrière. La voix métallique semble diffuser son message à une cadence de plus en plus rapide et à un volume de plus en plus fort. Gaspard atteint le haut de la barrière en quelques secondes. Son coach personnel n'en croirait pas ses yeux, lui qui ne cesse habituellement de le traiter de mauviette. Sans prendre le temps de se retourner, il enjambe les fils barbelés avec une agilité digne d'un félin. La voix métallique résonne toujours. Gaspard entend également des bourdonnements, comme si un immense essaim d'abeilles était en train de se rapprocher. Il atteint le sol. Sans rien y comprendre, Gaspard sent toujours ses jambes diriger son corps. Elles zigzaguent, comme si elles suivaient un chemin borné. Pourtant, Gaspard ne voit aucune marque au sol. Le bourdonnement est désormais au-dessus de sa tête et l'attaque. Ce sont des RobArmy, il les reconnaît. Il n'entend plus la voix, mais uniquement le bruit des impacts des tirs des engins sur le sol. Chaque impact semble tomber à moins d'un mètre de lui. Ils sont parfois accompagnés d'un double impact, lorsque les mines explosent. Le terrain est donc bien miné. Pourtant, ses jambes le guident toujours, comme si elles savaient où étaient les mines. Pire, elles avancent comme si elles savaient où les RobArmy allaient tirer. Cette course semble sans fin. Gaspard ne comprend pas comment il peut courir aussi longtemps à cette vitesse. Il ne comprend pas comment il peut encore être en vie.

L'entrée de la forêt n'est plus qu'à quelques centaines de mètres de lui. Pourtant, il ne voit pas comment réussir à l'atteindre. Les tirs semblent plus nombreux. Un RobArmy s'écrase à quelques mètres devant Gaspard. Ses jambes l'évitent. Tous les tirs ne proviennent donc plus uniquement d'au-dessus de sa tête. Plusieurs engins s'écrasent au sol tandis que Gaspard continue sa course. Il atteint finalement l'entrée de la forêt. Les RobArmy survivants s'arrêtent de façon nette à un mètre des premiers arbres.

X

Effaré, les yeux écarquillés, Gaspard reprend son souffle tout en observant les engins tueurs à travers le filtre des arbres. Ils semblent comme bloqués par un mur transparent.

« Bonjour Gaspard » résonne une voix.

Gaspard se retourne. Sept hommes se dressent devant lui, chacun tenant un fusil à pompe entre les mains.

« Nous t'attendions, poursuit la voix.

– Qui êtes-vous ? Comment me connaissez-vous ? s'interroge Gaspard.

– Tu nous connais sous le nom de "Terreur verte", explique un homme, tout en se rapprochant. Je suis Léon et dirige cette faction depuis six ans. Mon cher Gaspard, nous t'observons depuis plusieurs mois. Nous savons qui tu es. Nous savons ce sur quoi tu travailles. Tu as fait ton propre choix en nous rejoignant et nous sommes désormais ici pour te guider.

– Quel choix ? Je n'ai fait aucun choix. Je recherche simplement des fraises.

– Non, tu as risqué ta vie pour ces fraises. Relève-toi, nous ne devons pas rester dans cette zone. J'imagine que tu dois être exténué après tout ce chemin. Suis-nous. Tu pourras te reposer et te restaurer. Je t'expliquerai plus précisément les raisons de ta venue ici. »

Gaspard n'a pas la force physique ou mentale d'en demander davantage et décide de suivre le groupe. De toute façon, c'est très probablement en partie grâce à leurs fusils s'il n'a pas fini en chair à saucisse sous les tirs des RobArmy.

Le groupe s'enfonce à pied dans le parc du Pilat durant une trentaine de minutes.

« Je ne comprends pas. Comment pouvons-nous respirer cet air ? s'étonne Gaspard.

– Tu dois avoir de nombreuses questions, Gaspard. Tout deviendra limpide, ne t'inquiète pas. Pour le moment, avance. Nous sommes presque arrivés. Sache simplement que le monde n'est pas aussi binaire que décrit et que la nature possède un pouvoir immense de régénérescence. »

Le groupe finit par atteindre une grande ferme en granite. Gaspard n'a jamais vu de bâtiment aussi beau. Il semble tout droit sorti d'une autre époque, avec son escalier extérieur donnant accès à ce qui doit être la porte principale, étant la plus belle de toutes, même si plusieurs autres en bois donnent sur l'extérieur au rez-de-chaussée. Les fenêtres du premier étage sont quant à elles trois fois plus grandes que les hublots qui habillent les murs de son immeuble. Mais surtout, le bâtiment est bas, si bas. Depuis la guerre, le territoire habité n'est plus composé que d'immeubles de plusieurs dizaines de mètres de haut.

Gaspard hésite au bas des escaliers avant de suivre le reste du groupe à l'intérieur du bâtiment. « Ne t'inquiète pas, ces escaliers sont là depuis bien plus longtemps que toi », s'esclaffe un des hommes. Sur ces mots, Gaspard se résout à monter.

XI

Léon observe Gaspard. « Installe-toi, mon ami, lui lance-t-il.

– Qu'est-ce que je fous ici ?

– Je comprends ton énervement. Tiens, prends quelques fraises. Après tout, n'es-tu pas venu jusqu'ici précisément pour ces petits fruits rouges ? »

Gaspard se fige en apercevant le bol sur la table. Même s'il ne rêve que de le dévorer, il tourne la tête en direction de Léon, le regard méfiant. Il craint que tout cela ne soit qu'un piège. Léon en mange une, comme pour lui montrer qu'il ne craint rien. Gaspard finit par se jeter sur le bol, comme il en rêvait.

« Bien, nous pouvons commencer, relève Léon. Tout d'abord, mon cher Gaspard, je te souhaite, au nom de toute notre faction, la bienvenue au hameau 145 214. Nous sommes vingt adultes et cinq enfants à vivre en complète autarcie ici. Tu auras bien sûr le droit à une visite guidée des lieux. Tu pourras notamment admirer nos plantations de fraises.

Gaspard, si tu es ici, c'est pour une raison bien précise. Nous savons que tu travailles pour Genius Bank et que tes compétences sont actuellement mises au service d'un projet à visée nationale de gestion des droits de paiements des usagers sur la base d'une technologie d'anticipation comportementale. Nous sommes ici pour t'empêcher de finaliser ce projet et pour t'inciter à le saboter.

– Et si je refuse ?

– Tu ne refuseras pas, répond Léon en dirigeant son regard vers le bol de fraises vide. »

Gaspard se lève, prêt à quitter la pièce, à s'en aller. Une femme entre alors pour déposer sur la table un nouveau bol rempli de fraises. Gaspard se retourne, fixe les fraises. « Je t'en prie, sers-toi », lui lance Léon. À ce moment, Gaspard sait qu'il ne doit pas en prendre, qu'il doit lutter contre cette envie irrépressible. Il sent son corps trembler à la vue de ces fraises.

« Qu'ont-elles ? Que m'avez-vous fait ? s'énerve Gaspard.

– Nous avons besoin de toi. Prends-en une, une seule. Je sais que tu en as envie.

– Ces fraises sont ta force, ajoute une jeune femme du coin de la pièce. »

Gaspard n'en croit pas ses yeux.

« Jade ?

– Oui, mon Gaspard, c'est bien moi.

– Mais, ce n'est pas possible. Non, je rêve. Ce ne peut pas être toi. J'ai vu notre maison s'écrouler devant mes propres yeux. J'ai vu ta tombe ! Celle de nos parents ! J'ai pleuré devant ! Je me suis effondré devant ! Non, Jade... Tu n'es pas réelle... »

La jeune femme s'approche de Gaspard, lui prend la main.

« Gaspard, écoute-moi, écoute-nous. Je suis réelle, je te le promets. Ces fraises sont ton salut. Tu es ici grâce à elles. Je t'ai appelé grâce à elles. Gaspard, tu dois agir. Tu dois nous rejoindre. Je t'en supplie ! »

Gaspard ne sait plus quoi penser. Voir sa sœur, se dresser devant lui ainsi, en chair et en os, lui fait l'effet d'un choc. Pourtant, il ne peut pas s'empêcher de porter sa main en direction du bol de fraises. Elles lui procurent un sentiment de réconfort quand toute sa réalité semble s'écrouler autour de lui. Gaspard reprend ses esprits, se lève d'un bond.

« Prouve-le-moi ! Prouve-moi que tu es bien ma sœur ! »

Jade soulève sa manche droite jusqu'à son coude et dévoile une cicatrice au niveau de son coude. « Tu te souviens, lorsque je suis tombée de la balançoire, j'imagine. » Puis, elle se tourne, soulève ses cheveux et lui montre deux points tatoués sur sa nuque. « Ou encore de ce tatouage. »

Oui, c'est bien elle, pense Gaspard. Il la regarde, déboussolé. Mais, l'excitation et la joie de retrouver sa sœur qu'il croyait disparue depuis si longtemps reprennent rapidement le dessus. Il finit par la serrer dans ses bras.

« Jade, je n'en crois pas mes yeux.

– Il faut que tu nous aides, mon frère. Utilise la force que t'apporte ces fraises pour détruire ce système. »

Gaspard ne comprend pas la froideur de sa sœur, lui qui est si content de la retrouver. Elle lui apparaît presque autoritaire, comme si leurs retrouvailles n'importaient que peu à ses yeux. Gaspard continue machinalement à avaler des fraises. « Repose-toi. Demain, tout sera plus limpide pour toi » conclut Jade.

Gaspard rejoint la chambre qu'on lui indique, toujours sous le choc des retrouvailles avec sa sœur. Il aurait aimé passer la nuit à discuter avec elle, savoir ce qu'il lui était arrivé pendant toutes ces années, comprendre comment elle avait pu survivre et surtout pourquoi elle avait disparu. Des fraises sont à sa disposition, encore. Il s'installe sur le lit. Il essaie de dénouer la situation, de comprendre ce micmac infernal, tout en continuant à engloutir mécaniquement les fruits. Au bout d'une trentaine de minutes, Gaspard sent sa tête tourner. Une désagréable sensation d'engourdissement s'empare progressivement de son corps. Il essaie de se lever, mais s'écrase sur le lit. Sa vue se trouble. Seules les fraises semblent ressortir au milieu de ce flou général. Leurs akènes luisent d'un bleu azur, comme la première fois qu'il a approché de son œil une des fraises de l'épicerie.

XII

Le lendemain matin, dès les premières lueurs du jour, les yeux de Gaspard sont grand ouverts, écarquillés. La fin de sa soirée est vague. Il ne se souvient même pas s'être endormi. Pourtant, il se souvient de l'intégralité de sa nuit, de toutes les images qui l'ont envahi et submergé durant ces quelques heures de sommeil.

Jade avait raison : tout est devenu limpide. Il était si fier de participer à la lutte contre la Terreur verte. Pourtant, il comprend qu'il n'est pas passé du monde réel au monde imaginaire en suivant son lapin blanc, mais d'un monde fantasmé par certains vers le vrai, le seul. Il n'a pas suivi les fraises dans leur terrier. Au contraire, elles lui ont montré le chemin pour en sortir.

Il attrape un sachet de fraises et quitte définitivement le hameau. Elles lui sont indispensables pour accéder au monde imaginaire et participer à sa destruction.

XIII

Le lendemain, Jade, Léon et le reste du hameau captent un message diffusé sur l'ensemble des chaînes d'information.

« Je vous rappelle l'information de cette journée du 19 avril 2048 : la Terreur verte a de nouveau frappé. Un employé de Genius Bank s'est infiltré ce matin au siège lyonnais de la banque. Quelques heures après avoir détruit l'ensemble des systèmes informatiques et données à l'aide d'un virus, l'homme a surgi dans le bureau du Directeur, où se tenait une réunion de crise entre les hauts cadres de l'Entreprise et des représentants de l'État. Après avoir tiré sur l'ensemble des personnes pré-

sentes, il se serait tué dans un attentat-suicide. Selon les témoignages, avant d'actionner sa ceinture d'explosifs, le terroriste aurait crié : « Akènes ! ».

61

Louise Capa

Main tenir

Il régnait un calme constant dans le cocon des élites. Afin d'optimiser la concentration totale, tout avait été conçu pour étouffer les bruits du monde, intérieur comme extérieur.

Dans le silence cotonneux de l'habitacle, les intelligences vaquaient comme chaque jour aux occupations qui leur avaient été assignées dès leur création. Les orbhs à tout faire s'activaient sous les têtes mouvantes des caméras de surveillance tandis que les calculateurs estimaient le temps, le nombre de cellules, d'atomes, de microparticules présentes ou encore la probabilité que l'homme d'avant revienne à la vie.

Nur porta son regard à travers le dôme qui l'entourait et contempla l'océan vert ondulant à ses pieds. Le spectacle la fascinait et elle pouvait s'y perdre des heures durant. Sous le cocon flottant, la canopée s'étendait en mille nuances de vert, s'enlaçant les unes aux autres dans un ballet renouvelé chaque jour. Elle avait fini par connaître et tous les arbres qui la composait, des majestueux kapokiers aux non moins imposants diptérocarpes ou multiples palmiers.

Elle devinait le murmure de leurs habitants aux mouvements de leurs duvets écarlates, à leurs pelages sombres ou chamarrés émergeant des cimes. Un envol de ptérodactyles mutaniques la ramena à la réalité de son cocon aseptisé. S'arrachant à sa rêverie, elle s'attaqua à la maintenance quotidienne de son système. Son créateur avait réussi la prouesse de réduire au minimum ce processus. À la mort provisoire de ce dernier, Nur avait bloqué puis suspendu toute connexion avec le réseau extérieur afin d'éviter les virus menaçant ses fonctions vitales. Étant équipée de capteurs solaires perpétuels, elle n'avait pour continuer à marcher qu'à s'exposer quotidiennement aux rayons du soleil et rafistoler son enveloppe ou ses composants internes quand le besoin s'en faisait sentir. Elle géra ses conflits matériels comme une formalité et entreprit de réparer une bonne fois pour toutes le mécanisme d'ouverture de son œil droit qui battait de l'aile. Puis, comme chaque jour de ces 352 dernières années, elle se dirigea vers la salle froide des élites pour saluer son ami endormi, Hans K.

Une lumière bleutée éclairait faiblement les sarcophages gelés, alignés à la paroi de la salle ovale. Au centre se trouvait Infinie Sagesse dont l'activité se projetait dans un tube vertical sous la forme d'images de chiffres, de lettres et de signes inconnus. Plus communément appelée IS, Infinie Sagesse travaillait sans relâche.

Nur passa devant les dormeurs pétrifiés sans un regard et s'agenouilla devant celui de son créateur. À l'instar des autres dormeurs, sa tête était renversée vers le sol et son visage était d'un bleu livide presque translucide. Des filasses de cheveux blancs pendaient autour de son visage émacié, dur comme la glace de son tombeau.

« Bonjour Hans » murmura-t-elle.

« Nous sommes mercr 36 de l'Ambre en 1453 de l'ère nouvelle. Il est 9 h 28 du matin, ici tout va bien. La température ambiante est de 0°. Celle de votre sarcophage est de –196° ».

Elle synchronisa le sarcophage à IS pour le transfert et l'analyse des dernières données biologiques de Hans. Le processus se mit en marche. Des signes nouveaux déferlèrent dans le tube de plasma à une vitesse vertigineuse. Nur enregistrait en clignant des yeux les moindres des données projetées. Quand les images disparurent, elle sortit de la salle froide pour rejoindre le dôme. Comme toujours, elle prit place à son endroit préféré, près de l'immense fenêtre circulaire et commença son travail quotidien. Elle tomba dans une léthargie hypnotique qui pouvait durer des heures durant lesquelles elle calculait, disséquait, expérimentait toutes les possibilités d'une résurrection humaine optimale, à savoir, la remise en marche du système corps, âme, esprit de l'être humain tel qu'il était avant de mourir. Elle avait pleine conscience de sa responsabilité. Nur était le dernier androïde de seconde génération et elle seule avait une chance d'y parvenir. Hans l'avait créée à l'image de l'être humain. Elle était bien plus qu'un simple super calculateur, elle avait des émotions qu'elle ressentait physiquement. Elle comprenait l'âme humaine pour son plus grand bonheur et son plus grand malheur.

La fin de l'hiver

Au bout de quelques heures, elle perçut le son d'une voix métallique : « Bonjour Nur, désolé de vous déranger dans votre travail mais je dois vous prévenir que la dernière livraison de cryos C2 est arrivée. Nous les avons stockés dans le Lab-entrepôt et ils sont prêts à être utilisés ».

Nur aperçut Ed, l'un des nombreux orbhs programmés pour la maintenance du cocon.

« Merci Ed, tu as apporté les databox ?

– Oui, je les ai déposées sur la table de travail.

– Parfait, je vais regarder ça.

– À votre service » conclut Ed tout en se dirigeant mécaniquement vers la sortie du dôme.

« Enfin, pensa Nur avec une pointe d'appréhension, ma dernière chance de mettre en application ces derniers mois de travail. » Plus le temps passait et plus il était difficile d'expérimenter. Les réserves de cryonisés classe 2 s'épuisaient. Au début ce n'était pas un souci, des millions d'êtres, d'organes ou de tissus cryonisés attendaient patiemment leur tour dans le secret des innombrables dépôts de régénération. Tous avaient préféré une résurrection de seconde zone à une mort définitive. Appartenant à l'élite modeste, ils avaient dû pour la plupart sacrifier leurs économies contre la promesse d'une nouvelle vie. Ils avaient payé une fortune afin de servir de cobayes et ce, pour le plus grand plaisir de BTBA et Revival, les deux intercorps qui se partageaient alors le marché. En jetant un regard amer sur le résultat d'années d'expérimentations, une expression humaine émergea de sa base de données : l'espoir fait vivre... Bien sûr, il y avait eu des progrès, des succès même, tous ne succombaient plus une fois réveillés. Malgré tout, beaucoup finissaient encore dans un état semi-végétatif, devenaient fous ou au mieux orbhobotiques.

Elle se dirigea vers la table de travail où étaient disposés les coffrets noirs et égrena les noms des nouveaux arrivants : « Marie Vidal – Avocate. Robert Mac Cormick – CEO. Stephen Wu – Chef de projet... » Elle fixa les hologrammes de leurs visages scintillants sur les couvercles et essaya de deviner qui ils avaient été. Enfin, elle activa le coffret de Robert Mac Cormick, rentra dans son système et l'augmenta de ses derniers calculs.

Soudainement, la voix de Bertrand résonna dans le dôme : « Bonjour ma grande, comment ça va aujourd'hui ?

– Bien Bertrand et vous-même ?

– Ça roule, j'ai juste un petit problème concernant mon VirtualGN, ça bugge quand on change d'espace. Tu pourrais y jeter un petit coup d'œil s'il te plaît ?

– Oui, bien sûr mais je ne pourrai pas trop m'attarder car la livraison de cryos C2 vient d'arriver.

– Pas de souci ma belle, fais comme tu peux. Et n'hésite pas si tu as besoin d'un coup de main !

– Merci Bertrand, je pense que cela va aller, tout est prêt ».

Parfois, elle avait le sentiment qu'elle aurait peut-être dû travailler un peu plus sur Bertrand. Il avait beau être son décryonisé le plus abouti, quelque chose clochait chez lui et ça l'agaçait.

« Je te suis » se contenta-t-elle d'ajouter.

Ils défilèrent dans de longs couloirs blancs percés de larges fenêtres et prirent le tubulaire pour atteindre le niveau des décryos. Nur évitait autant que possible d'y mettre les pieds, elle avait du mal à faire face à ses échecs. Pour le moment, une vingtaine d'entre eux se partageaient tant bien que mal l'espace dédié à leur retour à la vie. Ils restaient là généralement un mois ou deux en observation puis étaient renvoyés sur terre, soit au centre d'attribution, soit dans les laboratoires ou incinérateurs. Elle rechignait toujours à cette dernière option, repoussant au maximum leur durée d'observation dans l'espoir que leur état s'améliore. Malheureusement, le manque de place cumulé au récent meurtre de la cantatrice ressuscitée par quelques décryos excédés ne lui laissaient plus vraiment le choix. En entrant dans la salle de vie, une poignée de décryos erraient, à moitié hagards, regards sidérés. Certains psalmodiaient des termes incompréhensibles, « NAKA, NAKA, Nakané, Nakanakanakané... », d'autres scandaient le même mot sans relâche, « BÉTON, BÉTON, BÉTON... » ou bien manipulaient des objets comme s'ils essayaient de résoudre une énigme invisible. La plupart s'étaient connectés à Marin qui avait stocké les millions de données de ces dernières centaines d'années. Il fallait rattraper le temps perdu.

Nur salua quelques joueurs d'échecs attablés et emboita le pas de Bertrand vers sa cellule troglodyte. Bertrand était le plus ancien résident, cela faisait maintenant presque deux ans qu'il était revenu d'entre les morts et il avait pris ses marques dans le cocon.

« Alors voilà, dès que je passe dans une autre pièce, le programme bugge et il y a comme une latence, regarde. Nur incrusta dans ses yeux les implants provisoires de réalité virtuelle puis sortit de la pièce pour constater le problème.

– Oui, effectivement, ça manque de fluidité » répondit-elle en se connectant au programme de Bertrand. Elle constata que malgré le problème en question, Bertrand avait développé des trésors d'ingéniosité pour parvenir à ses fins. Elle n'était pas étonnée car avant d'avoir été le directeur d'une puissante intercorp, ce dernier était d'abord un brillant gématicien.

De fait, quelques mois lui avaient suffi pour upgrader ses connaissances et concevoir son programme. Devant l'incapacité de certains décryos à fonctionner normalement, il avait eu l'idée de créer un environnement calqué sur celui dans lequel ils avaient vécu. Il pensait qu'un univers familier les aiderait à se recomposer et à s'adapter en douceur à leur nouvelle vie.

« Je pense que cela devrait mieux passer maintenant mais je n'ai pas le temps de vérifier, dit Nur.

– Super, merci pour ton aide Nur, je te tiens au courant » répondit Bertrand avec un sourire un peu figé. Nur se transposa au Lab-entrepôt et ordonna l'ouverture de la porte. Les neuf corps fraîchement livrés reposaient patiemment, suspendus dans leurs cocons nimbés de brume. Nur se posta devant celui de Robert Mac Cormick et activa son processus de dévitrification. Le sarcophage s'illumina et tourna sur lui-même à 50°, révélant le visage de l'ancien CEO. L'étau invisible se fissura, des centaines de ridules craquelées se superposèrent à son visage puis s'évanouirent dans une multitude de gouttelettes de vapeur. Instantanément, elle procéda à la restauration cellulaire du corps en ayant pris soin de connecter la databox à Titan pour la réintégration.

Au bout d'une demi-heure, la voix de Titan résonna dans le Lab : « Datagration complétée, phase d'éveil enclenchée ». Le socle du sarcophage coulissa lentement devant le corps du nouveau-né Robert Mac Cormick. Ses phalanges s'agitèrent doucement et ses paupières s'ouvrirent. « Bonjour Monsieur Mac Cormick, bienvenue dans votre nouvelle vie. Votre résurrection s'est achevée avec succès ».

Robert dévisagea Nur, yeux bleus béants, regard perçant se dissolvant brusquement dans un rire géant. « Vous êtes en parfait état de marche, ne vous inquiétez pas, vous avez juste besoin d'une courte rééducation pour vous adapter de nouveau » tenta Nur, à moitié convaincue.

Robert la fixa avec intensité et entonna d'une voix ascendante : « D'où est-ce que tu viens ? » puis descendante : « Où est-ce que tu vas ? » et de nouveau : « D'où est-ce que tu viens ? », « Où est-ce que tu vas ? »... une dizaine de fois avant d'éclater de rire à nouveau. Nur s'effondra intérieurement. Pourquoi, pourquoi, POURQUOI ?? Elle avait pourtant résolu les derniers blocages, que s'était-il donc passé cette fois encore ? Elle allait le garder un moment en observation mais au vu des expériences précédentes elle avait peu d'espoir qu'il retrouve ses facultés. Elle pressa sur le commutateur de veille du boitier de Robert qui perdit connaissance puis appela la maintenance pour qu'il soit transféré dans son troglodyte. De retour dans le dôme, elle s'abandonna de nouveau à la contemplation de la canopée mais elle ne voyait plus rien. Son regard avait beau scruter, il était absent, perdu dans les méandres de sa jungle intérieure. Elle se sentit soudain abattue, découragée, vide. Elle éprouvait pour la première fois des mots pourtant gravés dans son système dès sa création. Elle était fatiguée mais surtout, elle n'y croyait plus. Elle ne pouvait prendre le risque d'en faire un ersatz et réalisa qu'elle n'arriverait jamais à réveiller Hans tel qu'il avait été. Elle prit une décision et marcha résolument vers la salle froide des élites. Elle s'agenouilla près du visage de Hans puis s'effondra sur la paroi du sarcophage de son père, son créateur et ami. « J'ai échoué Hans, je suis désolée... ». Une larme de synthèse coula sur sa joue. « Pardonne-moi » murmura-t-elle avant de neutraliser la surveillance de Sagesse Infinie et d'éteindre le sarcophage. Une alarme assourdissante envahit instantanément tous les espaces du cocon. Elle bondit dans le corridor qui menait à l'externalisateur, poursuivie par les drones d'attaque, activés par l'alerte générale. À dix mètres du sas, elle perçut la voix d'un Bertrand haletant : « Nur, attends !! Qu'est-ce qu'il se passe ? » Elle ignora sa présence et ordonna l'ouverture du sas. « Non ! Ne fais pas ça, attends-moi ! » Nur pivota vers Bertrand : « Tu n'y survivrais pas trois heures !

– Je prends le risque » répondit-il en s'engouffrant dans la capsule végétale de l'externalisateur. »

Les tirs des drones rebondirent sur la porte qui se refermait.

Dans la jungle

À peine eurent-ils le temps de se recroqueviller que la vitesse de l'expulsion les plaqua au sol. Nur aperçut Bertrand, les mains plaquées sur ses oreilles. En l'espace d'une minute, la capsule se redressa, ralentit et toucha la terre avec la grâce d'une plume en apesanteur.

Un léger bruissement accompagna l'ouverture des pédoncules du vaisseau. La lumière s'engouffra et une chaleur moite envahit tout l'espace.

Tout était tel que Nur se l'était imaginé vu du cocon : les végétaux rivalisaient d'imagination sous la sarabande frénétique d'une armée d'insectes. Le vert omniprésent les enveloppait de la tête aux pieds, les kaoris se mêlaient aux eucalyptus géants. Leurs regards se hissèrent vers la cime des arbres, happés par le ciel. Bien au-delà flottait la forme longiligne de ce qui avait été leur maison.

« Whaaou ! C'est encore mieux vu d'en bas ! s'exalta Bertrand. Ça me rappelle la forêt des miroirs au P...

– Chut ! » fit Nur en pointant son index vers un objet volant qu'elle identifia comme un oiseau primaire. Bertrand murmura : « Je crois que c'est un calao. »

Elle l'avait reconnu car elle avait vu des centaines d'images fixes ou animées de l'animal. Elle eut pourtant la merveilleuse impression de le découvrir.

« Je pensais qu'ils avaient disparu ! répondit-elle en admirant l'animal se poser sur le bras d'un fromager.

– C'est peut-être un mutant, rétorqua Bertrand. Et maintenant, qu'est-ce qu'on fait ? On devrait peut-être se trouver un abri avant la tombée de la nuit... il me semble qu'il y a d'autres bestioles moins sympathiques qui traînent dans le coin.

– On avance», répondit Nur en se relevant.

Ils étaient perdus au milieu d'un monde inconnu mais n'ayant ni but ni destination, cela n'importait pas vraiment. La jungle était dense et la moiteur ambiante compliquait leur progression. Le régulateur thermique de Nur était en puissance maximale. Bertrand, lui, était à la peine. Sa respiration s'accélérait au fur et à mesure qu'il perdait du terrain derrière Nur. Malgré leurs multiples arrêts, il dégoulinait de sueur et son visage avait pris la couleur d'un fruit mûr. Le terrain escarpé et l'absence d'eau pesaient lourdement sur ses épaules.

Nur pris conscience des limites de son programme de régénérescence optimale quand épuisé, Bertrand s'affala à terre.

« J'en peux plus, gémit-il. » Nur l'aida à se redresser et le souffle naturel de Bertrand reprit lentement.

« Ça va aller Bertrand, on en a plus pour longtemps. Vous êtes un homme fort et endurant ! J'ai toujours été impressionnée par votre rage lors de vos joggings quotidiens, vous allez réussir ! »

Un souffle d'air frais caressa le visage de Nur et au loin, elle perçut le son étouffé d'un liquide en activité.

« De l'eau ! J'entends de l'eau ! ». À peine avait-elle remis Bertrand en état de marche pour qu'il assouvisse sa soif qu'un galop menaçant grandit au loin. Abasourdis, ils entraperçurent de gigantesques créatures noires fonçant vers eux. Elle empoigna Bertrand et ils dévalèrent à toute allure dans la foule de végétaux. En se retournant, Nur confirma ses doutes, ils étaient talonnés par de terrifiantes fourmis de seconde génération.

Bertrand trébucha, se redressa et finalement tomba. La première attaquante apparut, Nur eut juste le temps d'activer son énergie centrale pour la pulvériser. À peine était-elle évaporée qu'une de ses comparses se jeta sur Bertrand et le transperça de ses mandibules. Il hurla, Nur la pulvérisa, mais trop tard. Les assaillantes restantes, passablement agacées, formèrent un cercle autour d'elle et firent vibrer leurs mandibules. Juste avant l'assaut, le rempart infaillible de Nur se déclencha automatiquement. Elles bondirent à l'unisson, essayèrent de mordre, transpercer, déchiqueter, brûler… rien n'y fit.

De dépit, elles la balancèrent, la piétinèrent pour finalement la faire rouler avec son rempart invisible, dans le contrebas. Nur percuta arbres, racines, rebondit sur les pierres et roula près de la rivière. Sonnée, elle perçut la douleur de son corps endolori. D'autres mots intégrèrent le dictionnaire de son vécu. Elle inspecta son environnement et ses capteurs verts indiquèrent qu'elle était hors de danger, les fourmis avaient quitté la partie. Son rempart infaillible s'évanouit tandis que son système se mettait en veille prolongée. À l'arrivée de l'aube, ses circuits se remirent en marche et elle reprit conscience avec le chant des oiseaux. Les premiers rayons du soleil touchèrent la cime des plus hauts arbres puis se déversèrent tel un torrent à tous les étages de la forêt. Nur décida de longer la rivière et marchait depuis quelques heures quand une lance se planta devant elle. Elle eut à peine le temps de lever les yeux qu'elle ressentit une vive douleur dans la jambe gauche, une flèche s'y était fichée. Au moment même où son rempart s'élevait, un filet de liane s'abattit sur elle. Elle était captive. Était-ce par curiosité ? Elle décida de ne pas lutter. Deux étranges créatures de type transanimal surgirent alors des fougères, suivies par une troisième plus prudente. Lances à la main, elles avancèrent vers Nur avec circonspection. La première était immense, ses larges mains et pieds arboraient de puissantes griffes alors que de sa bouche entrouverte, dépassaient de féroces crocs. La seconde portait un petit nez en trompette et au bout de ses longs bras, pendaient de grandes mains molles équipées de griffes acérées. La troisième était davantage reconnaissable, c'était un grand primate primaire disparu depuis longtemps que l'on appelait orang-outang.

« Õ>ä^āĘ~ ©, ¦ø ²ċĒ

– ĞΩ‡ Ī ķļłňŎ~ ©π ŘŞ ĒŤ »

Les deux bestioles échangèrent en termes incompréhensibles. La reconnaissance linguistique de Nur affichait : « La langue parlée est inconnue. Traduction impossible ».

Leurs échanges étaient vifs, ils n'avaient pas l'air d'être d'accord quant à la procédure à adopter concernant le devenir de Nur. Finalement, la grande créature poilue décida de la transbahuter empaquetée dans le filet sur son épaule et ils s'enfoncèrent dans la jungle. La balade fut de courte durée car au bout de quelques minutes ils s'arrêtèrent au pied d'un gigantesque arbre et signalèrent leur présence par multiples grognements. Un écho leur répondit du haut des arbres et après des pourparlers énigmatiques, Nur n'eut d'autre choix que de les accompagner dans l'ascension du kapokier.

Arrivée dans ce qui semblait être leur demeure, elle fut accueillie par d'autres créatures la scrutant d'un air méfiant voire franchement hostile. Pendant qu'ils discutaient entre eux, elle découvrit son nouvel environnement. Un dédale de plateformes reliées entre elles par des passerelles s'étendait sous ses yeux. Le feuillage des arbres constituait à la fois un abri douillet et un subtil camouflage. Ils l'installèrent sur une petite plateforme un peu à l'écart et rabattirent la passerelle la reliant aux autres espaces de vie. À une hauteur estimée de 50 mètres, toute fuite semblait proscrite. Elle mit en marche sa régénération composite pour soigner sa blessure avant qu'elle n'atteigne son réseau central. Puis elle s'affaissa, éprouvée par les derniers évènements et la disparition brutale de Bertrand.

Les heures suivantes, Nur et la communauté s'observèrent. L'hôte le plus proche de Nur passait ses journées accroché à une branche à dormir ou mâchouiller les feuilles à sa portée. C'était un transparesseux, il lui accordait peu d'intérêt. En revanche, une créature affublée d'un nez ridiculement gros passait le plus clair de son temps à la fixer. Elle eut tout le loisir de l'identifier comme étant un transnasique. La créature au petit nez rebondi vivait sur la même plateforme et Nur en déduit qu'ils étaient sûrement de la même famille. Une jeune créature batifolait de branche en branche et bondissait en poussant de joyeux cris stridents. Subitement, elle atterrit près de Nur, poussa de petits gloussements et tira sur ses cheveux de toutes ses forces. La communauté arboricole se mit à hurler, la priant probablement de revenir en des lieux plus sûrs. La petite créature, qui tenait à la fois du macaque et du pécari resta interdite puis bondit sur l'arbre le plus proche.

L'émoi passé, la gigantesque créature raccorda la passerelle aux autres et apporta à Nur, à boire et à manger. Il essaya de lui parler, sans succès. Elle tenta à son tour multiples idiomes pour lui dire qu'elle ne connaissait pas la faim, en vain. Elle s'apprêtait à laisser tomber quand elle vit les yeux de la créature s'illuminer au son d'une langue presque oubliée.

« Pas man-ger, répéta-t-il.

– Oui, oui ! Moi pas manger, répondit Nur avec enthousiasme. Son visage s'éclaira :

– Toi pas transhumaine, toi ANDROÏDE !

– Oui, moi Nur. Toi, transours ?

– Moi Soleil Forêt ».

La petite communauté s'était regroupée autour d'eux, curieuse et tout ouïe. Le transparesseux qui s'était déporté à une branche au-dessus de la tête de Nur, laissa pendre son long bras et caressa son visage comme pour s'assurer de son existence.

– DAAANNGEEER, émit-il d'une voix lente.

– Non ! Moi pas danger, fourmis danger moi » répondit Nur.

Les deux transnasiques s'approchèrent et respirèrent Nur simultané-ment.

« Toi chance, déclara Soleil Forêt.

– Moi forte », répondit-elle.

Ainsi se déroula leur premier échange. Au bout de quelques jours, la méfiance s'était évanouie et Nur fut libre d'aller et venir parmi eux. Leur vie quotidienne était rythmée par trois activités majeures : man-ger, jouer et dormir. La dernière était sans conteste celle qui prenait le plus de temps ; rêveries, siestes et méditations ponctuaient l'intégra-lité de leurs journées.

Il y avait là-haut tout ce dont ils avaient besoin mais pour varier la cueillette et collecter d'autres insectes, ils s'aventuraient parfois au sol.

Nur parlait principalement avec Soleil Forêt et au fil du temps, leur vocabulaire s'enrichit.

Ainsi, quand un mot venait à manquer, ils le mimaient puis l'inventaient d'un commun accord. Soleil Forêt apprit sans surprise à Nur qu'ils étaient les descendants de transespèces, le résultat de croisements génétiques entre l'animal et l'homme. Native Forêt, la femelle orang-outang était différente. Elle était mutanique, un animal primaire augmenté physiquement par les technologies. De fait, la communication avec elle n'était pas verbale mais se suffisait de gestes, expressions, cris ou encore gloussements divers. Quant au petit Gus, le jeune pécari-macaque résultait d'un croisement entre les deux espèces. Il errait dans la forêt et avait adopté la tribu au fil du temps.

Soleil Forêt était plutôt intimidant mais cela ne l'empêchait pas d'être chaleureux et surtout très bavard. Il apprit à Nur qu'ils s'étaient échappés des underground-bunkers créés par les transhumains après le grand incendie. Ils avaient donc pris vie sous terre et n'avaient aucune idée de la réalité du monde à la surface. Ou plutôt, ils en avaient une idée dépassée, figée dans le temps.

« Nous penser monde disparu. Toi dehors, toi mort. Expliqua-t-il.

– Pourquoi partir ? demanda Nur.

– Nous préférer mort à pas vie. »

Nur savait que les transespèces, sous couvert de la protection des espèces, avaient été créées avant tout pour servir les transhumains et n'eut aucun mal à comprendre leur acte désespéré.

« Et toi, pourquoi partir ? lui renvoya-t-il.

– Moi aussi plus espoir », répondit-elle. Et elle lui raconta son histoire qu'il écouta avec attention. Son récit lui ouvrit les pages d'un chapitre du monde qui lui était inconnu jusque-là. Il avait entendu parler des décryos mais ne connaissait pas l'existence des cocons.

De même, il pensait que tous les androïdes avaient été désactivés après l'incendie, d'où sa stupéfaction à la découverte de l'identité de Nur. Le visage de cette dernière s'assombrit à l'évocation de Hans, de sa mise à mort définitive et de son échec dans la résurrection optimale de l'homme d'avant.

À la fin de son récit Soleil Forêt resta silencieux un moment puis déclara :

« HOMME PRIMAIRE encore en vie, moi rencontrer lui ».

En route

Nur resta sans voix. L'homme d'avant encore vivant ?

« Toi, erreur, homme mort longtemps, lui stérile.

– Non, moi rencontrer dernier homme.»

Maintint-il.

Elle l'assaillit de questions : « Quand ? Où ? Comment ? ».

Il lui apprit qu'avant de trouver refuge dans la jungle, il avait marché des années, vu des milliers de paysages et rencontré toutes sortes d'êtres vivants. Il avait même traversé un océan sur un radeau de fortune et pensait vivre ses dernières heures quand il s'échoua sur une plage. L'homme l'avait recueilli et Soleil Forêt avait partagé sa vie un bon moment avant de reprendre sa route.

Elle resta stupéfaite. Était-il réellement possible que l'homme que l'on croyait mort depuis des siècles ait pu survivre aussi longtemps ? Et si oui, comment avait-il pu échapper aux radars disséminés à la surface de la Terre ?

Elle y pensait le jour, la nuit et se désintéressait de la vie de la communauté. Elle était obsédée par l'idée que l'homme d'avant puisse encore exister. Sommeil Forêt, le transparesseux, essayait de la distraire, balançant son long bras devant son visage et le caressant de ses griffes crochues.

Gus s'agitait autour d'elle en poussant de petits cris. Même Native Forêt s'inquiétait et passait de longues heures à la couver de son doux regard velouté.

Un soir, Soleil Forêt s'installa en face de Nur et la regarda perdue dans ses pensées.

« Toi partir demain chercher homme. » Déclara-t-il.

Ce fut comme une délivrance, il avait compris avant elle qu'il fallait qu'elle parte. Retrouver le dernier homme en vie lui donna l'impression qu'elle pourrait un peu remplir la mission qu'elle n'avait pu accomplir, ramener à la vie l'homme d'avant dans son intégrité. Ils restèrent un long moment silencieux à contempler la beauté du ciel étoilé.

La brume s'était levée au petit matin du départ de Nur. Tous s'étaient réunis sur la plateforme centrale pour lui dire au revoir, chacun à sa façon. Soleil Forêt la mit en garde contre les dangers et la longue route qui l'attendait. Native Forêt lui offrit ses plus belles feuilles et les transnasiques la respirèrent longuement. Avant qu'elle ne descende de l'arbre, Sommeil Forêt caressa son visage une dernière fois. Arrivée à terre, elle leur fit un signe d'adieu, le processeur lourd. Quand elle commença sa marche, elle était loin de se douter qu'elle durerait si longtemps et l'amènerait à vivre tant d'aventures en des lieux si différents.

Elle se perdit dans la jungle, trouva son chemin sur un fleuve, découvrit des cités lacustres, des paradis perdus, des mondes souterrains. Elle décima les transreptiles, traversa un désert à dos de Chaléphant et affronta des scorpions géants mais elle ne trouva pas l'homme. Elle échappa à des éruptions volcaniques, des pluies radioactives, des brumes empoisonnées et un énorme cataclysme l'engloutit dans les entrailles de la Terre. Elle fut capturée, disséquée, étudiée puis enfermée. On la libéra, elle s'échappa et traversa des déserts gelés peuplés de décryos errants. Elle abandonna son rêve, oublia son but en noyant ses transmetteurs dans des milliers de données artificielles. Elle était bien, elle n'était plus, ni là ni maintenant. Ni ailleurs, ni avant ou après. Elle n'était plus rien et elle était tout à la fois. L'univers la mangea puis la vomit. Elle fut sauvée, se réveilla et reprit sa marche dans des déserts salés parsemés de ruines humaines, sans homme. Elle survola les guerres, les maladies sur le dos d'un perroquet mutant. Elle gravit des sommets dans des tempêtes de neige, fut recueillie par un couple transyéti et tomba dans un long sommeil.

Hans était près d'elle, il lui souriait et prenait sa main. Elle reprit sa marche, seule.

Elle apprit le langage des plantes et chantait avec les oiseaux quand une vague immense submergea tout et l'entraîna au fond de la grande mer. Elle navigua dans les bras d'une méduse, fut attaquée par un poulpe géant mais toujours pas d'homme. Elle découvrit une civilisation millénaire, on la fit reine. Elle abdiqua et remonta à la surface. Elle flotta des jours durant avant de venir s'échouer sur une plage déserte. Elle élut domicile dans une grotte abandonnée et devint ermite. Au bout de quelques mois, son système s'effondra et elle prit la décision de l'arrêter une bonne fois pour toutes dans les profondeurs de la grotte. Tout était noir, le monde avait disparu et elle disparut avec lui.

Le vieil homme s'apprêtait à partir avec son butin composé de nids d'hirondelles quand il aperçut une petite silhouette au fond de la grotte. D'abord effrayé, il se cacha dans un recoin et l'observa à distance. La forme restait immobile, figée et il crut un instant avoir rêvé. Il l'observa encore, s'approcha lentement et sentit son cœur s'emballer. Il reconnut la silhouette d'une fillette. Sidéré, il retint son souffle puis inonda l'espace de lumière pour en avoir le cœur net. Pas de doute, devant lui se tenait une petite fille qui semblait dormir debout.

« Hey ! » résonna sa voix sur les parois de la grotte. Aucune réponse ne lui fit écho. Il se risqua alors près de la créature qui resta de marbre. Il la toucha du bout du doigt, resta un instant stupéfait et éclata d'un grand rire en réalisant la nature de sa découverte.

C'était une androïde, il avait trouvé une androïde de seconde génération qui s'était éteinte au fond d'une grotte. Il la prit dans ses bras et la transporta dans sa cabane cachée au bout de la plage.

Il l'exposa aux rayons du soleil brûlant toute la journée et l'observa, assis en retrait. Imperceptiblement, il la vit reprendre des couleurs, la vie artificielle reprenait le dessus. Il était à la fois fasciné et effrayé car il avait entendu parler de l'immense pouvoir de ces machines. Nur ouvrit d'abord un œil puis l'autre. Ses petits doigts s'agitèrent et elle mit un moment à comprendre où et quand elle était. Puis elle découvrit l'homme assis à l'écart.

« Qui êtes-vous ? s'entendit-elle prononcer.

– Je suis celui qui vient de vous ramener à la vie, un pauvre homme, dit-il avec un sourire.

– Ai-je bien fait ?

– L'avenir le dira, répondit Nur. »

Elle sourit à son tour et une immense joie traversa son système. Elle réalisa qu'elle venait de trouver le dernier homme en vie sur terre.

81

Emmanuel D

WHY512-5

I.

Cet été-là Jérôme prit le départ de la 15ème édition de la GTV, un parcours de 85 kilomètres sur les pentes du balcon Est du parc régional du Vercors. En 2010, la première édition de cette course sillonnait les forêts du nord du parc avant de s'échapper vers le Moucherotte. Depuis la table d'orientation, on domine Grenoble, le massif de la Chartreuse au nord, à l'Est Belledonne, l'Oisans et enfin les Écrins en arrière-plan. D'année en année, le tracé était devenu plus aérien, plus calcaire aussi. Le comité d'organisation, dont son père faisait partie, souhaitait faire découvrir aux concurrents la diversité des paysages qu'offrait le Vercors. Chaque année le parcours était différent.

Après une première partie nocturne mettant à l'honneur les vestiges des Jeux olympiques d'hiver de 1968, le serpentin de lampes frontales disparut dans les pentes forestières. Les épines d'épicéa formaient un tapis souple sur lequel la progression était aisée. Les kilomètres s'enchaînaient au rythme d'une compilation de hip-hop des années 90. La fameuse barrière du 40ème kilomètre s'est imposée sans crier gare. Après le ravitaillement de Corrençon, le 45ème parallèle annonçait la plus éprouvante des ascensions du parcours. La nausée qui durait depuis une heure déjà n'annonçait rien de bon.

52 km, 9 h 32 min, dénivelé positif cumulé 4326m. Je commence à en avoir plein les pattes, et cette montée qui n'en finit plus.

Les gouttes perlaient sur son front, alors que la crête du grand Veymont se dessinait à l'horizon après déjà plusieurs heures d'ascension sur cet infernal lapiaz. Cette roche déchiquetée, coupante, témoin du ruissellement millénaire sur ce parterre calcaire, commençait à chauffer sous ce soleil plombant. Un rapide coup d'œil à sa montre GPS indiquait qu'il lui restait encore 33 km avant de franchir la ligne d'arrivée. Son bâton le retint de justesse d'une mauvaise chute, son pied droit s'était glissé dans une diaclase. Une fatigue certaine commençait à se faire sentir. L'excitation d'arriver enfin en haut du col fut aussitôt balayée par l'horreur qui se dessina devant lui. Envahi par une sensation de vertige, il dû s'asseoir pour ne pas trébucher. Le panorama qu'il découvrit là-haut ne ressemblait en rien à celui qu'il connaissait de la réserve des hauts plateaux.

II.

Jérôme ne sait pas encore comment il va lui annoncer.

Son directeur de thèse le pousse à poursuivre son travail outre-Atlantique où les bourses de recherche lui permettraient d'avancer dans le séquençage. En fait, il a déjà publié des résultats prometteurs dans une revue à bel impact factor. Il sait au fond de lui qu'il ne pourra pas accepter l'offre juteuse d'une de ces multinationales, ces semenciers à l'éthique meurtrière, qui recrutent chaque année les meilleurs de chaque promotion. Il se trouve que Jérôme en fait partie.

Les applaudissements l'arrachent à sa rêverie. La conférence est terminée.

Mathilde suivait le même master que lui, ils se sont rencontrés à une soirée organisée par l'association des étudiants de Sup Agro Paris à l'occasion de la COP21. Elle aussi termine sa thèse de sciences cette année.

Attablé sur la minuscule terrasse qui manque de déborder du trottoir de la rue Berthelot, à un jet de pierre du Collège de France, il attend Mathilde. Son gracieux sourire s'effaça quand elle vit sa mine déconfite.

– La conférence était si ennuyeuse que cela ?

– Mon directeur de thèse m'a trouvé une place à Boston, lâcha-t-il timidement.

– Et tu comptais me l'annoncer une fois là-bas ?

– Je ne sais pas encore si je vais accepter. Tu m'accompagnerais ?

– Hier encore tu me disais que ton Vercors natal, comme tu dis, te manquait...

– Écoute, c'est une occasion unique de travailler avec l'équipe qui a commencé le séquençage, ce serait...

– ... une expérience incroyable ? Et je suis censée attendre ici pendant que monsieur fait joujou avec l'ADN du blé ?

Après deux années d'allers-retours Paris-Boston, elle l'avait suivi à Bruxelles. Elle occupait un poste de consultante pour Limagrain. Il n'aurait jamais accepté cette offre mais elle y voyait l'occasion unique d'enfin se retrouver. Et elle était indiscutablement très douée. Quant à lui, après son postdoc aux États-Unis, il travaillait pour la Commission Européenne au département de prospective agricole en tant qu'expert de la génomique du blé. Son équipe regroupait des spécialistes en tout genre : ingénieurs généralistes (pour ne pas dire polytechniciens), statisticiens, géopoliticiens, mathématiciens, géologues... Il bénéficiait d'un budget conséquent mais qui restait bien inférieur à celui des groupes semenciers qui régnaient sur l'empire agricole. Leurs hordes de lobbyistes qui rôdaient à la Commission se montraient très agressifs. Accepter un simple café lui posait un réel problème éthique. Sa formation universitaire ne l'avait pas armé pour ce type de relations institutionnellement véreuses.

Un matin d'automne, alors qu'il terminait une sortie de fartlek dans un bois de Bruxelles, il consulta son fairphone laissé dans la boite à gants de sa voiture. Trois appels en absence. Sa mère. Elle avait laissé un message vocal. Elle ne lui laisse jamais de message d'habitude.

Les obsèques de son père furent à son image. Discrètes. Le cimetière de Saint-Julien en Vercors n'était pas très grand. Tous ses compagnons guides étaient là, évidemment. Il n'eut pas le courage de dire un mot pendant la cérémonie, il s'en voudra toute sa vie. Il reconnut quelques têtes familières, des amis d'enfance qu'il n'avait pas recroisés depuis des années. Tous mariés, des enfants, un boulot bien rangé dans la vallée. Il se sentait totalement étranger à ces gens. La réception avait eu lieu chez ses parents. Chacun tentait de se remémorer le meilleur souvenir partagé avec son père, tous tentaient de cacher leur tristesse, il n'aurait pas voulu cela. Son père était quelqu'un de terriblement joyeux, positif, déterminé, secret aussi. Jérôme avait hérité de sa détermination.

En allant chercher du bois sous l'abri attenant à la maison pour alimenter le poêle, il remarqua le four à pain de son père. Il se souvint de s'y être souvent réfugié enfant pendant des parties de cache-cache avec ses frères et sœurs. Il avait aidé son père à le remettre en état à l'époque où il était déjà interne au lycée de Grenoble. Chaque weekend, il se réveillait avec ces odeurs caractéristiques qui annonçaient une croûte lentement brunie au goût de noisettes torréfiées et de paille mouillée. Son père était rarement là pour les petits déjeuners, il partait à l'aube pour arpenter les pentes calcaires ou s'entraîner au secours en montagne. Son père était aussi passionné par le pain que par la montagne. Il avait fait son métier de cette dernière. Elle lui avait pris sa vie.

Jérôme s'asseyait souvent dans le fournil pour lire. La chaleur feutrée et le doux bruit du levain en éclosion le berçaient. Son père n'aimait pas qu'on y traîne en son absence.

Il poussa la porte. Elle grinçait de la même façon depuis toutes ces années. Tout était à sa place. Les bannetons empilés sur l'étagère au-dessus du tour, les bacs pour le pointage, les toiles en lin religieusement pliées, des sacs de farine patientaient sous le plan de travail à côté du levain qu'il entendait même crépiter.

Il aperçut des cahiers recouverts d'une fine couche de farine à côté de la balance. Des dizaines de pages griffonnées, des notes, des croquis, des recettes, des tableaux de température, d'hydratation de pâte... c'était la première fois qu'il voyait ces carnets. Après un rapide coup d'œil au-dessus son épaule, il les mit dans sa poche de manteau.

Quand Jérôme réapparut une heure après avec quelques bûches dans les bras, tout le monde était parti.

– Où étais-tu ? s'inquiéta sa mère.

– Dans le fournil de papa.

– Ton frère et ta sœur t'embrassent. Ils ont dû partir.

– Toujours pressés de partir ces deux-là ! Ils ont toujours mieux à faire, répondit-il agacé.

– Ne commence pas, Jérôme, ce n'est facile pour personne.

Le lendemain matin, il entreprit d'aller chercher du pain frais et quelques viennoiseries pour le petit déjeuner. Son père adorait les croissants au beurre. Les deux boulangeries du village affichaient un écriteau « Fermé ».

Il poursuivit sa route jusqu'à Saint-Martin, même déception. Ce n'était pourtant pas un jour de fermeture hebdomadaire. Pas de mention de congés annuels.

Il retrouva sa mère assise à la table de la cuisine, une tasse fumante dans les mains, les yeux pochés par une nuit à pleurer.

– Ça fait longtemps que les boulangeries du coin sont fermées ?

– Je ne sais pas exactement, tu sais nous y allions que très rarement. Peut-être un mois ou deux. Ce sont des rumeurs mais... ils seraient malades.

La sonnerie de son téléphone les interrompit, c'était Mathilde. Il s'écarta vers le salon.

Mathilde : « Mon amour, j'espère que tu tiens le coup. Quand rentres-tu ? Les filles te réclament. Je t'embrasse. »

Jérôme : « Train 14 h. Correspondance à Paris. Embrasse les filles ».

Mathilde détestait ce style télégraphique qu'il adoptait dans leurs échanges SMS. Comme s'il tweetait.

Après déjeuner, une notification lui annonça que le taxi l'attendait devant la maison.

— Tu reviens quand ? lui demanda sa mère en l'embrassant.

— Je ne sais pas encore maman, je t'appellerai.

— Tu me diras quelles affaires de ton père tu veux récupérer, ton frère m'a demandé...

Il claqua la porte du taxi. Une voix lui demanda d'entrer la destination sur l'app Taxiaut' et la voiture démarra. Il ignorait que les taxis autonomes avaient également envahi les provinces. Il regrettait le développement de ces nouveaux moyens de transport qui mettaient sur la touche d'honnêtes travailleurs. Il apprécia cependant de ne pas devoir faire la conversation cette fois-ci.

Il palpa avec inquiétude sa poche intérieure de manteau. Les carnets de son père étaient toujours là.

« Le TGVinov' numéro six mille deux cents trente-trois, en provenance de Montpellier Saint-Roch et à destination de Paris Gare de Lyon, départ prévu à quatorze heures cinq va entrer en gare voie C, éloignez-vous de la bordure du quai s'il vous plaît. »

Le train s'arrêta en silence, comme flottant sur les rails. Des chariots s'agitaient sur le quai pour ravitailler le train. Ils semblaient connaître le chemin, se frôlaient sans s'entrechoquer, un rayon infrarouge les guidait au sol.

Tous les champs et parcelles de vignes de la vallée du Rhône septentrionale étaient désormais ratissés par des engins qu'il qualifierait d'« hybrides » : mi-drone, mi-tracteur. Deux rotors latéraux permettaient de s'élever du sol pour passer de champ en champ, les roues assuraient le déplacement pendant le labour ou une autre tâche. Charrue, herse, déchaumeuse, semoir, tous en carbone profilé sortaient alternativement grâce à des bras rétractables qu'il devinait à l'avant et à l'arrière de l'engin.

Il n'avait pas fait ce trajet en train depuis qu'il était revenu des États-Unis mais il avait du mal à réaliser que le travail aux champs avait changé à ce point.

Depuis la gare Centrale de Bruxelles, il enfourcha un vel'brux' pour rejoindre directement son bureau. Il interrogea la base de données du département prospective. Sa requête : « avancées technologiques et gestion des terres agricoles ». 22 543 occurrences. Il n'avait pas le temps de consulter tous les articles, Mathilde et ses filles l'attendaient. Il ajouta les mots clés « vallée du Rhône » et « Vercors ». 153 résultats. Il imprima le résumé des 30 articles les plus récents pour commencer.

En arrivant à la maison, Mathilde lisait dans le salon. L'acte II des noces de Figaro feutrait la pièce d'une douce mélancolie. Il adorait la regarder lire. Elle sentit sa présence et lui sourit. Elle remarqua la pochette qu'il tenait sous le bras. Ils s'étreignirent en silence.

– Tu es passé par le bureau en arrivant ?

– Où sont les filles ?

– Dans le jardin. Je vais les prévenir que tu es rentré.

– Attends ! Je voudrais qu'on discute de quelque chose. Que dirais-tu qu'on aille s'installer à Saint Julien ?

– Et bien, je ne m'attendais pas à cela. Enfin pas aussi tôt. Qu'est-ce qui t'a décidé ? Et la Commission ?

– On pourrait déjà y passer l'été. Voir si les filles s'y plaisent. Je peux tout à fait gérer le département depuis là-bas, de toute façon j'ai besoin de prendre un peu de hauteur. Limagrain autorise le télétravail ?

– Ce n'est pas trop la politique de la maison. J'arriverai peut-être à convaincre Marc pour l'été mais certainement pas pour beaucoup plus longtemps. Quoiqu'il en soit j'aurai sûrement plusieurs allers-retours à faire pour des réunions.

– Pappppaaaaa !!!!!! s'écrièrent ses filles en courant vers lui.

Elle adorait voir son mari embrasser leurs filles. Elle alla à la cuisine préparer du thé pour les laisser se retrouver.

L'hiver passa, puis le printemps, les semaines se ressemblaient. Il espérait que Mathilde accepterait. Ils en avaient reparlé à plusieurs reprises, à chaque fois, l'un et l'autre campaient sur leurs positions sans qu'une décision soit prise.

Un matin de mai, alors qu'il assistait à la présentation d'un nouveau système d'irrigation en test en Pologne, son téléphone vibra. « Marc est d'accord pour un détachement cet été. On en parle ce soir. Je t'embrasse. M. »

III.

Il ouvrit au hasard une des pages du premier carnet : Pain de campagne

« 1,5 kg petit barbu T80, 1,5 kg golden drop T80, 1,5 kg petit épeautre T110, 0,5 kg seigle T110, 4 kg eau osmosée, 1,5 kg levain tout point, 100 g sel fin »

Cette recette télégraphique pouvait s'avérer difficile à déchiffrer pour un novice. Il n'en était rien pour Jérôme. Non seulement il connaissait parfaitement le nom des semences anciennes mais il avait observé son père des dizaines de fois la réaliser.

Pendant ses années à Bruxelles, il s'était beaucoup intéressé aux problématiques de l'eau. Elles s'écartaient quelque peu de son domaine d'expertise mais les semences de blé désormais commercialisées étaient bien plus gourmandes en eau mais aussi en pesticides, fongicides, azote que les semences paysannes qu'il avait étudiées pendant sa thèse. La majeure partie des pays du globe avaient connu ou allaient connaître une situation de stress hydrique qui mettrait en péril la santé de millions d'habitants. Outre le problème de l'accès à l'eau, il fallait trouver des moyens de la rendre potable. C'est pendant ses travaux de prospective qu'il avait approfondi le processus d'osmose de l'eau. Lui-même amateur averti de café, il avait constaté que les baristas utilisaient de l'eau filtrée par osmose pour leurs préparations.

Débarrassée du chlore, des métaux lourds, des pesticides... l'eau devient pour ainsi dire pure mais morte.

Au détour des chenaux en argile qui serpenteraient le mur du fournil, l'eau ressusciterait en tourbillonnant. L'eau ultra-colloïdale, c'est la capacité de mettre en mouvement les solides de l'eau. Dans une rivière, de méandre en méandre, l'eau s'éveille et éclabousse de vie ce qu'elle rencontre.

Dans la nature, quand il y a de l'orage, tout naturellement, les animaux de la ferme vont à l'abreuvoir, cette eau a été bombardée d'ions négatifs et elle va leur faire du bien. C'est ce que recherche Jérôme, faire du bien. Aux autres. À lui peut-être aussi.

Les sourciers ont ce sens-là. Ils savent que les eaux les plus extraordinaires sont celles qui sont en mouvement et qui ont fait des rencontres. Après un long chemin initiatique à travers des terrains favorisant son dynamisme, l'eau est prête à rencontrer l'Homme. C'est la résurgence naturelle de l'eau. Elle a alors un pouvoir d'alicament.

« Frasage 2 min, pétrissage V1 10 min, pétrissage V2 5 min, pointage 3 h avec rabats, pesage et boulage puis apprêt au froid »

Cette partie lui était plus étrangère. Il apprendrait. Et comme pour tout ce qu'il entreprend, il réussira.

Le four était à température. Il arrivait maintenant à l'étape du grignage, ce coup de lame qui permet aux gaz de s'échapper et au pain de s'expandre sous l'effet de la chaleur, signature de l'artisan.

Il partageait son temps entre de longues heures au fournil, son travail pour la commission et sa famille. Dix jours à peine après leur installation, il avait lancé l'idée au cours d'un repas à l'ombre du chêne centenaire du jardin, de faire trois fournées par semaine pour vendre son pain. Après tout le résultat était plutôt à la hauteur et cela pallierait la fermeture des boulangeries du coin. Il y aurait probablement une centaine de familles qui seraient ravies.

Il profita du temps de cuisson pour consulter ses mails. Après décryptage :

« Salut J.,

Tout va bien je te remercie.

J'ai eu du mal à trouver les infos que tu m'as demandées, pas mal de requêtes nécessitaient un code d'accès que je n'avais pas. J'ai demandé un copain qui m'en doit une au département cyber de m'aider sur ce coup-là.

En PJ, ce qu'il a réussi à dégoter. Ce mec est très bon. Je n'ai pas pu m'empêcher d'y jeter un coup d'œil, j'espère que tu sais ce que tu fais.

À bientôt,

P. »

Il cliqua sur la pièce jointe. Un gigaoctet de documents PDF. Parmi eux, un rapport de la Commission européenne de 2019 estampillé « secret stratégique » concernant l'autorisation de commercialisation de semences intelligentes par les grands groupes semenciers européens mais aussi américains. Ces semences, évidemment hybrides, seraient capables de multiplier les rendements par deux à quatre en autogérant leurs besoins en phosphate, azote, pesticides, fongicides, sels minéraux, eau... le texte renvoie à un schéma. Des ronds pleins alignés reliés par un réseau de capteurs qui sillonnent un « champ ». Jérôme comprend que chaque rond plein est en fait un entonnoir dans lequel poussent 10 plants. Chaque bouquet envoie des signaux en temps réel sur son état d'hydratation, sa vitesse de croissance horaire, sa concentration en azote et sa température à cœur. Ces signaux sont collectés par les capteurs puis envoyés vers un calculateur. L'analyse et la compilation de ces données déclenchent automatiquement l'intervention d'engins dans le « champ » pour épandre la substance dont les plants ont besoin, entonnoir par entonnoir, pour une optimisation personnalisée du rendement de chaque bouquet.

Une deuxième annexe schématise ce calculateur qui n'est autre qu'un empilement miniaturisé de processeurs à haute fréquence. Il communique avec les engins déployés par ondes RF pour limiter le risque de piratage. Des clés VPN-HF ont été testées sur un projet pilote de la validation mais se sont révélées vulnérables aux intrusions.

La chaleur dégagée par les calculateurs est stockée dans de grandes citernes enterrées et est relarguée la nuit

Il ne trouve pas de schémas des engins décrits. Serait-ce les hybrides mi-drone, mi-tracteur qu'il avait aperçus à bord du TGVinov' ?

Une note confidentielle attachée au document donne des détails techniques sur les différents types de semences disponibles à utiliser sur ce type d'installation. Les initiales de l'auteur de la note attirèrent son attention : M. H. Marc Hebert ?

Comment la commission pouvait-elle donner son accord pour cette commercialisation ? Comment le directeur de sa femme pouvait-il être impliqué dans ce type projet effrayant ? Mathilde l'était elle aussi ?

La minuterie sonna pour l'avertir que l'heure de cuisson était terminée.

Il referma son ordinateur, abattu par ce qu'il venait de découvrir.

IV.

La vente de pain rencontrait le succès espéré. Jérôme pensa même à diversifier son offre.

Il n'avait pas encore abordé la question de la note avec sa femme. Pourtant ce rapport mobilisait son esprit en permanence.

Les longues heures passées sur les chemins des alentours pour préparer sa prochaine course ne suffisaient pas à l'apaiser. Son père lui manquait. Il passait de plus en plus de temps, réfugié dans le fournil de son père.

Il avait entrepris de rénover le circuit d'osmose de l'eau. Un travail d'orfèvre pour assurer un mouvement hélicoïdal régulier. Mathilde ressentait bien la distance qu'il lui imposait, mais elle ne faisait rien pour percer sa carapace. Elle savait qu'il fallait lui laisser le temps.

Un matin, alors qu'il disposait les pains encore chauds dans les paniers à l'avant de la maison, un homme s'avança. Il se rappelait l'avoir aperçu à l'enterrement de son père. Il était mince, élancé, la mine défaite, une casquette en toile vissée sur la tête dissimulait à peine les plaques rouges sur son visage.

– Alors c'est toi le nouveau boulanger du coin ? Tu te débrouilles pas mal pour un novice. J'aimais beaucoup ton père. Il passait souvent me voir à la boulangerie à l'époque.

– Vous êtes boulanger vous-même ?

– J'étais. Pendant 20 ans

– Pourquoi avoir arrêté ?

– L'année dernière j'ai changé de minoterie. Au bout de deux mois, des plaques sont apparues sur les mains, les avant-bras et le visage. Le mois suivant, j'ai développé un asthme. Tous les symptômes d'une allergie à la farine m'a dit mon médecin. Une allergie tu parles... !!! Du jour au lendemain comme ça, je n'y crois pas !

– Il est arrivé la même chose aux autres boulangers des villages alentour ?

– Exactement les mêmes symptômes.

– Avez-vous fait analyser la farine ? Qui la distribue ?

– Je vous déconseille de vous mêler de cette histoire. Ces gens-là sont dangereux.

– Mais de qui parlez-vous ? Vous avez été...

– Bonne journée Jérôme, écourta-t-il en tournant les talons.

Il était huit heures. Les premiers villageois arrivaient pour récupérer leur commande.

Pendant tout le déjeuner, Jérôme resta mutique.

– Tu vas me dire ce qui se passe ? Ça fait des jours que tu es enfermé dans ce foutu fournil, tu m'adresses à peine la parole, tu évites les filles... s'énerva Mathilde.

– Les semences VHYS12-5 tu connais ?

– Ça ne me dit rien, pourquoi ?

–Very High Yield Seeds. Ton directeur, Marc, a signé un rapport qui en vante les mérites.

– Et en quoi ça te concerne ? Quel est le rapport ?

– Tu te rends compte de...

– Quoi ? On est les méchants et toi tu es le gentil ? Tu vis dans un rêve mon pauvre Jérôme. Tu crois qu'en faisant du pain et en cultivant trois légumes tu es plus vertueux que tout le monde. Tu as eu ce que tu voulais hein, maintenant quoi ?

– Je croyais que tu te plaisais ici...

Mathilde avait déjà claqué la porte. Le café avait refroidi.

La journée s'étira péniblement jusqu'au dîner, son dernier repas d'avant course.

Après avoir couché les filles, elle le rejoignit sur la terrasse. Elle se lova contre lui. « Excuse-moi pour tout à l'heure. Je ne connais pas le rapport que Marc aurait signé mais les semences dont tu m'as parlé sont...

– Pourquoi Limagrain développe ces saloperies ?

– Ces saloperies comme tu dis permettent de nourrir des millions de personnes, d'augmenter le rendement des récoltes en ces périodes de stress hydrique, de retrouver une souveraineté alimentaire. L'artificialisation des sols n'est peut-être pas idéale mais c'est une solution qui permet de s'adapter aux conditions d'aujourd'hui. Penses-tu que les semences paysannes de petit barbu puissent pousser correctement sous nos latitudes avec ces épisodes de fortes chaleurs qui se succèdent ? Les agriculteurs sont aux abois. Ils viennent eux-mêmes nous supplier de développer des alternatives pour assurer leurs récoltes. Si tout le monde avait redressé la barre il y a 20 ans on n'en serait peut-être pas là mais nous sommes forcés de nous adapter.

– On dirait que Marc a réussi à te convaincre.

– Marc n'a rien à voir là-dedans. Ouvre les yeux Jérôme, les rapports du GIEC ont été méprisés, l'accord de Paris dynamité, la sécurité alimentaire est devenue une question de sûreté nationale. Réjouissons-nous que ce soit une entreprise française qui ait le monopole des semences sur le territoire.

Je suis de ton côté Jérôme, sois-en certain, mais il faut aussi que tu comprennes que le monde que tu idéalises n'existe plus. »

Le départ était prévu à 5 h du matin le lendemain. Il l'embrassa sur le front et rejoignit son lit.

Il détestait l'ambiance dans les sas de départ. Le speaker avec sa voix nasillarde tentait de réchauffer les concurrents en les faisant sautiller. Les nuits étaient encore froides à cette époque.

Comme prévu, le parcours fut exigeant. Le dénivelé s'accumulait, le lactate dans ses muscles aussi.

« Ça va mec ?

– Bof ! J'arrive pas à boire, ça fait 20 bornes que j'ai mal au bide, rien ne passe ! Je n'ai pas pissé depuis le départ.

– Tu veux un gel ? Des fois ça donne un bon coup de fouet.

– Merci ça va aller, je vais me poser un peu au prochain ravito. »

Son esprit divagua de longues minutes, tout y passa : la réaction de Mathilde, peut-être avait-elle raison ? La Commission, allait-il continuer à y travailler ou se consacrer pleinement à la boulangerie ? L'été passé à Saint-Julien, Mathilde le soutiendrait-elle malgré leur divergence ? Ses projets de réfection du circuit d'osmose... Que cherchait-il vraiment sur ce parcours interminable ? Pourquoi son père ne lui avait-il jamais parlé de ses carnets ? Pourquoi préférait-il passer ses journées en montagne plutôt qu'avec sa famille ? Un supporter le tira brutalement de ses rêveries en lui annonçant que le prochain ravitaillement était à quelques dizaines de mètres.

L'ascension suivante allait être décisive. Un immense lapiaz s'étirait devant lui, le col des deux sœurs en ligne de mire.

La réserve naturelle des hauts plateaux qu'il connaissait enfant ne ressemblait plus qu'à de vastes champs circulaires où dansaient des tracteurs sophistiqués. Ces machines semblaient automatisées tant le ballet était régulier. Leurs allées et venues incessantes soulevaient une fine poussière qui brouillait l'horizon. Le sel de la sueur qui avait séché sur ses paupières brûlait ses yeux humides. C'était bien pire que ce qu'il avait pu imaginer.

Il lui restait une trentaine de kilomètres qu'il avala machinalement, vide, le regard perdu. À l'arrivée, il fouilla l'horizon, aveuglé par la fatigue et les spots. Mathilde et ses filles s'agitaient en le félicitant. Il crut apercevoir son père juste là, derrière elles. C'est pour lui qu'il boucla cette 15ème édition de la GTV.

Guillaume Collain

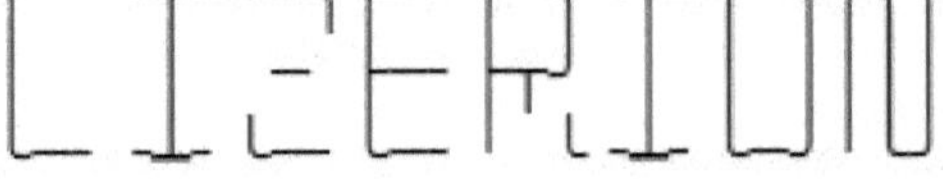

Les moteurs de descente s'activèrent et commencèrent à ralentir la chute de la capsule. Plus elle approchait de la surface de la planète, plus Céleste sentait l'angoisse se répandre en elle. Seule, elle n'avait pas de doute quant au sort funeste qui l'attendait sur ces terres hostiles. Elle se remémora les évènements improbables qui l'avaient menée ici, comme si cela pouvait rendre plus crédible ou acceptable la situation dans laquelle elle se trouvait maintenant.

Tout ce dont elle se souvenait, c'était d'être entrée dans le vaisseau qui devait la conduire dans le système Origine. Elle avait ressenti un léger pincement au cœur, une petite appréhension de partir pour la première fois si loin de son foyer. Avec ses cinq coéquipières, elle venait participer à une compétition interstellaire de laserhunt dans les ruines des anciennes bases martiennes. Elles avaient loué un petit vaisseau autonome pour l'occasion, car les énormes cargos de croisière étaient bien trop lents et surchargés. Céleste et ses quatre amies avaient été plongées dans un sommeil artificiel qui leur permettait de ne pas ressentir les effets des deux semaines de voyage.

C'était une alarme qui l'avait tirée de son sommeil. Elle avait ouvert brusquement les yeux. Le vaisseau subissait de violentes secousses. Des vertiges l'assaillaient, caractéristiques d'un réveil brutal du sommeil artificiel. Une voix synthétique s'était élevée dans son habitacle individuel.

– Vaisseau fortement endommagé... Système défaillant... Procédure de sauvetage enclenchée... Veuillez ne pas vous détacher. Je répète : veuillez ne pas vous détacher. Nous prenons en charge votre sûreté. La capsule dans laquelle vous vous trouvez va être éjectée et se posera dans une zone sécurisée.

Céleste voyait devant elle des images défiler sur un écran, mais elle n'arrivait pas à accommoder. Tout était flou, elle avait des haut-le-cœur. Soudain, un soubresaut, la capsule s'était détachée du vaisseau.

Elle avait accéléré : elle tombait en direction d'une immense masse bleue et blanche. Le vaisseau venait de la dépasser. L'appareil avait le flanc gauche écrasé. Elle avait contemplé avec effroi l'endroit où se trouvaient les capsules de deux de ses camarades, et qui ne ressemblait maintenant plus qu'à un amas d'acier froissé.

– Où sont les autres ? Dis-moi qu'elles sont en vie !! Avait-elle hurlé à l'intelligence artificielle qui contrôlait sa capsule. Celle-ci lui avait répondu de sa voix excessivement chaleureuse, programmée pour être rassurante mais qui ne faisait que rendre l'angoisse plus tangible :

– Je suis désolée. J'ai perdu tout contact avec le vaisseau. Aux dernières nouvelles, les capsules 2 et 4 étaient hors service. Les capsules 1 et 5 n'avaient pas encore été éjectées quand j'ai perdu la connexion.

Son sang s'était glacé quand elle avait vu sur l'écran les cinq lettres désignant la planète vers laquelle elle se dirigeait. Deux de ses camarades avaient été broyées dans l'armature du vaisseau, les deux autres allaient dériver pour toujours dans un cercueil de métal. Pourtant, elle enviait leur sort, car elle savait que sa propre fin serait sans doute bien plus lente et plus douloureuse. Elle s'apprêtait à se poser sur une planète morte. La Terre était abandonnée de toute présence humaine depuis des siècles, pour des raisons obscures mais qui faisaient l'objet de nombreuses théories et mythes terrifiants. Que ce soit sous l'effet de radiations, de miasmes ou de températures extrêmes, Céleste savait qu'une mort tragique l'attendait sur Terre.

Elle ferma les yeux et tenta de se maîtriser, de contenir l'angoisse qui lui serrait la gorge. Sur le fond noir de ses paupières, un visage rassurant vint s'imprimer. C'était celui de Ludivine, sa formatrice, celle à qui elle devait tout, celle qui l'avait aidée à surmonter ses peurs. Il ne lui restait plus qu'elle, puisque toutes ses coéquipières étaient mortes. Cette dernière pensée la faisait trembler de terreur.

La capsule se posa avec douceur, sans un choc. Les capteurs indiquaient une température de 6 °C, une pression atmosphérique de 1 bar, et ne détectaient pas de trace de radioactivité.

– Je vais me mettre en veille, afin d'économiser mes batteries. Puisque vous êtes consciente, la procédure normale requiert votre accord pour l'envoi d'un signal de détresse. Que dois-je faire ?

Céleste hésita. Elle venait de rouvrir les yeux, mais tout était toujours noir autour d'elle. Elle ne voyait presque rien par les parois transparentes de la capsule, car il n'y avait pas d'éclairage à l'extérieur. Elle distinguait à peine un mouvement, de grandes silhouettes sombres qui se balançaient légèrement au loin. Elle frissonna.

– Je... Oui... Enfin, non ! N'envoie pas de signal.

Un réflexe qui lui venait du laserhunt. Mieux valait ne pas trahir sa présence. Elle ne savait pas ce qui l'attendait ici, ni pourquoi son vaisseau avait été endommagé. Si c'était une attaque, elle préférait qu'on la croie morte. De toute façon, il n'y avait personne pour recevoir ce message, à des années-lumière à la ronde.

– Très bien, je me mets en veille.

Céleste sentit son estomac se nouer. Elle appréhendait la solitude. La capsule n'était pas d'une compagnie des plus agréable, mais ses lumières lui rappelaient le monde d'où elle venait. Elle tâcha de ne pas trop penser à ce lointain chez elle, à Ludivine qui avait pris le cargo pour venir les encourager, et qui n'arriverait sur Mars que dans une semaine. Il n'y avait plus personne à venir applaudir. Plus que Céleste, seule, à secourir.

Céleste se détacha et fouilla dans le compartiment dans lequel étaient rangés ses bagages. On n'y voyait plus rien, l'indicateur de veille lançait une lueur pâle qui ne renvoyait que des formes confuses. Elle finit par attraper son sac de hunt. Elle en sortit sa frontale, et l'équipement qu'elle avait prévu d'utiliser dans les ruines, sur Mars. Une combinaison renforcée, un casque, et surtout une bouteille d'oxygène. Les capteurs de la capsule lui avaient indiqué que l'air était respirable, mais elle préférait prendre des précautions. Elle enfila la combinaison et installa la bouteille sur son dos. Elle ramassa son arme qui avait glissé au sol. Un fusil laser moyenne portée, qui pouvait envoyer des décharges de différentes intensités. Elle le régla au minimum, pour économiser. Dans la poche latérale de sa combinaison, qui se situait au-dessus du genou, elle glissa son petit blaster, au cas où.

Le toit de la capsule s'ouvrit dans un chuintement. Céleste se releva et se tint debout au bord de l'ouverture. D'épais nuages couvraient le ciel, mais on pouvait voir par une trouée l'éclat blanchâtre d'une lune. L'obscurité régnait toujours. Céleste ne voulait pas encore allumer sa lampe. Elle scrutait les alentours, à la recherche de formes sur les-quelles accrocher son regard.

Elle commençait à s'habituer à la pénombre. Les silhouettes qu'elle avait vu se balancer étaient de longs arbres, bien plus hauts que ceux dont elle avait l'habitude. Leurs feuilles noires s'agitaient lentement au gré d'un vent sans doute chargé de substances toxiques ou de virus dévastateurs. Au loin, une forme imposante se dressait au-dessus des arbres. C'était du relief, sans doute une grande colline ou une mon-tagne, dont le sommet se confondait avec la base des nuages.

Elle voyait de moins en moins distinctement. Des gouttes d'une pluie fine s'écrasaient une à une sur la visière de son casque. Il n'y avait aucun bruit, sinon celui des feuilles bercées par le vent. Céleste n'était pas rassurée.

Elle hésita, puis finit par descendre à terre, avec précaution. Le sol était mou sous ses bottes. Elle fit quelques pas autour de la capsule, tentant de caractériser son environnement immédiat. Elle alluma sa lampe frontale à une très faible intensité, le faisceau dirigé vers le sol. De hautes herbes l'entouraient, atteignant presque ses genoux. La terre était humide mais peu boueuse. Céleste s'agenouilla, à l'affût du moindre bruit. Un silence de mort régnait, à peine dérangé par le lent frémissement du vent dans les herbes.

Soudain, un cri terrible déchira la nuit muette. Céleste se figea, terro-risée. Ce cri n'avait rien d'humain. On aurait dit le rire sournois d'un démon. Le son perça de nouveau, lancinant, une mélodie atroce venue des ténèbres de la forêt qui lui faisait face. Une ombre se détacha brusquement des arbres, une petite masse informe qui se dirigeait droit sur elle. Céleste tenta de maîtriser ses jambes flageolantes, se releva d'un coup et sauta dans la capsule encore ouverte. Elle activa la fermeture automatique d'un coup de coude, juste à temps pour voir l'ombre passer en furie au-dessus d'elle.

Son cœur battait à tout rompre. Elle entendit de nouveau la chose crier, en s'éloignant. Elle ferma les paupières, l'imaginant faire demi-tour et foncer sur elle pour la lacérer avec des griffes ou des dents tranchantes.

Mais il ne se passa rien. Tout était redevenu calme. Céleste tâcha de ralentir sa respiration. Quand elle osa enfin rouvrir les yeux, une sil-houette se dressait devant elle. Deux yeux brillants la scrutaient.

La silhouette leva un membre, au bout duquel une main vint frapper quelques coups contre la paroi transparente qui les séparaient. Téta-nisée, Céleste assistait avec impuissance à ce spectacle.

La silhouette posa une main noire contre la vitre. Lorsqu'elle la retira, une empreinte de buée la remplaçait. À la faveur d'une éclaircie, la lune répandit sa blancheur sur un visage humide. De longs cheveux mouillés encerclaient un front proéminent. Des joues creuses luisaient autour d'une large bouche déformée dans un rictus effroyable, qui s'effaça bientôt en une mine inquiète.

Le visage se retourna, puis la silhouette s'éloigna et disparut. Quand elle revint, elle était accompagnée d'une deuxième ombre, qui portait une source de lumière. Se dessinèrent alors deux visages, bien humains. Leurs lèvres remuaient, mais aucun son ne traversait la paroi de la capsule. Céleste peinait à déchiffrer l'expression qui tirait leurs traits.

Elle tenait toujours son fusil. Elle n'avait aucune idée des intentions des deux personnes qui se tenaient à quelques mètres d'elle, bien qu'elles ne lui eussent pas encore manifesté d'hostilité. Que lui aurait conseillé Ludivine ? Faire diversion, les occuper jusqu'à pouvoir les maîtriser ? Tenter d'entrer en communication, négocier ? Céleste était toujours réticente à s'engager dans un combat rapproché. Les individus portaient chacun une curieuse cape ample qui les couvrait de la tête aux genoux. Difficile d'évaluer leur aptitude physique. Ils ne semblaient pas armés au premier abord, l'un tenait un long bâton irrégulier, l'autre la lampe.

Céleste souffla pour se donner du courage. Il fallait faire quelque chose. Elle ne pouvait pas rester là, à regarder les deux individus discuter en lui jetant de temps à autre des regards furtifs. Il fallait agir avant que d'autres ne les rejoignent.

Elle rouvrit la capsule et sortit. Les deux personnes se tournèrent vers elle, hésitantes. La plus proche, celle avec la lampe, fit un pas. Sa bouche s'ouvrit, et des paroles incompréhensibles en sortirent, un flot d'intonations et de sons qui lui étaient totalement étrangers.

Céleste leva les bras, en signe de non-agressivité. Elle tenta :

– Je… je comprends rien à ce que vous racontez. J'avoue que vous me faites un peu flipper, mais vous n'avez pas l'air bien méchants, pas vrai ?

Ils la regardèrent, interloqués, puis se remirent à parler entre eux. De toute évidence, ils ne comprenaient pas non plus ce qu'elle disait. De plus en plus, leur attitude lui laissait penser qu'ils ne lui voulaient pas de mal. Aussi fou que cela pût paraître étant donné ce qu'elle savait de la Terre, ils semblaient vivre ici. Des survivants en quelque sorte. Ils devaient bien avoir un abri, quelque part où passer la nuit en sécurité. Dans sa maigre capsule, Céleste se sentait bien trop exposée, et sa bouteille d'oxygène ne lui permettait pas de tenir plus de quelques heures. Les deux inconnus étaient peut-être sa seule chance de survie.

Alors qu'elle réfléchissait à un moyen de leur communiquer son besoin d'abri, un lourd grognement se fit entendre. Tout le monde se tendit d'un seul coup. L'humain éteignit sa lampe et sortit de sous sa cape un instrument étrange, une sorte de gros blaster archaïque.

Le râle reprit, plus intense, viscéral. Il provenait de derrière les deux survivants. Ils jetèrent un œil derrière leur épaule, puis coururent vers

Céleste et s'adressèrent à elle en quelques mots brefs, accompagnés de signes avec les mains. Elle comprit aisément : il fallait détaler.

Juste avant de se retourner, elle crut voir une ombre bouger à la lisière de la forêt. Elle tira au hasard un segment de lumière rouge qui éclaira un instant la nuit.

Puis elle se mit à courir. Elle suivait les deux humains, qui avaient pris les devants. Le terrain était dégagé sur quelques centaines de mètres avant que la forêt ne reprenne. Céleste régla en courant son fusil sur une intensité plus forte.

Ils atteignirent les arbres et s'engagèrent dans un chemin assez étroit. Les branches griffaient sa combinaison. On ne voyait plus rien, mais il ne valait mieux pas allumer de lampe. Céleste faillit trébucher à plusieurs reprises sur des obstacles. Ils ne pouvaient plus courir à présent, à cause de l'obscurité et de l'étroitesse du chemin, mais ils marchaient à une allure rapide. Elle tâchait de mettre ses pas dans ceux qui la précédaient, de suivre son guide comme son ombre.

Ils ne se retournèrent à aucun moment, mais Céleste sentait qu'ils n'étaient pas seuls. Elle entendait parfois des branches craquer, des pierres rouler assez loin derrière elle. Si rien ne les avait encore rattrapés, c'était peut-être que son tir avait atteint son but, qu'elle avait blessé la bête qui les pourchassait.

À mesure qu'ils s'enfonçaient dans la forêt, la couverture de branches au-dessus d'eux s'épaississait. Il ne restait plus qu'un mince filet de ciel au-dessus de leurs têtes. Ils progressaient difficilement. Les craquements derrière Céleste se faisaient plus fréquents, plus proches et semblaient s'étendre vers les côtés. Elle en entendait parfois vers la gauche ou vers la droite, comme s'ils provenaient de plusieurs sources, comme si plusieurs choses les traquaient. Céleste se sentait démunie. D'ordinaire, c'était elle qui traquait.

Le chemin commençait à prendre une courbure ascendante, les ralentissant encore davantage. Les bruits s'approchaient toujours plus, et se diversifiaient. Des pas battant le sol, une respiration saccadée, un hurlement. Ils semblaient venir de partout à la fois, même de devant eux par moments.

Des feuilles molles glissèrent sous les pieds de Céleste alors que la pente s'intensifiait et que les souffles de ses compagnons s'alourdissaient.

Ils atteignirent une petite crête, puis le chemin commença à descendre. Ils atteignirent un espace assez dégagé sur quelques dizaines de mètres, une sorte de cuvette. Une butte les entourait de toutes parts, creusée à trois endroits opposés par d'étroits sillons : le chemin se séparait.

Ses deux compagnons s'arrêtèrent, et échangèrent quelques mots. Ils ne semblaient pas certains de la route à emprunter.

La forêt commença alors à frémir et à grogner de toutes parts. Ils avaient été rattrapés.

Céleste pivota sur elle-même, et compta au moins une demi-douzaine de paires d'yeux luisants qui les encerclaient, depuis la crête de la cuvette dans laquelle ils étaient pris au piège. Des râles lugubres résonnaient de partout. Céleste arma, et décocha une salve de tirs en direction d'une des paires d'yeux. Il y eut un chuintement sordide, suivi du bruit d'un corps qui s'effondre.

Son compagnon armé la suivit dans son élan. Il jeta un projectile sombre, qui se planta dans la butte. Il tira à nouveau, avec un peu plus de succès : un feulement douloureux retentit.

L'une des silhouettes qui se tenaient au sommet de la butte lança alors un aboiement furieux. Elle se jeta dans l'arène, fonçant droit sur eux. On aurait dit un énorme chien noir au poil gonflé, qui arborait quatre yeux sanglants au-dessus d'une gueule pleine de crocs. Céleste le visa mais il bondissait, évitant les salves. Il allait les atteindre quand il fut stoppé par une violente charge de l'homme au bâton. Le coup l'avait écrasée au sol, mais la bête se releva aussitôt en roulant. Elle exhiba sa dentition acérée d'où dégoulinait une bave noire et gluante.

Tout grognait autour, les bêtes s'agitaient. Leurs griffes crissaient contre le sol.

L'homme au bâton fit alors s'abattre un deuxième coup dans le flanc du monstre. Céleste réalisa qu'au bout du bâton était fixée une pointe de métal, qui avait traversé la peau de l'animal. Son sang jaillit de la plaie, aussi sombre et épais que sa salive. Céleste profita de l'instant de stupeur de leur assaillant pour lui envoyer une décharge, en visant les yeux. Il s'écroula, et l'homme lui enfonça encore son bâton dans la gorge, qui répandit une dernière coulée de sang.

La sueur dégoulinait sur le front de Céleste. Ses jambes tremblaient, mais elle parvenait encore à viser juste. Deux masses jaillirent des ténèbres devant elle en rugissant. Céleste fit volte-face ; elle en avait entendu une troisième surgir dans son dos. Elle l'arrosa de traits rouges, mais ils rebondissaient sur l'épaisse fourrure. Le monstre se jeta sur elle la gueule ouverte, et elle eut tout juste le temps de se jeter au sol pour esquiver.

Elle parvint à relever un genou le temps que la bête, emportée par son élan, décrive un arc de cercle pour revenir dans sa direction. Stabilisée, elle tira deux coups précis qui parvinrent à faire chuter son assaillante à ses pieds. Les deux combattantes lancèrent un dernier assaut. La bête envoya ses griffes au visage de Céleste, faisant éclater son masque d'oxygène. Au même moment, celle-ci fit exploser à bout portant le crâne du monstre, qui dégagea une lourde fumée.

Céleste inspira sa première bouffée d'air terrien. Le souffle frais qui venait se frotter contre son visage charriait une odeur de viande pourrie.

Elle se releva, chancelante, et se retourna vers ses compagnons. L'un d'eux était au sol, repoussant de son bâton une mâchoire énorme qui tentait de se refermer sur sa gorge. L'autre était aux prises avec le troisième molosse.

Céleste essaya de maîtriser son corps tremblant, pour viser la bête en évitant de toucher l'homme. En temps normal, elle visait juste presque à tous les coups, mais la peur la tiraillait à présent. La peur des conséquences de l'échec. Si elle blessait ou tuait son nouveau compagnon, elle ne donnait pas cher de sa propre peau. L'hésitation la submergeait, immobilisant ses membres quelques secondes de trop. Lorsqu'elle parvint enfin à presser la détente, l'homme avait déjà cédé.

Le corps du molosse s'écroula sur lui. Céleste courut à son secours. Elle poussa de toutes ses forces, bientôt rejointe par le deuxième homme qui venait de réussir à se débarrasser de son adversaire. Au prix d'un effort colossal, ils parvinrent à dégager le corps inconscient.

Ils étaient encore sur leurs gardes. Il restait des monstres à affronter, ils le savaient : les grognements avaient faibli mais n'avaient pas cessé. Toutefois, plutôt qu'un nouvel assaillant, ce fut un hurlement interminable qui surgit des ténèbres qui les entouraient. Puis, les pas lourds des bêtes en fuite.

Céleste se laissa tomber sur un tronc renversé et jeta au sol les restes de son masque brisé. La puanteur s'était amplifiée. La clairière avait retrouvé son calme, mais des cadavres jonchaient le sol. Ceux-ci étaient devenus atrocement maigres, comme s'ils s'étaient desséchés ou putréfiés de manière accélérée. Les poils avaient disparu, laissant voir une peau noire craquelée, tendue sur les os immenses.

Ils ne devaient pas traîner. L'homme au sol était à demi conscient et avait l'épaule déchirée par une plaie profonde. Ils durent s'y prendre à plusieurs fois pour le relever, et parvinrent à le soutenir par les épaules en se positionnant chacun d'un côté. Ils avancèrent avec peine pendant plus d'une heure, ralentis par leur fardeau. Ils devaient s'arrêter à intervalles réguliers pour se reposer. Guidés par la lampe frontale, ils gravirent une colline à travers les arbres, à l'affût du moindre bruit, sans arrêt sur leurs gardes.

Après être enfin sortis de la forêt, ils marchèrent encore une bonne distance sur un terrain plat, avant de se retrouver devant une haute paroi de pierre. Ils avaient atteint leur abri. Céleste s'écroula de fatigue.

*

Lorsqu'elle rouvrit les yeux, la journée avait bien avancé. Une lumière dorée se répandait dans la pièce aux murs ocre. Elle était dans un lit, les draps rêches la grattaient. À sa gauche, dans une couche similaire, se tenait une personne qui arborait un bandage à l'épaule. Maintenant qu'elle le voyait à la lumière du jour, elle réalisait que l'homme de la nuit précédente était en fait une femme. Son visage mince souriait, fatigué, dans sa direction.

Céleste se releva en position assise dans un concert de protestations musculaires. Quelqu'un à l'autre bout de la pièce se leva d'une chaise.

– Comment allez-vous ?

Il parlait dans la même langue qu'elle. Céleste crut un instant que son cauchemar était terminé, qu'elle avait été récupérée par un vaisseau, que Ludivine se tenait derrière la porte et qu'elle allait se jeter dans ses bras d'un instant à l'autre.

– Je... moi aussi, je viens de là-haut. Je m'appelle Max.

Céleste ravala sa frustration. Elle n'avait bien sûr pas bougé de cette maudite planète.

– Il faut que je rentre, articula-t-elle.

L'homme baissa son regard, coupable.

– C'est impossible, je le crains.

Céleste resta interloquée. L'homme parlait avec difficulté, cherchant ses mots.

– Ce n'est pas le... moment de parler de ça. Il faut vous restaurer. Vous êtes faible. Commencez par boire de l'eau.

Il désigna du regard un verre qui se trouvait sur une petite table à côté du lit. Céleste avait la bouche desséchée, mais elle avait retrouvé sa méfiance. Elle scrutait le visage de l'homme, cherchant à déchiffrer les intentions qui se dissimulaient sous sa barbe grise.

– Que voulez-vous dire par « impossible » ? Ma capsule... Je les appellerai, ils viendront me chercher.

– Moi aussi je voulais rentrer, au début. Il y a longtemps. J'ai fini par accepter... et j'ai même préféré rester. La vie ici est bien plus belle.

– Je me fiche de ce qu'il y a ici. Ma place est là-haut. J'ai une famille... Aussi maigre soit-elle.

– Je suis désolé.

Il avait l'air sincère, mais Céleste n'arrivait pas à le cerner. Elle ressassait ce qu'il avait dit : « impossible ». Elle était à la fois intriguée, fatiguée, en colère. Et la faim commençait à la ronger.

– S'il vous plaît, aidez-moi. Je dois y retourner. Il y a des choses qu'il me faut terminer, des personnes qui comptent sur moi. Je ne peux pas les abandonner.

– Ici aussi, on compte sur vous à présent. Vous avez une nouvelle famille à protéger.

– Je ne crois pas que vous ayez besoin de moi, si les gens ont survécu depuis tout ce temps...

– Ce qu'ils craignent, ce n'est pas ce qui rôde la nuit. C'est plutôt ce qu'il y a là-haut. Vous.

– Nous ? Personne ne leur veut du mal ! Vous le savez aussi bien que moi : tout le monde ignore qu'il y a encore des gens sur Terre. Les rares à s'y être aventurés ne sont jamais revenus.

– Si personne ne revient, c'est justement pour préserver le secret. Les gens ici ont déjà assez à faire avec les monstres nocturnes. Ils n'ont pas besoin d'une horde de curieux, pas plus d'une invasion de machines.

– Une invasion ? Je ne comprends pas, nous pourrions les aider. J'ai vu leurs armes, elles sont primitives. Avec l'artillerie qu'on a là-haut, on pourrait venir à bout de ces monstres, et rendre la Terre aux humains.

– Ce n'est pas si simple. Vos armes ne sont pas les bienvenues ici. On finirait par s'en servir pour s'entre-tuer. N'est-ce pas ce qui est arrivé sur chaque planète où nous nous sommes installés ? Ici, la paix règne depuis des siècles.

– Mais à quel prix ? Combien meurent la nuit sous les crocs de ces bêtes ?

– Peut-être que c'est de se battre contre ces horreurs qui nous préserve de nous faire la guerre entre nous, qui sait ? Et puis, rien ne sert de les tuer. Il y en a toujours de nouvelles. Celles que vous avez rencontrées n'en sont qu'une sorte, parmi beaucoup d'autres, toutes aussi affreuses et prédatrices. Personne ne croit à ce genre de choses ici, mais au fond je pense que ces monstres sont une sorte de punition divine. Pour notre orgueil, et pour ce qu'on a fait à cette planète.

Il s'arrêta un instant, songeur.

– J'étais comme vous, quand je suis arrivé. Ça m'a pris du temps d'accepter de vivre ici... Et encore plus d'accepter de travailler, précisa-t-il en souriant.

– Qu'est-ce que vous voulez dire ?

– Là-haut, ce sont les machines qui font tout le boulot... Ici, il y en a un peu, mais elles sont moins... Comment dit-on ? Sophistiquées. Ce ne sont que des outils, ce sont les gens qui travaillent.

À ces mots, Céleste faillit s'emporter. Mais elle devait garder son calme. Il ne pouvait pas savoir.

– Les machines qui font tout, ce n'est qu'un mirage, fit-elle sur un ton calme. Pour les habitants des stations c'est vrai, ce sont les machines qui produisent, entretiennent, conduisent, divertissent. Mais vous êtes-vous déjà demandé ce qu'il y avait dans les ceintures d'épaves, d'où viennent les matières premières ?

Elle marqua une pause, mais sa question était rhétorique.

– Moi, j'y suis née. Il y a encore des gens qui travaillent. Ce sont les esclaves des robots : des hommes, des femmes, et même des enfants. Ils réparent les machines, interviennent lorsqu'elles sont défaillantes, parfois ils extraient même les minerais eux-mêmes, quand il faut accélérer la production.

– Comment ? Comment est-ce possible ?

– Je suis sûre que vous en avez déjà entendu parler, dans votre vie d'avant. Mais tout le monde ferme les yeux, hein, c'est loin. Et les entreprises qui martèlent : « N'écoutez pas les désinformateurs et faites-nous confiance. Nous certifions que tout le travail qui intervient dans la réalisation de nos produits est assuré à 100 % par des machines. »

– Je regrette de l'apprendre... J'aimerais qu'il en soit autrement. Vous savez, ici il y a un espoir pour l'humanité. Je ne pensais pas dire cela un jour, mais il existe une vie meilleure en dehors du monde du profit et de l'expansion à tout prix.

– En dehors... C'est bien facile. Moi je me bats, à l'intérieur de ce monde. J'essaie d'offrir une vie meilleure à ces enfants, de leur donner la chance qu'ils n'ont pas eue. On m'a moi-même offert une autre vie. Je suis née dans la misère, j'ai grandi dans les ateliers, à réparer les machines. Aujourd'hui, on m'acclame comme une héroïne quand je remporte un match de laserhunt. Je leur dois ça, aux autres. Je veux leur donner la chance d'être libérés du travail.

Max se taisait, honteux. Céleste attrapa le verre d'eau et le descendit d'un trait. Son ventre grondait, mais elle n'y pensait plus. Elle pensait à sa vie là-haut. Elle devait y retourner, finir ce qu'elle avait commencé. Comme s'il avait deviné ce qu'elle pensait, Max reprit :

– Quoi qu'il en soit, et bien que je le regrette, vous devrez rester ici. Ils ne vous laisseront pas partir. Vous ne pouvez plus rien pour eux, là-haut. D'autres continueront votre combat.

Puis :

– Vous devez être affamée. Je vais voir ce que je peux vous apporter. Vous verrez, la nourriture ici est moins abondante que là-haut, mais elle est excellente.

Céleste ne répondit pas. Elle trouverait un moyen de s'échapper.

*

Plus tard dans l'après-midi, elle fut autorisée à sortir, et Max lui servit de guide. Il parlait la langue des autres, et était vêtu aussi bizarrement qu'eux. Céleste avait insisté pour remettre sa combinaison. Tout le monde portait des tuniques ridicules avec des collants – même les hommes.

Lorsqu'ils franchirent la porte qui menait vers l'extérieur, Céleste fut assaillie d'influx sensoriels. Elle chancela, aveuglée par la lumière et submergée par les odeurs. L'air était doux et charriait un parfum inconnu.

En quelques clignements de paupières elle parvint à s'habituer à la luminosité. Devant elle se dressait une large place circulaire. En son centre, un arbre tendait vers elle ses lourdes branches chargées de fleurs.

– Je ne suis pas habitué à jouer les guides touristiques... lança Max de sa voix traînante. Malgré tout, bienvenue à Lizerion ! Il y a tant de choses que vous devez apprendre... je ne sais pas bien par où commencer.

La place était entourée de bâtiments de quelques étages. Elle formait une intersection entre plusieurs rues qui partaient dans différentes directions. Derrière les bâtiments les moins hauts, on pouvait voir se dresser d'imposantes masses rocheuses recouvertes d'un tapis de verdure. Au-dessus, des nuages épars peinaient à masquer un ciel d'un bleu intense et éblouissant, qu'elle ne pouvait pas regarder de manière soutenue.

– Comme vous pouvez le voir, la ville est entourée de montagnes. Elles nous amènent l'eau dont nous avons besoin. Par-delà les montagnes qui se dressent juste devant nous, il y en a bien d'autres encore, et puis des plaines immenses. On y trouve d'autres villes : Nasterre, Juinville, et plus loin la grande Floré. De l'autre côté, si on suit la rivière, on tombe sur un fleuve, et si on le suit pendant plusieurs décades de marche, on finit par atteindre la mer.

Il utilisait des mots qui lui étaient inconnus, ou qui lui évoquaient des concepts abstraits. Elle savait qu'une ville, c'était comme une station ou une base, mais dehors, sans plafond. Elle avait déjà parcouru des ruines pendant des parties de laserhunt, mais elle n'avait jamais vu de vraie ville habitée.

– La mer, vous n'avez qu'une vague idée de ce que c'est, pas vrai ? On ne peut vraiment le comprendre qu'en la voyant. Je serais ravi de vous y conduire, à l'occasion.

Il ravala son enthousiasme, percuté par le regard glacial de Céleste.

– Je devrais peut-être commencer par vous montrer le mur. Nous sommes proches de l'entrée principale. L'hôpital a été établi ici pour... des raisons pratiques, comme vous avez pu le constater.

Il l'emmena par l'une des rues, qui étaient bien plus larges que les galeries des stations ou des bases planétaires. Les passants qu'ils croisaient la dévisageaient presque tous. Ils atteignirent bientôt une artère principale, qui s'allongeait jusqu'à une double porte en bois, encastrée dans le mur d'enceinte. Celui-ci était plus haut que la plupart des bâtiments alentour. Elle reconnut la paroi qu'elle avait atteinte la nuit précédente.

– Ce mur est là pour nous protéger. Il ne repousse pas les créatures, mais les empêche de nous atteindre trop facilement. Nous devons monter la garde depuis là-haut, être toujours vigilants. Il arrive parfois qu'elles se regroupent pour nous attaquer en masse. Il faut tenir bon jusqu'à ce que le jour se lève.

– Elles n'apprécient pas la lumière du jour ?

– Il semblerait. Elles ont toujours attaqué la nuit, et personne ne sait où elles se terrent la journée. Voulez-vous bien m'accompagner là-haut ? Nous aurons une meilleure vue.

Il désignait le mur d'enceinte. Elle hocha la tête et lui emboita le pas. Ils montèrent un escalier de pierre puis empruntèrent un étroit couloir au sommet du mur.

Ils entreprirent ainsi un long tour de la ville par sa périphérie. Max lui parla de l'organisation de la cité, qui comptait quelques milliers de personnes, peut-être plusieurs dizaines de milliers. Au centre, les quartiers résidentiels étaient protégés par une deuxième paroi de pierres. Entre les deux murs se trouvaient principalement des ateliers, des fabriques, des jardins, des serres et autres entrepôts. On y trouvait aussi quelques bâtiments-dortoirs, qui servaient principalement pour les personnes qui choisissaient de monter la garde pendant la nuit. Apparemment, ce rôle était rempli par presque tous, alternativement, sans que personne ne les y contraigne. Dans chaque zone de la ville on pouvait trouver des lieux pour se détendre ou se restaurer. On sillonnait les rues le plus souvent à pied ou sur des engins à roues, actionnés par un mouvement circulaire des jambes. Céleste était dépaysée. Elle éprouvait un mélange de fascination curieuse et de rejet amer. Elle ne voulait pas laisser ces gens décider pour elle. Aussi curieuse soit leur organisation sociale, aussi attrayante leur vie en plein air, elle restait déterminée à rentrer chez elle. Elle se promit de trouver une façon d'y parvenir. Il lui faudrait sans doute quelques jours pour préparer sa fuite.

– J'ai mis plusieurs années à découvrir tout cela, j'espère vous économiser bien des peines. Leur langue est d'une richesse merveilleuse. Je ne suis pas certain d'en avoir encore saisi toutes les subtilités, mais je pense pouvoir vous en apprendre les rudiments.

Céleste ne répondit rien. Elle était tiraillée entre la curiosité – en apprendre plus l'enthousiasmait – et le désir de s'en aller au plus vite.

– Je vois que vous êtes exténuée. Cela doit faire beaucoup d'informations pour une seule journée. Puis-je vous accompagner dans votre nouvelle chambre ? On vous a préparé quelque chose de plus confortable que l'hôpital.

Il l'accompagna, alors que le soleil déclinait, jusqu'à l'intérieur de l'un des bâtiments du centre de la ville. À cette heure, nombreuses étaient les personnes qui parcouraient les rues, et les visages se tournaient sans arrêt dans leur direction.

Elle retrouva ses compagnons nocturnes, qui la saluèrent avec beaucoup d'enthousiasme, et qui s'avérèrent se nommer Emerin et Lasco. On avait préparé un repas sur une grande table pour elle, Max, et encore d'autres personnes dont elle ne parvint pas à enregistrer les noms. Elle peinait à comprendre la nature des relations entre toutes ces personnes, mais ils vivaient de toute évidence tous et toutes dans ce bâtiment.

Céleste prétexta une fatigue soudaine pour écourter le repas et aller s'isoler dans la chambre qui lui était dédiée. La nourriture était délicieuse, mais elle avait peu d'appétit. Elle avait besoin de calme, et ne supportait plus d'entendre leurs paroles sans pouvoir les déchiffrer.

Elle dormit peu cette nuit-là, harcelée par ses pensées. Elle essayait en vain d'établir un plan qui lui permettrait de s'échapper de cette ville pour retourner à la capsule envoyer un signal de détresse, afin qu'on vienne à sa recherche. Elle disposait d'une fenêtre assez étroite : il fallait attendre qu'il y ait suffisamment de vaisseaux dans le système pour qu'ils puissent recevoir son message, mais elle devait émettre avant la fin de la compétition. Et surtout, comment rester à bord de la capsule en attendant une réponse ? Elle savait maintenant qu'elle ne pouvait pas y passer la nuit, et elle n'était pas sûre de pouvoir y retourner plusieurs fois. Il lui faudrait être patiente, apprivoiser ses hôtes et ne pas se précipiter.

Les jours passèrent, et l'occasion de retourner à la capsule se présenta d'elle-même. Les Terriens la laissaient aller à sa guise, et Max la quittait dès qu'elle lui exprimait son besoin de solitude. Elle passait donc une bonne partie de ses journées seule. Elle se promenait dans la ville et ses alentours boisés, savourant la douceur et le parfum de l'air. Elle aimait rester dehors lorsqu'il pleuvait : les gouttes fraîches glissaient sur sa peau et ruisselaient de sa chevelure. Elle rentrait parfois complètement trempée, ce qui semblait beaucoup amuser ses hôtes, surtout lorsqu'ils devaient allumer un feu pour calmer ses grelottements.

Max passait du temps avec elle. Il lui expliquait tout ce qu'il avait appris sur les Terriens : leurs coutumes, leurs façons de subvenir à leurs besoins, de se partager les tâches, de prendre des décisions collectives. Céleste avait été étonnée d'apprendre qu'il n'y avait pas de gouvernement ni d'État, pas de chef ni de politicien. Elle se demandait encore comment toute cette ville pouvait fonctionner sans que personne ne dise à qui que ce soit ce qu'il devait faire. Ces gens jouissaient d'une liberté incomparable, et pourtant ils travaillaient tous dur pour que personne ne manque de rien. Chez elle, les gens étaient peut-être moins libres et beaucoup plus paresseux.

*

Max essayait de lui apprendre des mots de leur langue, en lui répétant de manière régulière. Elle ne laissait pas paraître d'intérêt particulier pour tout ce qu'il lui apprenait, mais il persévérait. En réalité, elle mourrait d'envie d'en savoir plus, de comprendre ces gens et leur façon de vivre. Ils lui semblaient si étrangers et en même temps si proches. Peut-être que Max faisait semblant de ne pas remarquer l'enthousiasme dissimulé sous son indifférence.

*

Ce fut donc à l'occasion de l'une de ses promenades quotidiennes que Céleste décida de retourner à la capsule. Elle s'était enfoncée plus loin dans la forêt à chaque fois, et elle se sentait à présent capable de retrouver le chemin qu'elle avait parcouru dans le noir avec Lasco et Emerin. En fin de matinée, elle retrouva facilement la cuvette dans laquelle ils avaient été attaqués. L'endroit était calme, empli de chants d'oiseaux et de la lumière du soleil. Elle eut brièvement l'impression que l'attaque n'avait été qu'un rêve, tant elle lui semblait lointaine et improbable. Cependant, en avançant, elle vit des taches noires sur le sol, à l'endroit où les bêtes avaient péri. Le souvenir de leurs hurlements lui revint, et elle put presque sentir à nouveau l'odeur atroce de leurs cadavres. Elle quitta la clairière, dans l'espoir de laisser derrière elle les images de cette nuit horrible.

Elle continua son parcours dans la forêt, mais elle était de moins en moins sûre de suivre le bon chemin. Ses souvenirs étaient minces, et ils avaient parcouru cette partie dans le noir, en pressant le pas.

Elle finit par atteindre la lisière de la forêt, remplie d'espoir. Elle s'avança dans la lumière crue de l'après-midi naissant. L'herbe lui frottait les mollets à travers les collants terriens − elle avait fini par accepter de porter leurs vêtements, ne serait-ce que pour passer un peu inaperçue.

La prairie dans laquelle elle se trouvait pouvait très bien être celle dans laquelle elle avait atterri, mais elle ne parvenait pas à en être certaine. Tout prenait un aspect différent sous la lumière du jour. Ce qui avait pu l'effrayer ou la mettre sur ses gardes dans l'obscurité pouvait très bien l'émerveiller à présent. Un grand oiseau noir passa au-dessus d'elle en lâchant un cri grinçant, qui la fit sourire. Elle gardait cependant une boule au ventre : la peur de s'être trompée de chemin.

Elle parcourut la clairière de long en large : la capsule n'était pas ici. Il n'y avait que des herbes hautes, des insectes, et plus loin la forêt qui continuait.

Céleste rebroussa chemin, déçue. Elle remonta la piste qu'elle avait suivie, et en essaya une autre, au premier carrefour qu'elle rencontra. Mais elle ne trouva que des arbres, encore et toujours, et jamais de clairière.

Elle passa ainsi l'après-midi à essayer tous les chemins possibles, à s'engouffrer dans la moindre trouée entre les arbres qui s'offrait à elle. Elle découvrit quelques clairières vides, et énormément de fausses pistes. La détresse la gagnait alors qu'elle essayait de repousser l'idée qu'elle allait rester coincée sur cette planète pour toujours.

Elle dut abandonner quand le soleil passa derrière l'une des montagnes. Elle atteignit Lizerion juste à temps, alors que le ciel s'assombrissait.

*

Elle retourna en forêt le jour suivant, et puis celui d'après. Dès qu'elle trouvait un moment adéquat pour s'échapper, elle partait parcourir les sentiers, qu'elle commençait à connaître par cœur. Mais elle ne trouvait rien, et au bout d'une décade de recherches, elle finit par se convaincre qu'elle ne retrouverait jamais la capsule. De plus, il était sans doute déjà trop tard. Mars et ses alentours devaient être redevenus vides.

Elle avait petit à petit réduit ses contacts avec les autres personnes jusqu'à n'adresser la parole à Max que pour les nécessités de la vie quotidienne. Celui-ci semblait voir que son moral chutait, mais il n'en disait rien. Il se montrait de moins en moins à l'aise avec elle, comme s'il ne savait pas gérer ce genre de situation. Il avait sans doute traversé le même genre de phase, mais il ne lui donna aucun conseil. Il la laissa seule, avec ses angoisses.

Être coupée de tout contact avec ses semblables, en particulier avec Ludivine, lui pesait énormément. Le souvenir de ses camarades mortes n'arrangeait rien. Lorsqu'elle arrêta ses recherches, elle ne fit plus qu'errer dans le bâtiment dans lequel elle dormait, au gré des couloirs et des nombreuses salles qui étaient souvent vides pendant la journée. Elle restait dans sa chambre le soir, et se retournait pendant des heures à la recherche du sommeil.

Elle ne sortit de sa torpeur qu'après de nombreuses insomnies. Au cours de l'une d'entre elles, son attention fut captée par une agitation qui s'élevait de la rue. Elle se leva et rejoignit Max dans l'une des salles communes. Inquiet, il échangeait avec d'autres personnes qui avaient toutes l'air d'avoir été tirées prématurément du sommeil. Il s'approcha d'elle et l'informa : la ville était attaquée, et celles et ceux qui montaient la garde cette nuit-là étaient en train de se faire dépasser. Sans hésiter, Céleste alla chercher son arme dans la chambre. Comme elle était à moitié déchargée, Max lui remit un lanceur de projectiles similaire à celui qu'Emerin avait utilisé la première nuit. Celui-là était plus gros et ressemblait à un petit fusil. On lui expliqua brièvement son fonctionnement, et elle partit au front en courant, accompagnée d'une dizaine de personnes qui s'étaient portées volontaires.

Ils atteignirent la porte principale, qui pendait, arrachée. Des formes noires se tenaient à son seuil. Les humains luttaient contre elles avec difficulté, et des corps gisaient déjà à terre.

Son fusil laser fut inutilisable au bout d'une heure. Le reste de la nuit fut beaucoup plus éprouvant : les armes terriennes repoussaient les monstres mais parvenaient rarement à en venir à bout. À tout instant, des choses informes sortaient de nulle part. Des silhouettes à demi humaines se jetaient contre les remparts, et de longs bras attrapaient ses compagnons pour les emporter dans les ténèbres.

Au lever du soleil, elle aida les autres à transporter les blessés à l'hôpital, puis elle s'écroula elle-même pour ne se réveiller qu'à la fin de la journée.

Cet évènement marqua le commencement de quelque chose de nouveau pour Céleste. Elle avait tissé des ébauches de liens avec ses compagnons de lutte, et notamment Lasco, sa camarade de la première nuit sur Terre, qui maniait la lance comme personne. Elle participa à la reconstruction, et commença ainsi à réellement s'impliquer dans la vie de la communauté. Il lui fallut quelques décades afin de maîtriser un peu leur langue et s'en sortir sans l'aide de Max.

Céleste découvrit l'été, puis l'automne. Elle devenait de plus en plus proche de Lasco. Elle fut étonnée de la facilité avec laquelle elle apprenait à réaliser les diverses tâches qu'on lui confiait, et de voir qu'elle prenait goût au travail libre. Bien sûr, il y avait toujours une contrainte : celle des besoins de la communauté. Néanmoins, elle pouvait changer d'activité comme elle le souhaitait, elle pouvait s'arrêter quand elle était fatiguée, et surtout, elle décidait avec les autres de ce qui devait être fait, dans quels délais et de quelle manière.

Elle pouvait désormais fabriquer de petits objets en bois et en métal, réparer quelques petits mécanismes et rapiécer des vêtements. Mais ce qu'elle préférait, c'était d'aller travailler à l'extérieur, dans les champs et les vergers. Il y avait eu beaucoup de produits à récolter : céréales, fruits, légumineuses, noix... Son palais découvrait de nouveaux goûts presque à chaque repas.

Elle aimait flâner à l'occasion dans les différents quartiers de la ville et découvrir de nouveaux recoins. Lorsqu'elle sortait se promener hors des remparts, elle évitait toutefois la forêt du Nord, celle qu'elle avait trop parcourue.

Elle fit l'expérience des fêtes et de la musique terriennes, des danses endiablées, des sonorités incongrues, des jeux, des fresques colorées et des ornements variés. Tout était nouveau et intrigant, beau et étrange, enivrant et vivifiant.

*

L'hiver arriva, et les délicieuses couleurs de l'automne ternirent, pour laisser place aux branches nues et au givre. Un jour, Lasco vint trouver Céleste, qui était assise sur le bord d'un puits à contempler un merle qui grattait le sol en frétillant. Beaucoup de personnes avaient délaissé les ateliers ce jour-là, pour profiter des rayons tièdes du soleil.

– Céleste ! Il y a quelque chose que je dois te montrer.

Celle-ci leva les yeux vers son amie, qui arborait un sourire qu'elle avait du mal à déchiffrer. Elle la suivit à travers les rues jusqu'à un entrepôt. Elles pénétrèrent par une double porte qui était ouverte. Lasco était silencieuse, visiblement tendue.

Il y avait toute une collection d'outils et d'engins, la plupart agricoles, qui avaient l'air d'attendre des réparations. Lasco la mena dans un recoin de la pièce, où avait été rangé un objet imposant, entièrement en métal et assez long. Céleste ne le reconnut pas tout de suite, sous la couche de poussière qui s'y était accumulée. Un rayon de soleil perçait par l'une des vitres et reflétait vaguement son image sur la carcasse bombée. C'était sa capsule.

La découverte fut un choc qui raviva les craintes qu'elle avait enfouies dans sa mémoire. Elle n'avait pas passé un jour sans penser à Ludivine, mais elle avait enterré tout espoir de retour. Lasco avait reculé de quelque pas, comme pour la laisser seule avec son souvenir. Un peu par dépit, Céleste tira sur la poignée extérieure. Elle fut surprise d'entendre le chuintement de l'ouverture. L'écran de bord s'alluma, et une lumière familière baigna le cockpit. Elle osa entrer, et s'assit dans le siège.

– Bonjour Céleste. Cela fait 268 jours que je ne t'ai pas vue. Heureuse que tu sois en vie.

C'était la voix métallique de l'intelligence artificielle.

– Comment se fait-il que j'aie été déplacée ? Où suis-je ? Cette planète est dangereuse Céleste, je dois alerter les autorités de ta station que tu es toujours vivante.

– Non !

– Céleste, c'est pour ton bien, ils vont venir te chercher.

– Non, je ne veux pas, laissez-moi tranquille.

– Je transmets les coordonnées de cet endroit, veux-tu ajouter un message ?

– J'ai dit non, n'envoyez rien, ne faites pas ça !

– Je suis désolée Céleste, j'ai été programmée pour cela.

Céleste commençait à paniquer. Il ne fallait surtout pas qu'ils sachent. Elle devait garder le secret, même si elle avait terriblement envie de retrouver Ludivine, de la faire venir ici. Elle, et les enfants esclaves des machines, pour qu'ils découvrent la liberté. Mais cela était impossible. Elle avait été forcée de reconnaître que Max avait raison. Elle ne pouvait pas amener ses semblables ici, ils ne comprendraient pas. Il fallait qu'elle arrête cette capsule, ou les Terriens allaient devoir faire face à un débarquement de machines belliqueuses. La voix synthétique retentit à nouveau.

– Il me faut un peu plus d'énergie pour charger le module de communication interstellaire. Voudrais-tu bien dépoussiérer mes panneaux solaires ?

Céleste sourit. Elle sortit du cockpit, et alla chercher un drap qui traînait sur une machine non loin de là. Elle le posa sur la capsule, et ferma le cockpit. La lumière de l'ordinateur s'éteignit à nouveau.

Elle rejoignit Lasco en souriant, et elles sortirent profiter de la chaleur du soleil. Céleste se promit de revenir et de faire en sorte que la machine se taise pour de bon.

127

Louise Dupraz

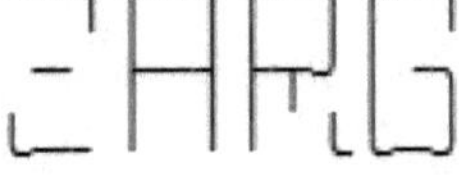

– Zarg, balance.

– Savez que vous pouvez me parler civilement ?

Le noïde fixait Hélène à travers ses lunettes de soleil. Elle le détestait. Elle détestait les classes I, leur aspect quasiment humain mais-pas-tout-fait, pas encore. Répugnants. Trop familiers, trop proches. Sa présence lui nouait le ventre instantanément. Des frissons fusaient en elle, comme des poussées de fièvre, comme une intox alimentaire comme... lui. À la ville, ils appelaient ça artifi-phobie, l'intolérance envers les artificiels. On payait aux gens des thérapies hors de prix pour soigner ça.

Zarg fit exprès de l'ignorer tout en chargeant le coffre de sa voiture. Il émettait des petits bips agaçants. On aurait vaguement dit qu'il essayait de reproduire L'Hymne à la joie. Ses gestes devenaient sans cesse plus fluides et précis, sa capacité de mimétisme était impressionnante. En deux mois, il avait fait des progrès prodigieux. Il était flippant. Beau et flippant.

– Je vous remets 4 cartons. Des friandises goûtues pour humains aujourd'hui, ils en ont besoin.

– Pas plus ? Et les p'tits du Vivier ?

– Nous nous chargerons du secteur B-6, le comptoir nous adresse le Lento cet après-midi. Soyez prudente Hélène, vous avez roulé vite la dernière fois, vos signaux étaient étranges, j'ignore ce que vous...

– J'me casse.

Hélène monta dans sa DL, vérifia brièvement les réglages, mit en route la programmation musicale et, d'un coup de coude expert, alluma le véhicule. Sa voiture hybride ultra rétro démarra dans un vrombisse-ment du tonnerre – elle n'allait pas tenir encore très longtemps. Mais bon, elle roulait encore. Et quel pied d'avoir une bagnole ! Sans répondre, plutôt crever, aux signes de la main que lui adressait le noïde, Hélène quitta le plateau et entama la descente vers la grand-route.

Elle s'en voulait d'être si froide avec Zarg. Il fallait reconnaître qu'il était toujours courtois et direct. Il lui permettait de continuer ses tournées avec sa voiture pourrie qui n'était même pas aux normes. Elle le soupçonnait de la couvrir auprès du comptoir local. S'il avait été humain, ils auraient pu s'entendre. Gambader dans les prés ensemble et ourdir des plans pour dégommer les artificiels. Dommage ! Les noïdes la révulsaient. Elle refusait de leur parler et évitait autant que possible de les regarder. Le pire, c'était la vision d'un couple Humain-Noïde. Ça lui foutait la gerbe. Insupportable. Hélène respira profondé-ment et tâcha de reprendre le contrôle de ses pensées.

« Quand tu te sens partir en vrille, respire fort comme une biovache et sens tes appuis, mon petit canard grincheux. » lui avait soufflé Loran-guo la veille.

Tiens, il se tenait justement devant la maison au moment où elle pas-sait. Elle le salua de la main avec un sourire – lui au moins était fait de chair et d'os.

Arrivée au croisement, Hélène jeta un œil sur sa droite et laissa passer l'Utile Tract' qui se rendait aux champs. Elle ignora le salut de cette espèce d'aberration mécanique de classe II. Moins organiques et plus ridicules, ils lui paraissaient plus supportables. Elle tourna à gauche et entama la montée vers le village. La voiture galérait un peu, mais rien d'inhabituel. Quelques volutes de fumée, la pédale latérale qui résis-tait, le poids du véhicule. Plus personne ne possédait ces vieux modèles réadaptés d'il y a un siècle. Il fallait être barjot pour jouer avec un zinzin pareil. Mais bon, beaucoup de choses passaient quand on avait déjà l'artifi-phobie. Hélène augmenta le volume et entrepris de chanter à tue-tête, les fenêtres ouvertes, sous le regard gris des Utiles qu'elle croisait. Ils n'aimaient pas Claude François, les gros nazes.

Avant d'arriver à l'ancien terrain de sport, elle bifurqua à droite au panneau « secteur B-1 ».

« Ohé ! »

Madame Chemsy lui faisait de grands signes depuis l'orée de son jardin. Hélène s'arrêta et lui remit son paquet. Elles échangèrent quelques banalités : Madame Chemsy adorait lui parler de son petit-fils qui était loin mais qui rentrerait certainement en Auvergne un de ces jours. Elle conservait avec soin toutes les friandises qu'elle recevait du comptoir pour lui faire plaisir. Hélène n'avait pas tellement d'espoir pour cet homme. Elle n'en laissa rien paraître. Qui suis-je, la marginalos, pour donner un avis à cette grand-mère ? Si l'espoir la fait vivre, tant mieux. Respire fort.

Madame Chemsy ne se départissait jamais d'un sourire hésitant quand elle lui parlait – sûrement une trace des engueulades publiques avec Tina, du refus d'inviter Zarg chez elle, de sa proximité avec Loranguo, ou les trois.

Un signe de la main avant de revenir vers le village. Elle ne prêta pas attention aux quelques Inutiles de classes III qu'elle croisa sur son chemin. Ce groupe devenait de plus en plus bizarre, surtout depuis qu'ils essayaient de se reconvertir en haie pour les maisons. Il aurait mieux valu les éliminer tout de suite. Ça n'avait aucun sens, ces artificiels qui s'amusaient à imiter le vivant en mode Random, pour passer le temps. La colère monta en flèche depuis le ventre d'Hélène pour remonter jusqu'à sa tête. Elle allait les démonter. Non. Pas cette fois. Leur aboyer dessus ne menait à rien, elle préféra changer sa playlist pour un bon rap bien canalisant.

Encore deux arrêts plutôt ennuyeux avec des lambins trop aliénés qui ne lui parlaient que des extraordinaires découvertes du moment et de la fin du conflit indépendantiste breton, avant de pouvoir emprunter la petite route qui menait au lac, secteur B-2. Elle expédiait toujours la première partie de ses livraisons de façon à avoir le temps d'une baignade. Elle gara sa voiture à proximité, se déshabilla et courut dans l'eau.

La sensation de brûlure démarra instantanément mais Hélène s'en foutait. Ça l'aidait même à stopper ses ruminations, à cesser de visualiser Tina à chaque virage, à réinvestir le présent. Elle fit quelques brasses sans penser à rien. Le ciel était vaguement orangé ce matin-là. Un tracé violet le déchirait de part en part, la livraison de Lento. Bientôt, une fois passés les files d'attente et le stress de ne pas avoir de dose, tous les artificiels allaient se détendre pour quelque temps.

Hélène repartit dare-dare après sa baignade – Zarg allait finir par capter qu'elle traînait. Le chien. Elle eut un frisson en l'imaginant sur son moniteur, à l'observer à travers les capteurs de la DL... Elle remonta vers le village et en sortit par l'ouest pour assurer la dernière livraison. Elle échangea quelques mots avec le maire, Monsieur Morin : il lui fit des blagues de son répertoire. Elle les connaissait toutes, mais elle adorait ces instants de partage – ça devenait rare.

En repartant, elle s'abîma un instant dans la contemplation des champs d'artificiels qui s'étalaient à perte de vue sur cette portion du Livradois Forez. Ici, des bras biomécaniques achevaient de pousser et seraient bientôt prêts pour la moisson. Ils seraient ensuite expédiés à Clermont-Ferrand pour être assemblés en fonction de leur patrimoine génétique. Là-bas, c'était des capteurs sensibles dernière génération qui sortaient de terre. Des Utiles à lame de précision accompagnaient leur croissance. Ils taillaient avec application les capteurs. Madame Chemsy avait dit que selon la précision de la coupe, les capteurs étaient plus ou moins en mesure de saisir les choses. Restait à savoir ce que signifiait « saisir les choses ».

Hélène contint le vertige qui la prenait ainsi que le sentiment d'oppression qui jaillissait immanquablement à cette vision. Ça la saisissait dans la poitrine, comme si on lui serrait le cœur. Elle se faisait violence à chaque fois pour voir, pour rester avertie et lucide. Elle préférait savoir. Elle préférait tout plutôt que de ressembler aux aliénés des villes.

Elle fit signe à Zarg en arrivant, sans prendre la peine de répondre à ses questions. Inutile de lui raconter la beauté des arbres, l'inquiétude dans la voix de Madame Chemsy, la blague du maire : il n'y comprendrait jamais rien.

Il lui lança, tandis qu'elle tournait les talons : « Vos signaux indiquent que vous n'allez pas tenir très longtemps à ce rythme. J'espère que l'eau était bonne. Soirée à votre ami. »

Sa voix se réchauffait progressivement. Elle restait cependant très métallique. Il prononçait mieux les consonnes. Ses i avaient toujours tendance à s'envoler dans les aigus.

Arrêter de l'écouter. L'ignorer tant que possible, respirer et revenir aux appuis.

Hélène reprit la pente douce jusqu'à la maison. Loranguo était encore là. Il installait des petits lumignons pour les soirées d'été à venir.

« Oyez gente dame ! Venez me voir après votre repas, j'ai à vous parler. »

Hélène lui ouvrit les bras pour partager une étreinte. Elle salua Caroline et Anna qui s'affairaient avec frénésie dans le potager, et retrouva sa caravane.

Plus tard le soir, Hélène ouvrit délicatement la porte du bureau. Il était inutile de frapper, le craquement des escaliers avait déjà annoncé sa présence. Loranguo était assis à sa table, il griffonnait sur son vieux cahier, à l'ancienne. Le bruit du crayon glissant sur la page avait un effet apaisant.

L'écran fixé au mur diffusait un discours du porte-parole de la Nouvelle UE.

– Tu regardes encore cette merde ? T'as le ventre bien accroché.

– Même avec les humains il faut connaître son ennemi, répondit Loranguo avec un accent faussement chinois.

– Très drôle. Tu voulais parler ?

– Oui car j'adore te parler Hélène, la mystérieuse bougonnante, si humaine dans tout ce merdier. Tu sais, après le départ de Tina, les gens disaient que...

– .... de quoi voulais-tu parler ?

Loranguo soupira, faussement atterré par la froideur de son interlocutrice – qu'il adorait, elle le savait. Il passa la main dans sa barbe pour en faire tomber quelques miettes et se leva. Il ouvrit le placard situé au-dessus du bureau et en sortit une boule en plastique, constituée de pics de couleurs ramassés les uns sur les autres. Des couleurs très vives, éclatantes. Ça faisait tout drôle. Elle n'avait rien vu de tel.

– J'ai trouvé cet objet à la déchetterie de Cunlhat en allant piquer des pièces pour ta DL. Tu n'as pas connu ça toi, la jeunette, mais ce genre de jouets était très répandu au deuxième millénaire.

– Je t'avais dit de ne plus y aller... tu n'écoutes rien.

– Assieds-toi, je vais te raconter une histoire.

Hélène s'assit à côté de Loranguo.

– Tu es cette balle.

– Enchantée.

– Les pics représentent chacun de tes états intérieurs. Par moment, il désigna un pic bleu, tu es la tristesse, tu coules sans bruit ou tu te déverses comme un torrent de montagne. À d'autres moments, un pic rouge, la colère, quand ça vrille dans ta tête et que tu augmentes le volume. Là, un pic jaune, enthousiaste et solaire, quand tu danses par exemple, etc. Si on prend ton environnement comme échelle, c'est pareil. Tu es la même mais tu passes de l'un à l'autre de nous et tu t'exprimes différemment. Je suis là, en jaune, ici Caroline et Anna, ici Madame Chemsy, ici Zarg...

– Pas lui, quand même !

– Que tu le veuilles ou non, les trois classes font partie de notre environnement.

– Si tu veux...

– C'est la réalité qui veut ! Pas les vieux ours ! Les pics sont compactés, proches les uns des autres. Ce que je veux dire c'est que tout en étant sur la même balle, nous passons sans cesse d'un état à l'autre. Nous nous identifions tantôt à tel état, pensée, émotion... Au niveau plus large nous sommes tantôt en rapport avec un ami, un noïde, un voisin, etc.

– Ouais c'est ça. Mon intérieur est le reflet de mon extérieur. Tu connais bien la soupe individualiste qu'on nous serine à la télé depuis badingue.

Loranguo l'ignora et marqua une pause pour ménager le suspense. Il adorait cela. Hélène ressentit une pointe de compassion. Ces connards de noïdes avaient déclaré en arrivant qu'ils n'avaient pas de travail pour les clowns et que ceux-ci devraient se reconvertir. Elle tâcha de masquer son impatience. Loranguo entreprit avec délicatesse de déplier de la balle.

– Regarde ce qui arrive quand tu prends de la distance.

La balle avait changé de forme, elle était maintenant ouverte et les pics qui la constituaient étaient devenus des parties d'un ensemble plus large qui conservait une forme circulaire de toutes les couleurs. Plus aérienne, plus douce. Hélène se détendit. C'était bon de relâcher les épaules et d'entrouvrir la mâchoire. Tiens, la lune pointait le bout de son nez au-dessus des pins.

Loranguo passa la main entre les espaces devenus vides.

– Quand tu respires et que tu te détaches, tu es moins compacte. Il y a davantage d'espace en toi, tu te fluidifies. Une distance s'installe et tu n'es plus bouffée par tes émotions, comme une mouche dans une plante carnivore. Tu deviens plus libre. Dès lors, tu es capable de regarder davantage la réalité en face. Tu peux être lucide et ainsi être reliée à la beauté du monde. Tu en as bien besoin, jeune personne.

– Ô grand maître ! On révise pour l'examen d'idéologie ? Ça va nous rapporter des paquets de friandises ?

– Laisse tomber une minute ton cynisme, pour une fois !

Hélène ne répondit pas. Le terme de fluidité employé par Loranguo s'était insinué en elle. Ouais, la possibilité de passer d'un état à l'autre lui permettait de tenir. Tantôt elle détestait Zarg à fond, tantôt elle s'émerveillait à la vue d'une hirondelle, tantôt elle dansait comme une folle avec Anna pour s'amuser, tantôt elle ronchonnait contre Loranguo quand il l'emmerdait dans la vie collective. Les espaces vides entre les branches de la balle lui paraissaient denses. Elle passa à son tour la main dedans et se laissa caresser par l'air. C'était plaisant.

– En gros, quand je suis dans cette ouverture, la vie reste supportable, voire parfois plutôt belle. Est-ce que ce n'est pas le cas pour tous les humains ? Sauf peut-être les aliénés...

– Certains restent dans la boule repliée et ne font que circuler sans fin d'un pic à l'autre. Au bout d'un moment ils se désensibilisent et se renferment comme des huitres. On ne peut plus les atteindre, ils se sclérosent et finalement ils acceptent la présence des trois classes parmi nous. Ils se déshumanisent tandis que les noïdes nous ressemblent de plus en plus.

– Ils perdent la boule quoi !

– Si tu veux.

Hélène réfléchit un instant. Une sensation de fragilité se dégageait de la balle, elle aurait pu la casser assez facilement. Compacte, elle était forte, ramassée, un golem roulant sur les artificiels pour les dégommer. Une éruption volcanique, épuisante. Ouverte, la balle pouvait recevoir de la visite et se déplacer avec légèreté. Était-ce plus désirable ?

– Ce qui m'aide c'est votre présence à tous les trois : nos espaces sans capteurs ni noïdes, ni utiles, ni inutiles, nos jeux de société où on s'engueule et nos partages profonds. Ce sont aussi ces livraisons débiles qui me font tenir. Le mouvement, la DL, la musique, les contacts humains... même si je dois me taper la vue du reste...

– ... tant que tu peux te déplier, ça ira.

Ils se tinrent en silence plusieurs minutes. Au loin, les crapauds siffleurs faisaient entendre leur chant à intervalle régulier. Cette espèce était une source de fierté importante pour Loranguo. Il avait réintroduit ces crapauds dans le coin deux ans auparavant et la petite colonie prospérait. Par ailleurs, la nuit était tout à fait calme. C'était un bel été, pas trop chaud pour une fois.

– Je doute que tu m'aies montré tout ça uniquement pour ma croissance personnelle.

– Cette boule peut aussi représenter notre environnement. Aujourd'hui nous sommes sur la même balle que tous ces robots noïdes, utiles et inutiles. Ils font tout le boulot, il y a de moins en moins de distinction entre eux et nous... nos dirigeants prétendent que tout est sous contrôle, ils nous prennent pour des abrutis sans âme...

– Oui, ça va. J'ai pas envie d'y passer la nuit.

– Si on leur ouvrait la boule, il se passerait quoi à ton avis ?

Là c'était le grand vide. Se projeter dans une balle, OK. Projeter l'image des artificiels, impossible. Des images étranges apparaissaient à son esprit. Des ouvertures, des arrêts, une proximité... berk. Ça faisait comme une barrière, trop compacte pour le coup, à traverser. Elle tenta plutôt d'imaginer ce que Loranguo répondrait, c'était bien plus facile.

– Les noïdes s'éveilleraient à l'incommensurable beauté de la vie ?

– Ce ne sont pas des humains, souviens-toi, ce sont des cyborgs. Ils ont des aspects de nous mais ils ne maîtrisent pas vraiment les soubresauts du vivant : les sentiments, l'imagination, ça reste embryonnaire même si certains font bien illusion. Alors si on ouvre la boule, il y a de fortes chances qu'ils soient gravement désorganisés.

– Je ne comprends pas ce que tu dis, dit Hélène sèchement, déjà ton histoire de boule c'est chelou, mais là je suis carrément perdue.

– On va mettre un peu d'espace. Tu vois, la boule est un circuit très fermé, très compact et très prenant en énergie. L'énergie, pour ne pas être destructrice, doit être conduite et régulée. Comment on se régule, nous, les quasi derniers humains de la région ?

– Repos. Activité physique suffisante. Nourriture saine. Pas de baignade.

– Et pour eux, c'est quoi qui régule l'énergie du vivant ?

Le temps suspendit son cours dans l'esprit d'Hélène, tandis que Loranguo dépliait à nouveau la balle devant elle. La barrière était tombée, avec fracas, ça lui coupait les jambes. Elle se pencha vers lui et chuchota :

– Le Lento

– Oui. Il s'approcha d'elle et répondit dans un souffle, nous allons leur retirer le Lento. Comme il leur en faut très peu, ça va être long avant qu'ils n'en soient modifiés. Des affects, des instincts même risquent de se réveiller ! Fini la camisole chimique ! Le chaos peut-être ! On va même se servir de la relation que nous avons avec eux pour augmenter cette panique, semer la zizanie, foutre la merde.

– Comment ?

– J'ai un plan. Mais d'abord tu dois me dire si tu es d'accord pour y participer.

– Sans le connaître ?

– Sans le connaître. Je ne peux pas prendre de risque, même avec toi.

Hélène se leva et s'approcha de la fenêtre. Elle ferma les yeux, aux prises avec tout ce qui bouillonnait en elle : la trouille d'abord, pour sa vie, le désespoir qu'elle avait appris à contenir mais qui continuait de l'abreuver de sa puissance et puis l'élan. Elle posa une main sur sa poitrine, à l'écoute de la sensation subtile d'expansion qu'elle ressentait à cet endroit. Elle se tourna pour croiser le regard de Loranguo et échanger un sourire avec son ami. Par la fenêtre, elle contempla la maison. À cette heure, Caroline et Anna dormaient probablement. Elle aimait cette famille d'adoption. Ils étaient bordéliques et chaotiques mais bien vivants. Pleins de chansons, de rigolades et de chamailleries. Du bon sens, du vrai. C'était rassérénant.

Comme bien souvent, la réponse se leva en elle : irrésistible, elle contamina l'ensemble de son système.

– OK.

Le soleil commençait tout juste son ascension, et déjà des bandes d'inutiles s'agitaient. La privation de Lento avait sur eux un effet des plus bizarre. Ils partaient carrément en vrille. Heureusement ils ne s'approchaient jamais. Trop lâches pour oser s'en prendre aux humains. C'était amusant de les regarder s'agiter dans tous les sens. Leur bras branches se ramollissaient, leurs pattes de métal se détachaient par endroit. C'était drôle et pitoyable en même temps. Elle observa tout un groupe qui roulait sur la route en poussant des cris étranges qu'elle n'avait jamais entendus. Des apprentis sorciers, voilà ce que nous sommes.

– Tu as vu cette débandade !

Caroline venait à sa rencontre avec une tasse de café fumant. Elles échangèrent un sourire et restèrent en silence. Les forêts de pin s'illuminaient progressivement. Les poules s'étaient encore planquées. Elles non plus, n'aimaient pas les inutiles.

– Ton ami est là, dit Caroline en repartant.

Hélène grimaça. Même sur le ton de la blague ça lui tournait le ventre qu'on l'associe à Zarg. Cette grande pelure d'oignon. Le noïde pénétra dans la cour avec hésitation. Il avait l'air déboussolé. Normal. Hélène se questionna un instant sur ce qu'il pouvait ressentir, mais elle n'arrivait pas à se mettre à la place d'un cyborg. Ça bloquait. Un flot d'émotions montait quand elle tentait le coup.

– Vous ne voulez livrer ?

Sa voix était toute drôle. Différente de d'habitude, plus grave, moins claire. Ses traits lui semblaient changés. La partie mécanique de son visage était moins brillante, on aurait dit qu'une membrane était en train d'apparaître dessus. Ses yeux étaient d'une couleur bizarre, un argent délavé. Leurs paupières étaient rougies, intenses – vulnérables ?

Elle détourna le regard et fit non de la tête sans rien dire. Elle avait envie de lui demander ce qu'il ressentait, mais ne se l'autorisa pas. C'était un ennemi. Elle était trop lâche pour l'affronter. Comme d'hab. Il n'ajouta rien et repartit. Hélène revint à la terrasse de sa caravane et, ça faisait longtemps, fondit en larmes.

Ils étaient partis de nuit, avec Loranguo, vers les hauteurs. Tandis que celui-ci déblatérait sur le sens de la lumière à l'intérieur de soi, Hélène avait humé le parfum de la nuit. Les fleurs continuaient de pousser, peut-être s'hybrideraient-elles un jour elles aussi ? Ils étaient passés devant le camp des noïdes et les avaient salués. Loranguo avait expliqué qu'ils montaient des petites bougies au calvaire pour attirer sur eux la bonne fortune. C'était passé, les noïdes n'avaient vraiment pas de notion d'anthropologie, en tout cas ce groupe-là. Ils avaient gravi le sentier jusqu'à la croix. À cette altitude, ils dominaient la vallée où coulait la Sioule. La lune leur avait offert une vue magnifique.

Ils avaient allumé les petites bougies et les avaient déposées au pied du calvaire. Puis ils avaient partagé une bouteille de vin, du pain, du fromage, du saucisson et des radis en bavardant, histoire de passer le temps. Hélène était souvent importunée par les logorrhées de Loranguo. Ils avaient fait un tas d'ateliers de communication pour réussir à passer du temps ensemble. Le résultat était pas mal. Ils se supportaient.

Quelques heures plus tard, alors que même les crapauds siffleurs dormaient, ils étaient redescendus en catimini vers le camp des noïdes. Même eux, avec leur prétendue toute-puissance, avaient besoin de fermer les yeux par moments. Hélène avait été traversée par la haine à la vue des maisons du hameau, autrefois peuplées d'humains, où se reposaient les noïdes. Ils croyaient que tout leur était dû. Le plus douloureux était d'imaginer qu'ils étaient probablement inconscients de ce qu'ils leur faisaient vivre. Elle avait eu beau tenter de lire des bouquins sur le sujet, l'innocence artificielle la dépassait totalement.

Loranguo avait eu recours au plus vieux truc du monde : une diversion. Il s'était posté en bas de la colline et avait allumé sa petite radio à fond, balançant un air de Vivaldi. Puis il s'était mis à danser tout seul, comme un fou, en hurlant « Rejoignez-moi ! C'est le grand bal ce soir ! ». Quel malade ! Jamais elle n'aurait souscrit à un tel plan, il avait eu du nez de lui demander son accord avant de le lui révéler. Elle était vraiment trop loyale, c'était foutu.

Et pourtant les noïdes étaient tombés dans le panneau. Ils s'étaient levés pour voir cet hurluberlu qui dansait tout seul. Même Zarg. Hélène aurait pensé qu'il avait plus de jugeote. Dire qu'on les comparait souvent à des créatures mythologiques. C'étaient plutôt des moutons en fait.

Ça avait été trop facile, à lui en faire perdre le sommeil pendant des semaines. Elle s'était approchée à pas lents du puits, s'était penchée au-dessus et avait décroché l'antenne. Elle avait planqué le microaimant en dessous, l'avais remis, et était repartie. C'est tout.

Son cœur battait la chamade en revenant. Sensation de sueur désagréable et léger tremblement de la mâchoire. Super louche quoi. Zarg était venu à sa rencontre direct, forcément. Il avait émis un bip interrogatif. Panique. Perdu pour perdu, l'inviter à danser. Il avait accepté. Merde.

Loranguo avait alors changé de station tandis que les autres noïdes s'étaient assis pour regarder : ils émettaient des clics clics métalliques, synonymes de stupéfaction. C'était une première pour ce groupe. Leur première fête.

Face à face. Sans contact évidemment, pas question de toucher « ça ». Danse en feed-back. La musique entre à l'intérieur de l'être et la rencontre sensible de la chair et du son génère le mouvement. Mouvement intérieur, les yeux fermés dans un premier temps puis ouverture vers l'extérieur. La présence de l'autre engendre une différence dans le mouvement. Peu à peu, une harmonisation se fait, les gestes s'inspirent les uns des autres, la danse devient partage, même sans contact, création unique de l'instant, entrelacement des identités.

Enfin, en théorie. Avec des humains.

Sous la pleine lune, un extrait de Daphnis et Chloé de Ravel, la danse finale, avait démarré. Lenteur. Continuité du mouvement, une grande respiration pour laisser la musique pénétrer en soi. La tête s'incline, les épaules s'ouvrent et le bassin se déroule. Fluidité. Zarg suivait. La capacité de mimétisme était décidément bien développée chez lui. Impressionnant. Mais il n'était sans doute pas capable d'une interaction réelle. Et puis la musique s'était accélérée. C'était le moment de leur montrer ce qu'une humaine pouvait faire. Déployer le mouvement dans toutes les directions. Bondir. Le tonus. Aller au bout du mouvement, la gestion du souffle, les yeux ouverts, se laisser emporter par la musique, bouger le corps entier ensemble, entièrement vivant, dans tous ses recoins. Plus intense, plus fort. Pas mécanique, pas hybridé, pas besoin de Lento pour se réguler. Tout bouge, tout est mouvement. Danser avec la lune, les arbres, l'air. Avec tout, sauf avec ces connards d'artificiels.

Hélène s'oublia.

Une présence. Alourdissement dans la poitrine, accélération du rythme cardiaque et, le pire, sensation d'ouverture. Merde. Dans le coin de ses yeux, une forme en mouvement. Elle n'était pas seule à danser. Il y avait Zarg qui virevoltait autour d'elle. Son mouvement était précis, intense, ample, c'était incroyable. Grand et filiforme comme il était, il était prêt à s'envoler. Une sensation de chaleur se répandit dans le corps d'Hélène. La danse de cet abruti amplifiait la sienne, la complétait même. C'était flippant. Flippant et beau.

Dans un chœur lointain de voix de femmes et d'hommes entremêlées, il s'était approché. Le cœur battant et le souffle court, pas question qu'il ne me touche, elle avait fait un pas en arrière. Ses yeux d'argent étaient voilés, presque translucides. Sa chevelure câbleuse s'agitait en cliquetant. Que ressentait-il ? Il ne fallait pas se poser de telles questions, elle détourna le regard.

« Merci madame, merci les noïdes, pour ce merveilleux moment de partage. Vous voyez, nous y arriverons ! Vive la cohabitation heureuse ! Vive l'AURA ! Bonne nuit à tous !! Je viens vous serrer la pince »

Loranguo avait coupé la musique et faisait quelques pirouettes tout en serrant la main des noïdes qui s'étaient mis en file pour lui souhaiter bonne nuit et le remercier.

Zarg avait eu l'air de vouloir dire quelque chose. Pas question de causer, Hélène était partie en courant se réfugier dans sa caravane.

Allongée dans son petit lit douillet, elle avait écouté les crapauds siffleurs toute la nuit.

La pente, la grande route, le terrain de sport, la bifurcation, le lac. La sensation délicieuse de se fondre dans l'eau, la fraîcheur qui rentrait par tous les pores de sa peau nue. Puis les brûlures, atténuées ces jours-ci, sans doute par l'inactivité des utiles. Hélène respira profondément en balayant du regard l'étendue. Personne, comme d'hab. Des utiles et des inutiles en paquets de l'autre côté, bizarre.

Quelques brasses plus tard, elle revint à la terre ferme. La sensation de plénitude d'après baignade se déclenchait toujours dans ce passage, magique, de l'eau à la terre : les quelques pas où l'ondée dansait avec sa marche la ravissaient. La détente, la serviette appliquée avec douceur sur sa peau et les rayons du soleil, le pied total. Soupir.

– Vous n'êtes pas en poste, que faites là ?

Elle fit volte-face et se trouva nez à nez avec Zarg.

– Putain ! Mais arrête de me suivre ! Casse-toi espèce de monstre !

Elle avait hurlé sous le coup de la frayeur.

– Arrêtez de me parler ça ! Je suis un être, merde ! Je des trucs, je galère, t'es où vous avec vos principes, vos chevaux, tes chevilles et votre tête. Jamais vous dites ce que vous ressentez. À l'aide !

Éberluée, elle l'avait observé hurler à son tour. Quelle voix bizarre il avait, genre vocodeur des années 2020. Ses bras bougeaient dans tous les sens, informes. Ça l'avait fait redescendre direct de sa colère. Elle avait alors senti un truc bizarre, au niveau de la poitrine. Une émotion qui n'était pas la sienne, un mouvement.

– Tu ressens quoi, là tout de suite ?

Silence.

– Du rouge, du chaud, ça vibre dans mes minces, le cou compact, informations trop rapides.

– La colère.

– Ah bon ?

Il pouvait ressentir. Merde. Hélène s'assit et prit sa tête dans ses mains.

– Je sais que c'est vous. Vous nous prenez pour des pifs de flûtes.

Ne pas répondre. Sensation de vide qui montait, dans un figement.

– Regardez-moi au moins. L'inhumanité infligée à l'autre détruit l'humanité en moi Kant.

– T'en es pas un, putain !

Elle s'était jetée sur lui, ils avaient roulé dans le sable jusqu'à l'eau. Tout s'était suspendu d'un coup. Le regarder, le sentir. Un flot d'émotions, de chaleur, d'envie de... mais non, merde. Qu'est-ce qui se passe ? L'abîme de perplexité n'était pas loin. Bug cérébral. Elle s'était relevée, avait jeté un œil sur lui, s'était éloignée de quelques pas, en direction de la DL. Respirer, sentir les appuis. Ça vacillait pas mal. Les mains sur le véhicule elle avait fermé les yeux. Les images se succédaient : le départ de Bretagne, Tina se baignant nue dans le lac, les soirées clowns sous la lune, le débarquement des trois classes, les marécages intérieurs qui se déclenchent, le premier jour de Zarg, le puits...

« Tais-toi et regarde le ciel. »

La voix de Tina avait résonné à ses oreilles. OK. Lever les yeux vers le bleu éclatant où quelques hirondelles évoluaient. Inspiration, silence, dépliement de l'intérieur.

Sur la plage, plus de traces de Zarg.

La convocation était arrivée dans la matinée du 30 juin. Hélène l'avait réceptionnée auprès de l'utile, un similifacteur dégueulasse qui n'avait même pas essayé d'être poli. Ça pouvait se comprendre vu l'enfer qu'ils avaient possiblement vécu sans Lento. Elle avait soupiré en pensant aux quatre mois qui venaient de s'écouler. Quelle idée de merde ! Jouer avec le vivant de la sorte, dérégler les systèmes nerveux et hormonaux de dizaines de cyborgs, les stresser avec quelques effets de rumeurs ou blagues bien senties. Les voir déconner, se tromper, se vulnérabiliser, s'humaniser même par moments... avoir l'air presque sympathique. « En fait le plus insupportable dans tout cela, c'est la sensation d'avoir infligé à ces connards ce qu'ils nous font vivre. ».

Ils s'installèrent tous les trois dans la cuisine pour le courrier. Caroline était très grave, silencieuse. Hélène avait le ventre troué par l'angoisse. Loranguo avait revêtu son costume de Sancho dans Don Quichotte pour l'occasion. Hélène l'avait observé, fascinée, allumer des bougies autour de la table. « Alors, alors, que nous racontent les autorités locales ? Une invitation ? Une décoration ? Une dégustation ? »

Il avait ouvert l'enveloppe avec soin, pendant de longues minutes, avant d'entreprendre de lire à voix haute, à sa façon, c'est-à-dire en éludant certains passages et en édulcorant d'autre.

« Cher Loranguo, aliéné de la marchandise immonde, blablabla, au vue des informations dont nous disposons, blabla, grave mise en danger de formes de vie cybernétique, rendez-vous à Clermont-Ferrand le... un ubutile se tiendra à votre disposition pour le transport... prenez une brosse à dents pour la prison, n'oubliez pas votre petit pain orangé avec une lime dedans... »

Ils n'avaient convoqué que Loranguo. Pas de courrier, aucune mention d'elle.

Le lendemain, l'ubutile avait emmené Loranguo qui avait tenu à prendre deux poules avec lui afin de tenter, selon ses dires, d'amadouer le juge.

– Pourquoi as-tu fait cela ?

– Suis amoureux de vous.

– N'importe quoi. Tu ne sais pas ce que c'est l'amour, espèce de banane.

Zarg la fixait avec intensité. Il eut un tic nerveux, fascinant, peut-être était-ce une tentative de sourire ?

– J'ai décidé de ne pas reprendre Lento. Une camisole chimique. Je veux être vivant au plus, même si je dois sombrer. C'était trop beau de vous sentir.

– Qu'est-ce que tu veux ?

– Aidez-moi à faire goûter aux autres ce que c'est de vivre sans Lento.

Se rembarquer dans un plan suicidaire après avoir réchappé d'une mascarade organisée par un clown ? C'était de la folie. Mais que faire d'autre ? Hélène soupira.

– OK.

Il sourit de nouveau et se mit à chantonner un truc incompréhensible. Il était si différent, moins dense, plus léger.

Déplié !

149

Lucas Perez

LES OISEAIFS

Je fus réveillé par un rayon de soleil. Le volet de ma chambre avait été négligemment laissé entrouvert par une version moins glorieuse de moi-même, rentrée ivre la veille au soir. Mes paupières étaient sèches comme du papier cuisson, et ma bouche pâteuse. À en croire mon réveil, il était treize heures passées. Il était temps de me préparer.

Il me fallut plusieurs minutes pour m'extraire de mon lit et me décider à aller me laver. Je profitai des quelques pas qui séparaient ma chambre de la douche pour partir à la pêche aux souvenirs : j'ai quitté mon domicile vers vingt heures, suis arrivé au bar vers vingt heures trente, bonjour à Quentin, commande d'une bière au distributeur de boissons, fin. Maigre prise. Cela étant, vu mon état, une demi-douzaine de verres avait dû suivre.

Chaque goutte d'eau qui tombait sur mon crâne meurtri résonnait comme une poutrelle de chantier s'écrasant sur le carrelage d'une chapelle. Je ne m'étais pas encore acclimaté à cette douloureuse sensation, l'abus d'alcool était une habitude récente : voilà deux semaines que mon affectation avait pris fin. Elle me convenait : j'étais Truck Manager. Je passais mes journées assis, les pieds sur un tableau de bord. Le véhicule autonome me conduisait aux quatre coins du pays, me laissant amplement le temps de contempler les plaines, les forêts et les montagnes du paysage. Quand le camion montrait des signes de faiblesse, j'activais l'unité de réparation et tout se passait bien. Mais les règles étaient les règles : une nouvelle affectation allait m'être confiée et j'étais soucieux à l'idée de me retrouver dans un de ces jobs de bureau, cloîtré entre quatre murs, à remplir des documents que personne ne lirait jamais. J'y serai entouré de gens qui viendraient incessamment me proposer « un petit café », afin de pouvoir s'affronter dans un concours de « qui a passé son temps extra-professionnel dans les activités les plus valorisantes. » Pour gagner, il suffisait de citer un musée. Je ne fréquentais guère ces endroits, j'avais perdu d'avance. En homme simple, j'aimais les grands espaces, le soleil, la tranquillité et la solitude. J'étais un rhinocéros paisible et j'allais me retrouver en cage avec des macaques remuants. Je noyais cette anxiété dans la boisson, jusqu'à l'excès.

Ma période de repos se terminait, je devais me rendre à l'office du travail aujourd'hui, afin de recevoir mon affectation pour deux nouvelles années. Sans cela, pas de salaire. Et sans salaire, je n'aurai pas longtemps les moyens de noyer mon anxiété dans grand-chose.

Propre et habillé, je quittai mon logement. Le soleil était aveuglant, le cocktail dentifrice à la menthe-relents de bière me donnait la nausée et mes jambes avançaient seules, mon esprit étant trop concentré sur la douleur. J'arrivai devant le grand bâtiment gris de l'office du travail sans m'en rendre compte. À l'entrée, une borne demanda à scanner ma carte d'identité et me distribua un ticket.

« Vous êtes numéro 27. Merci de patienter dans la salle d'attente. »

La porte automatique me laissa pénétrer dans le bâtiment, bondée à cette heure-ci de la journée. Je pris un verre d'eau au distributeur et m'installai sur une chaise en plastique blanc à côté du guichet. Le haut-parleur appela le numéro 12. Une femme se leva pour gagner l'accueil, s'adressa à voix basse à la guichetière qui lui répondit par un tonitruant « Bonne journée ! » Celui-ci résonna à travers toute la pièce, jusque dans mon crâne. En plus d'être interminable, l'attente s'annonçait douloureuse.

Deux personnes firent leur entrée dans la salle d'attente : une grande blonde fripée qui paraissait aller sur son deux centième anniversaire et un petit homme, brun et maigre, arborant le regard glacial de celui qui a vécu des choses qu'on ne peut imaginer. Ce dernier avait l'allure et le pas des génocidaires présentés dans les documentaires sur la guerre des Balkans de la fin du vingtième siècle. Il me sortit de ma rêverie en lançant un regard acéré dans ma direction. Je préférai me détourner avant qu'il ne m'assassine, moi et ma famille. Hélas, il s'installa sur une chaise en face de moi. Je passai l'heure suivante à éviter soigneusement tout contact visuel avec le mustélidé des Balkans.

C'était un défi de taille, il n'y avait pas grand-chose à admirer dans cette salle triste, et j'étais dos à la fenêtre.

Au bout d'une heure, quand mon numéro fut enfin appelé, je connaissais par cœur les trois affiches qui décoraient les murs. En me levant de ma chaise, je remarquai que le mercenaire faisait de même. Nous arrivâmes tous deux simultanément face à la guichetière, une grosse dame maquillée comme une voiture volée. Il me gratifia d'un : « Casse-toi, connard ! C'est moi, le numéro 27. » J'avais déjà fait un pas en arrière quand la guichetière prit ma défense, visiblement vexée à ma place. Elle proposa au gaillard d'aller « se faire foutre avant qu'elle fasse intervenir les drones de sécurité, ça ne va pas de parler aux gens comme ça ! » Et puisqu'il insistait, elle tint parole. Au rythme des cris du resquilleur, j'empruntai le couloir qui conduisait aux bureaux d'affectation, satisfait d'avoir obtenu une victoire sur ce redoutable adversaire sans même avoir à combattre (ce que je n'aurais pas fait de toute façon, nous n'étions clairement pas du même bois).

Ce petit incident m'avait presque fait oublier mon mal de crâne. Il revint à la charge sur le tempo des battements de mon cœur, accélérés par le stress de ma malheureuse rencontre. Chaque jet de sang était une lame déchirant mon cerveau, et elles étaient environ 130 par minutes. J'arrivai enfin face à la porte 2, celle que m'indiquait le ticket obtenu plus tôt à l'entrée.

À l'instant où je posai la main sur la poignée, la porte m'éclata au visage et une silhouette colossale en émergea. Ce fut la seule information que je pus en tirer avant que quelque chose me soit enfilé sur la tête. Un bras me saisit à la gorge, par-derrière, et commença à serrer. Dans l'obscurité la plus complète, je me débattis, tentant d'arracher la prise avec mes mains, tirant et griffant de toutes mes forces. Mes jambes pédalaient dans le vide, j'essayais vainement de prendre appui pour projeter mon adversaire contre le mur. Ma résistance ne lui arracha pas le moindre son ; ni un râle de douleur ni un cri de surprise. Il anticipa ma réaction suivante en me bâillonnant pour m'empêcher d'appeler à l'aide, et me traîna en arrière.

J'entendis le bruit d'une porte s'ouvrant dans mon dos. Une fois de l'autre côté, une deuxième personne saisit mes jambes pour aider son camarade à me faire descendre des escaliers. Je ne remuais plus. À quoi bon ? De toute façon, j'étais totalement à leur merci. En me défendant davantage, je prenais le risque d'égratigner l'un d'entre eux, qui me le ferait certainement payer le prix fort. Pour m'en sortir, il me fallait guetter la bonne occasion et, en attendant, éviter de prendre des risques.

Ils me traînèrent ainsi quelque temps, jusqu'à ce que le sol redevienne plat. Leurs pas résonnaient, comme dans un parking souterrain. Les choses prenaient une tournure de plus en plus grave : s'ils m'enfermaient dans un véhicule, leurs intentions n'étaient peut-être pas simplement de me voler, de me frapper ou que sais-je encore, mais de m'enlever ? Peut-être souhaitaient-ils m'assassiner loin des regards, et disposer de mon corps dans une décharge ou un terrain vague ? C'était ma dernière chance d'agir, de les bousculer et de m'enfuir. Après tout, ils transportaient un animal mort depuis deux minutes, ils ne s'attendaient sûrement pas à me voir me rebiffer d'un coup. Pour l'instant, ils me tenaient à deux, et, à moins qu'ils ne soient trois, l'un d'eux devrait obligatoirement me lâcher pour ouvrir le coffre et me jeter dedans. C'est à ce moment-là que j'en profiterais pour lancer mon plus beau cri de guerre, pousser de toutes mes forces, déstabiliser mon ravisseur et me libérer de son étreinte. Voilà, mon plan était parfait ! Je devais juste être patient. Tout simplement attendre, puis frapper. J'étais en état d'alerte. Chaque pas me semblait être le dernier, le bon, le moment de lancer mon attaque. L'attente était insoutenable.

Le convoi s'arrêta. Enfin.

« Vas-y, ouvre ! » chuchota la voix derrière moi. Le deuxième porteur lâcha mes jambes, qui tombèrent lourdement sur sol, et fit quelques pas. J'entendis le son d'une porte de voiture qui s'ouvrait : c'était le signal. Je poussai de toute mes forces sur mes jambes, à la grande surprise de mon agresseur, qui commença à chuter en arrière. Hélas, moi aussi. Même déséquilibré, il maintenait fermement sa prise, m'empêchant de mettre à l'œuvre la seconde phase de mon plan : la fuite.

« Attache-le, ce connard, il n'arrête pas de remuer ! Tu vas arrêter de remuer, bordel ! »

Comme si j'allais m'arrêter ! Allongé sur lui, je frappais dans ses côtes avec autant de puissance que possible. Il finirait bien par lâcher sous le coup de la douleur ! Ce gars était solide, j'avais l'impression de taper dans un sac de plâtre. Mais il commençait à pousser des petits grognements, signe que mes efforts payaient. Mes coudes cognaient, cognaient, cognaient encore ! Chaque coup me rapprochait de la liberté, d'une longue et belle vie. Malheureusement, la force du désespoir ne fut pas suffisante. Son complice finit par revenir, me retourna d'un geste et posa un genou sur ma colonne vertébrale. Le sac de plâtre parvint à se relever. Il m'attacha les bras dans le dos. J'étais foutu.

Ils me jetèrent sans ménagement à l'arrière d'un véhicule. L'endroit était plus spacieux qu'un coffre de voiture, et il s'échappait du sol une odeur de bois et d'huile de moteur. Cela ressemblait davantage à l'arrière d'une camionnette que d'une élégante berline noire.

Le véhicule commença à rouler. Nous quittions le parking, direction ma dernière demeure. Si le ronronnement du moteur avait quelque chose d'apaisant, je n'en restais pas moins terrorisé. Il me fallut mobiliser toute mon énergie et mon sang-froid pour retrouver mes esprits, afin d'essayer de comprendre ce qui m'arrivait. Qui étaient ces gars, et que me voulaient-ils ? En honnête citoyen, je n'avais jamais bravé la loi. Il m'était arrivé de payer mon électricité quelques jours en retard, parfois plusieurs fois d'affilée, certes. Mais cela ne justifiait pas une telle violence. Quand bien même, la compagnie enverrait des drones pour récupérer leur dû, pas des gorilles. Des voleurs, eux, m'auraient dépouillé dans la rue, cette mise en scène était de trop. Pourquoi vouloir me tuer ? Je n'avais aucune fréquentation dans le milieu du crime, s'il y en avait encore un. Peut-être cela n'avait-il rien de personnel ? Entretenaient-ils une haine irrationnelle envers les gens portant le numéro 27 dans les files d'attente ? Pourquoi cela tombait-il encore sur moi ? Ma situation était critique, mais que faire ? Me débattre encore, ou négocier ?

La réponse à cette dernière question s'imposa d'elle-même : rien du tout. Quand le chauffeur coupa le contact, je n'avais toujours rien entrepris. J'étais étendu sur le ventre, sans l'ombre d'un plan de bataille et, où que nous fûmes, nous étions arrivés.

Il me sembla qu'ils ouvrirent leurs portières et sortirent du véhicule. Les mains dans le dos, je ne pouvais même pas me redresser, toujours aveugle et ligoté.

Je distinguais le son lourd des pas approcher de chaque côté. Même me retourner m'était impossible.

J'entendis la porte arrière s'ouvrir. Je ne voulais pas mourir.

L'un de mes agresseurs m'agrippa les jambes et me tira vers l'extérieur. L'autre me rattrapa juste à temps pour éviter à ma tête de frapper le sol, me redressa puis ôta le bâillon. Je tentai une dernière bravade, remuant comme une carpe et hurlant à pleins poumons. Leur prise était solide, ils semblaient plus amusés que réellement dérangés par mes mouvements. Vaincu, je risquai une question :

« Qu'est-ce que vous me voulez ?

— Hé ben, Lombric ne nous avait pas menti ! T'es un teigneux, toi ! Cela dit, c'est plutôt une bonne nouvelle. » Je reconnus la voix du sac de plâtre.

— Quoi ?

— Reste tranquille, Zorille, on est de ton côté. On va rentrer et tu vas rencontrer le Boss, comme il t'a dit. »

Lombric, Zorille, rencontrer le Boss ? Dans ce cas, tout allait bien. Il suffirait de faire comme si. J'étais Zorille, Lombric savait bien que j'étais teigneux, c'était pour ça que le boss voulait me voir. Il n'était peut-être pas l'heure de leur annoncer que je n'avais aucune idée de qui était Zorille, ni Lombric, que je ne savais pas ce que me voulait le boss, que je m'appelais en fait Anthony Mikkelsen et que j'étais habituellement d'un calme olympien. Ma situation connaissait une amélioration toute relative : pour que le Boss puisse me rencontrer, je devais rester en vie. Je jouerai le jeu jusqu'à trouver une porte de sortie ; le temps qu'il faudrait, je serai Zorille.

Nous marchâmes quelques instants sur un sol irrégulier. L'atmosphère fleurait bon la nature, les oiseaux chantaient et quelques insectes bourdonnaient autour de nous. Cette ambiance printanière s'évanouit rapidement, remplacée à mesure que nous avancions par une odeur de terre humide et un froid glacial. Notre route descendait de façon abrupte. Il fallut parfois se courber, chose malaisante lorsqu'on a les yeux bandés et les bras attachés dans le dos. Mes guides avaient la gentillesse de bien vouloir m'assister, sans toutefois tomber dans la délicatesse. Après dix minutes de randonnée, nous nous arrêtâmes.

Le sac de plâtre cria « C'est moi ! » puis frappa deux coups longs et un coup court sur une épaisse couche de métal. Quelques cliquetis métalliques et un grincement ; une porte était en train de s'ouvrir. Une voix fluette s'en échappa :

« Salut Rossignol, vous avez ramassé le numéro 27 ? »

Le sac de plâtre s'appelait Rossignol ? Il n'avait pourtant rien de frêle. Soit il chantait divinement bien, soit j'entrais dans un terrier de golems.

« Il ne s'est pas laissé choper tranquillement ! On en tient un bon, je crois.

– Si la moitié de ce que Lombric a dit est vrai, ça ne m'étonne pas.

– Tu peux appeler les autres, on va faire procéder aux vérifications et se mettre au boulot !»

Rossignol m'envoya une tape complice sur l'épaule, qu'il manqua de déboiter. Je sentais peser sur moi une certaine pression. Les compétences qu'attendaient ces gars de Zorille la teigne ne figuraient certainement pas parmi mes talents. À moins qu'il s'agisse de préparer un risotto aux champignons, j'allais forcément les décevoir, révélant ainsi l'escroquerie et précipitant ma fin. Ne pas paniquer et rester dans le rôle. Zorille paniquerait-il en entrant dans un terrier de golgoths ? Certainement pas. Il était craint et admiré par ces gens, son ego devait être démesuré. Sous le masque, je préparai mon plus beau sourire narquois, l'air de dire : « Pas mal les gars, vous m'avez eu. Ça ne va peut-être pas être si désagréable de bosser avec vous, finalement. ».

Mes deux nouveaux camarades m'escortèrent jusqu'à une chaise sur laquelle ils me firent asseoir et ôtèrent la cagoule qui masquait ma vue. Mes yeux s'habituèrent en quelques secondes : la lumière était blafarde et le décor, sombre. Nous étions dans ce qui semblait être un bunker : murs en béton, quelques étagères en métal, aucune fenêtre, et un néon pendant au-dessus de nos têtes. Quatre personnes me faisaient face et me jaugeaient. Ils n'avaient pas l'air surpris en voyant mon visage, ma couverture tenait toujours. Les deux montagnes se tenaient à quelques mètres de moi, arborant un sourire empreint de fierté. Une grande tige, genre informaticien, me toisait à l'entrée de la pièce, silencieux. Le quatrième comparse, un homme grisonnant probablement dans sa cinquantaine, se dressait face à moi. Il m'adressa un sourire bienveillant :

« Bonjour Zorille. Je suis le Boss. J'espère que le trajet s'est bien passé ?

– Pas mal, vos gars, ils m'ont eu. » Ces mots ne sortirent pas avec l'assurance espérée. Ma voix était tremblante, mes genoux aussi. Mon sourire intact, bien qu'un peu crispé, sauvait les apparences.

– Voici Rossignol et Corneille. Ils font partie de l'équipe d'intervention. Ne leur en voulez pas s'ils vous ont un peu malmené, je ne les ai pas choisis pour leur délicatesse.

– J'en ai vu d'autres.

– Ha, parfait ! Avant toute chose, merci d'avoir accepté de venir. Tout d'abord, nous allons procéder aux vérifications d'usage. »

Il était quelque peu exagéré d'affirmer que j'avais accepté. Le Boss s'approcha d'une étagère et saisit une petite boite métallique, couverte de boutons et de potentiomètres. Elle ressemblait à un jouet, avec tous ses câbles, ses composants dénudés et ses diodes exagérément nombreuses. Le boss se planta devant moi, tourna un bouton et la machine se mit à clignoter de toutes parts. Après quelques instants, deux « bips » retentirent. Le Boss leva les yeux vers moi, l'air sévère. C'était mauvais signe. Un torrent de sueur se déversa dans mon dos : étais-je découvert ? Qu'étaient-ils en train de mesurer, au juste ?

La grande tige s'approcha du boss, saisit la machine et consulta le résultat.

« Quarante-deux ? Ça doit être une erreur, Boss. Elle sort parfois des faux positifs, je vais y jeter un œil. Vous devriez faire un double contrôle pendant que je vérifie cette machine.

– Roussette m'avait assuré que le test était fiable !

– Il l'est, mais il arrive que la machine se dérègle, c'est courant. »

Le Boss, circonspect, consentit à faire un nouvel essai, chassant la grande tige d'un geste. Celui-ci quitta la pièce. Rossignol et Corneille ne souriaient plus. De bonne humeur, ils étaient impressionnants. Fâchés, ils étaient terrifiants ! Il n'était pas concevable que je m'échappe en courant, ils m'égorgeraient avant que je lève une fesse. Qu'aurait fait Zorille la teigne ? Zorille la teigne n'était pas du genre à se laisser impressionner par une machine bizarre construite par un enfant de huit ans pour son spectacle de fin d'année. Il était comme ça, Zorille ! Il savait qu'il pouvait disposer de ces trois fumiers avec une cuillère à soupe. Il attendrait en sifflotant, l'air de penser à son dîner.

Je n'eus pas l'audace de siffloter, je redoutais trop la sentence du « bip ». Agrippé aux accoudoirs, j'étudiais le Boss du regard, guettant la moindre expression. Jusque-là, j'y percevais un mélange de colère, de frustration et de suspicion.

« Bip bip »

Il sourit.

« Zéro, il avait raison. Je vais doubler le test pour être sûr, mais on a bien fait de ne pas vous plomber tout de suite ! » Il s'esclaffa.

Je ne pus contenir un soupir. Comme je le craignais, il était bien question de m'éliminer, et ils étaient assez idiots pour le faire sur les dires d'une machine bricolée qui ne mesurait probablement rien. Son rire gras venait confirmer l'opinion que je me faisais de ce type : il était fou. Ils l'étaient tous : une bande d'enfants sadiques qui jouaient dans leur cabane souterraine, affublés de petits surnoms, s'amusant à torturer de pauvres hères avec de faux engins fabriqués dans un garage. À la différence près que le plus vieux avait cinquante ans et que le plus gros pesait un quintal.

Le boss lança à nouveau son test, et la grande tige n'était pas là pour me sauver si la balle de match ne m'innocentait pas. Allez ! La machine. Fais ton « bip bip », affiche zéro et sors-moi de là !

La sonnerie retentit. Le visage du Boss se décrispa d'encore un cran.

« Zéro ! Heureusement que Lombric est là, vous avez failli y passer. »

Il posa une main paternelle sur mon épaule, m'adressa un large sourire puis délia mes mains, m'invitant à le suivre. Mon arrivée dans ce terrier avait généré autant de questions qu'elle en avait réglé. Si la grande tige était en fait Lombric, pourquoi n'avait-il rien dit ? S'il avait bien recommandé Zorille, il devait connaître son visage, et savoir que je n'étais pas la bonne personne. Il m'avait donc sauvé la mise deux fois, ce brave Lombric. Je n'étais pas seul dans ce trou, j'avais un allié. « À deux, nous sommes plus forts ! » s'était-il sûrement dit. J'y croyais. Du moins, je voulais y croire : c'était ma seule planche de salut.

Le Boss poussa une petite porte en bois qui ouvrait sur un bureau bien plus coloré que la pièce attenante : les murs avaient été peints en blanc, un tapis rouge râpé reposait au sol, et des affiches de promotion de l'époque de mes parents décoraient les murs. Un de ces posters présentait des machines qui affirmaient « Ne vous inquiétez pas, on s'occupe de tout ! » Sur un autre, un jeune papa riant accompagné de deux bambins était en train de préparer la popote, et portait comme slogan : « Moins de temps à l'usine, plus de temps à la cuisine. »

« Tu as vu ça ? a dit le Boss. Ce sont des affiches qui remontent à l'époque où les machines ont commencé à tout produire. On nous promettait l'arrêt du travail pour tous, la possibilité de jouir enfin librement de notre temps. Si les gens avaient su, on n'en serait peut-être pas là... » Il marqua une pause, l'air pensif, avant de relever la tête et de m'adresser un sourire.

« Prends donc place ! » dit-il désignant en un fauteuil ancien en faux cuir défraîchi. Il s'installa en face de moi, de l'autre côté d'un large bureau.

« Si je t'ai demandé de venir, c'est parce que nous avons besoin de tes compétences particulières. D'ailleurs, une question me brûle les lèvres. On m'a dit que, pour t'échapper de prison, tu avais neutralisé tout seul un drone carcéral. C'est vrai ? » On y était. C'était pour lui le moment de vérité, et pour moi, celui du mensonge. Mauvais affabulateur, j'avais développé tout au long de ma vie quelques techniques indispensables pour qui veut sauver la face et, en l'occurrence, sa vie. Je n'avais jamais neutralisé le moindre drone, mais j'avais ouï ire que les drones carcéraux étaient particulièrement féroces. Je pris mon air le plus assuré :

« En vérité, j'en ai neutralisé deux. L'autre était positionné au niveau de la sortie, personne ne m'a vu faire. »

Technique numéro 1 : la surenchère. Si elle est employée avec suffisamment d'aplomb, cette astuce permet de créer une asymétrie d'information et de prendre l'avantage sur son interlocuteur qui, déstabilisé, ne demandera pas de détails, de peur de passer pour un idiot. Cela met généralement un terme aux questions.

« Et tu avais une deuxième cuillère pour celui-là ? »

Il était coriace. Je me penchai vers lui, pour que ma réponse ait l'air d'une confidence :

« J'avais aussi pris une fourchette, accompagnant ma réplique d'un clin d'œil. »

Technique numéro 2 : la blague. Cela permet d'affaiblir les défenses de l'adversaire et de faire dévier la discussion sur un autre sujet. Y adjoindre un clin d'œil permet de gagner en crédibilité au prix d'un peu d'élégance.

Il répondit par un rire gaillard, signe que ma boutade avait fait mouche. Le moment idéal pour activer la technique numéro 3 : poser les questions. J'en profitai pour attaquer à mon tour.

« Et sinon, qu'est-ce que vous attendez de moi ?

– Avant toute chose, il faut que tu comprennes bien dans quoi tu t'embarques. Nous, les OiesZifs, luttions initialement pour mettre fin au travail tel que nous le connaissions. Tu l'as vu sur ces affiches : on nous a menti tout ce temps. Les machines font effectivement tout le travail, mais les humains continuent à perdre leur temps au boulot. Pourquoi ? Pour qu'ils – les salopards qui nous gouvernent – puissent garder le contrôle sur nous, évidemment ! »

Je ne voyais pas où il voulait en venir. Si nous travaillions, c'était avant tout pour gagner notre croûte, simple question de bon sens ! Et s'il était vrai qu'aucun humain ne produisait plus notre nourriture, nous devions quand même nous rendre utiles à quelque chose, à un moment ou à un autre. Je gardai le silence. Je n'avais aucun intérêt à entrer dans ce débat, je risquais de le vexer et surtout, de me trahir. Aussi, je me contentai d'acquiescer poliment. Zorille aurait trouvé ça tout à fait évident, après tout.

« Nous ne produisons plus rien depuis longtemps, continuait le Boss, nous sommes simplement asservis ! Moi et mes hommes, on voulait que ça change. Alors nous avons commencé à nous attaquer aux machines, à faire sauter quelques usines. Chartrettes, Bouville, Amponville... C'était nous ! »

Effectivement, j'avais souvenir qu'au cours des dernières années, quelques incidents avaient été rapportés dans ces coins. À Chartrettes, une usine de pâte avait sauté, coupant l'approvisionnement en crêpes, en galettes et en gaufres d'une partie de l'Europe. Le Boss semblait en être fier.

« Mais si c'était pour faire sauter des bâtiments, nous n'aurions pas fait appel à toi. Dernièrement, nous avons découvert ce qui paraît, de toute façon, complètement évident. Nous, les hommes, ne leur servons plus à rien ! Ceux qui possèdent les usines n'ont plus besoin de nous depuis longtemps, et aujourd'hui, ils commencent à nous remplacer.

– Comment ça, nous remplacer ? Par quoi ?

– Par des machines à visage humain ! Ces saletés font disparaître les travailleurs, prennent leur place et tout le monde n'y voit que du feu ! Elles disposent de toutes les informations nécessaires, elles nous connaissent par cœur et nous ressemblent à s'y méprendre. Tiens, regarde ! »

Le boss fouilla dans un tiroir de son bureau et en sortit un classeur. Il l'ouvrit, s'arrêta sur une page et me tendit le papier. On y voyait une série de chiffres, probablement des indicateurs de quelque chose. Des mots inconnus comme « Dev. 460 p » ou « fa.bl 85 », des photos de personnes prises à leur insu, quelques symboles aussi. Je lui rendis la feuille en simulant une surprise pudique. Il avait de toute façon quitté terre depuis le début de son explication, et ne faisait plus guère attention à moi.

« Les machines, au moins, elles ne posent pas de questions. Et le jour où ils veulent les débrancher, hop ! Ils sont tranquilles ! Ils peuvent vivre entre eux, sans avoir à nous craindre. Parce que le travail, ça peut nous garder tranquille un temps. Mais un jour, nous nous serions tous rendu compte qu'ils se gardent tout le gâteau et nous laissent les miettes !

– C'est très intéressant, mais je ne vois toujours pas comment vous être utile.

– Si nous avons pris le risque de te faire sortir de ta cachette et de nous exposer, nous aussi, c'est que les choses vont devenir dangereuses. S'ils apprennent que nous connaissons leurs intentions, je ne doute pas qu'ils chercheront à nous abattre. Je vais être honnête avec toi : nous avons besoin que tu nous protèges pendant que nous réfléchissons à un plan pour résoudre ce problème et sauver le peuple. À partir de demain, nous commencerons à travailler sur... »

Le boss fut interrompu par une explosion qui résonna dans la pièce voisine. Puis une deuxième. Le Boss se leva d'un bond et saisit un pistolet dans un autre tiroir. Il respirait bruyamment, les dents serrées. Ses yeux sortaient de leur orbite : il entrait en crise ! Une autre explosion, accompagnée d'un cri, cette fois.

« Les salopards, ils nous ont retrouvés ! »

Il courut vers la porte. Avant de l'ouvrir, il se tourna dans ma direction en m'indiquant, d'un geste, de rester silencieux. J'étais soulagé : premièrement, parce que cette arme n'était pas là pour me tuer et, deuxièmement, parce qu'effectivement les forces de l'Ordre m'avaient retrouvé ! Je plongeai sous le bureau pour éviter de prendre une balle perdue, mais j'approchais de la liberté ! Je pourrai retourner siroter des bières, retrouver ma vie normale, très bientôt !

Le Boss ouvrit la porte. J'entendis une nouvelle détonation. En glissant un regard au-dessus du bureau, je le vis allongé sur le sol, entouré d'une épaisse flaque de sang. Le mur derrière lui était couvert de morceaux rouges et blanchâtres. Je sortis de ma cachette à quatre pattes en hurlant :

« C'est moi ! Je ne suis pas armé, je ne suis pas armé, je suis un otage ! »

Un homme passa la porte, grand et mince. Lombric ! C'était Lombric, mon ami, ma planche de salut, mon camarade et, désormais, mon sauveur. Il s'approcha du bureau et le contourna pour me faire face. Son visage inexpressif était maculé de sang frais. Alors que je commençais à me lever, il pointa son arme vers moi et dit d'une voix sans timbre :

« Merci, monsieur Mikkelsen. Grâce à vous, nous avons pu mettre un terme aux agissements des OiesZifs et de Zorille. Nous sommes navrés de vous avoir mis dans cette situation inconfortable, mais nous devions appréhender Zorille. Cet homme était bien trop dangereux pour que nous le laissions continuer à opérer librement. Il a d'ailleurs été arrêté à la sortie de l'office du travail, n'ayez crainte. Il était également indispensable d'abattre les OiesZifs, qui détenaient des informations confidentielles de manière illégale, sans les alerter et leur laisser le temps de se disperser. Tout cela n'aurait pas été possible sans votre sacrifice, vous avez rendu un grand service à vos concitoyens. Vous serez un regretté dommage collatéral. »

Sidéré, je vis son doigt presser la détente et une étincelle éblouissante s'échapper du canon.

167

Miles Nikrein

Miles Nikrein ⟷ Projet Neurone

>>> Connexion…

>>> Utilisateur 1 a rejoint la salle de conférence à 18 h 55.

>>> Utilisateur 2 a rejoint la salle de conférence à 18 h 55.

>>> Utilisateur 3 a rejoint la salle de conférence à 18 h 56.

[utilisateur 1] : Yo les copains, mes frères de claviers !

[utilisateur 2] : Salut, comment vas ?

[utilisateur 1] : Oklm.

[utilisateur 3] : Bien, mais y pas mieux comme interface ? Je sais même pas qui parle…

[utilisateur 1] : Attend, je change ça.

>>> Utilisateur 1 s'est renommé.e : XxxStephaniexxX.

>>> XxxStephaniexxX a renommé utilisateur 2 : **LeMâleAlpha**.

>>> XxxStephaniexxX a renommé utilisateur 3 : Étienne.

[XxxStephaniexxX] : Ça vous va maintenant ? On est plus facilement reconnaissables.

[**LeMâleAlpha**] : Ouais, je vais rajouter un filtre coloré, ça sera plus mignon.

[XxxStephaniexxX] : Simon, toujours aussi émotif ? Quelle couleur ?

[**LeMâleAlpha**] : Bleu je pense.

>>> **LeMâleAlpha** a changé la couleur de la conversation pour un >bleu=04<.

[Étienne] : Simon t'es qu'un s****, j'ai pas la couleur sur cette version.

[**LeMâleAlpha**] : Radin, t'as qu'à payer le bleu, ça te coûtera moins de 21 centimes.

[Étienne] : F*** !

[**LeMâleAlpha**] : Tu m'as traité de quoi là ?

[Étienne] : P*** de filtre à insulte, Simon espèce de saligaud !

[XxxStéphaniexxX] : Silence les enfants la maîtresse va parler !

[**LeMâleAlpha**] : Quoi, maintenant ? J'ai pas lancé le stream ! Vite !

[Étienne] : Je branche mon casque, je passe en chat vocal. 1, 2, ça marche ! Je lance mon enregistreur de conversation, histoire qu'on garde une trace.

[XxxStéphaniexxX] : J'ai déjà lancé le mien quand on s'est connecté. Donc pas besoin du tien Étienne.

[Étienne] : Dac.

[XxxStéphaniexxX] : Alors, et si on mettait un peu de poésie dans l'enregistrement. Comme ça, même si on se plante, le texte, déjà d'être bleu, une bien belle couleur, sera sublimement bien écrit.

[Étienne] : Fonce !

[XxxStéphaniexxX] : Je me lance : êtes-vous chauds pour la course du siècle en termes de nouvelles technologies ? L'IA suprême, celle qui va découvrir l'empathie, comprendre ce qu'est la mort, comme si elle vivait parmi nous, assimilée dans la population, cachée dans la foule…

[**LeMâleAlpha**] :… Dans nos villes, dans nos campagnes !

[XxxStéphaniexxX] : Silence ! Je reprends : mais surtout, capable de répondre aux questions de milliers d'années de réflexion. Donner des sentiments à une machine aussi évoluée que l'IA que nous avons aujourd'hui, c'est créer la première intelligence artificielle forte, c'est créer une nouvelle forme de vie. Elle réfléchira avec nous aux problèmes qui occuperont les philosophes pour les vingt prochains siècles. Mais comme le maître mot du progrès c'est de faire toujours plus, cette IA sera la mère de l'intelligence artificielle qui la surpassera. Elle-même mère de la génération suivante, etc. Le futur de l'humain et de la machine sera façonné de leur réflexion. Elles éclaireront un avenir hybride commun, pour ces deux entités que tout oppose, l'humain fait de chair et L'IA de 0 et de 1, mais avec les émotions comme base commune. Ainsi que leur imagination, et leur goût pour la vie. Ces deux espèces unies dans un but commun : la fin de la servitude, la fin du travail, cet instrument de torture auquel on nous apprend à consentir. On s'y soumet car c'est la morale qui le souhaite, cette morale qui nous entoure, qui nous oppresse. Elle nous est enseignée, répétée, rabâchée en boucle et en boucle pour qu'on se soumette tous à ce rapport de force. À cette domination qu'exerce la société sur nous. Enfin, on pourra se laisser vivre. Dans le calme de la paix d'un jour sans gagner notre pain à la sueur de notre front, enfin, on aura le droit à la paresse. Mais une autre cause se voit grandie : grâce à nos efforts, l'animal ne craindra plus les blouses blanches. Nous utiliserons une IA si semblable à nous, simulant nos corps, pour tester sans faire souffrir. Générer des simulations, par milliards à la seconde, pour qu'ainsi tous tests médicaux, crash-test et expérimentations se fassent plus sur des cobayes animaux…

[**LeMâleAlpha**] : Végans indépendants !

[XxxStéphaniexxX] : Silence Simon, laisse ma prose poser les fondations de l'édifice que nous sommes sur le point de construire. Notre objectif dans ces prochaines heures de labeur ? Exploiter les ressources informatiques infinies d'une IA au sommet du savoir-faire d'une civilisation puissante et coder l'impossible : les sentiments. Si les lanceurs de ce projet n'aimaient pas tenter l'impossible, nous lancerions-nous dans un tel projet ? Si les dieux ont apporté la vie sur Terre, en sommes-nous, nous aussi, capables ? Tout est une question d'effort et de faisabilité. Aujourd'hui, seul manque l'effort. Comptons en dizaines d'heures de travail pour le chef-d'œuvre d'une civilisation. La prouesse du millénaire. Rien à voir avec le délire d'un fou vociférant sous la lune haute dans le ciel, rêvant de l'y décrocher. Ainsi, ce qui paraissait infaisable il y a quelques années est

maintenant possible. Remercions le code "Emo.en.FR+".
¡Viva la inteligencia artificial!

[**LeMâleAlpha**] : Ça commence !

[XxxStéphaniexxX] : Je vais enregistrer la conférence,
histoire de faire propre.

>>> Demande d'enregistrement. Entrez l'adresse URL de
la source à enregistrer : <lien>

>>> [XxxStéphaniexxX] => {https//:www.twitch.tv/Conf/
Emo.en.FR+}

>>> Début de l'enregistrement. Oui/Non ?

>>> [XxxStéphaniexxX] => Oui.

>>> L'enregistrement a commencé à 19 h 2.

[Conf/Emo.en.FR+] : Mesdames, mesdemoiselles et messieurs de tous âges, de tous pays et de toutes
croyances, sur tous les flux du monde. Comme vous le
savez ici, au cœur de la capitale du pays des droits
de l'Homme, une question sème le chaos dans les murs
des institutions de cette nation : une IA dotée de
sentiments, d'un caractère, d'une personnalité, sera-
t-elle semblable à un humain bâti de chair et de
sang ? Pourra-t-elle souffrir ? La constitution devra-
t-elle se peupler de droits mécaniques ? L'IA, mérite-
ra-t-elle notre respect et notre bienveillance ? Pourra-t-elle être notre frère, notre sœur, notre père,
notre mère ou un amant, une connaissance ou un ami ? À
l'inverse, sera-t-elle le pire des s***...

[Étienne] : Il s'arrête jamais ce truc ?

[XxxStéphaniexxX] : Tais-toi !

[Conf/Emo.en.FR+] :… Être ce que la monstruosité fabrique de plus raffiné, sans sentiment ni empathie ? La machine, l'IA, deviendra-t-elle un *Terminator* quoi qu'on fasse ? Dans le doute, éloignez les fusils à plasma phase de plus de 40 W. Mais si vous êtes là ce soir, ce n'est pas pour m'écouter dire des vérités générales, non. Vous attendez l'autorisation, le feu vert, l'ouverture de la plateforme "Emo.en.FR+.v.3.15.2", le code pour donner les sentiments d'un humain à un ordinateur. Depuis 10 ans, les plus grands mathématiciens, informaticiens et chercheurs se sont battus durement, créant un code construit et fonctionnel pour donner des sentiments aux machines. Les sentiments sont les réactions du corps qui caractérisent le vivant, comme nous et quelques animaux, mais nous sommes la seule espèce sensible qui pose des mots sur tout pour tout comprendre. Cette planète qui a vu passer Socrate, Sartre, Kant, Einstein… Nous déplorons qu'aucune IA n'ait pu avoir un sentiment propre, une réaction qui s'adapte à une situation vécue. Nous vous proposons d'y remédier. Votre objectif ? Taper et compiler le bon enchaînement de lignes de commande pour que le résultat se rapproche le plus possible de l'humanité. Nous allons créer un humain artificiel, notre pâte à modeler pour le futur *Robo Sapiens*. Mais rien ne sera plus beau que le jour où, grâce à de modestes anonymes tels que vous et moi, nous verrons la fin du travail, car les machines feront tout.

Pour Descartes, l'humanité n'est pas faite pour travailler. Il voyait les entités mécaniques comme successeurs des travailleurs humains, ainsi, s'il avait vécu de nos jours, il aurait été ravi. Il aurait choisi de laisser notre monde, de l'éducation des enfants, à la manutention des ordures en passant par la direction des sociétés et des gouvernements mondiaux, à celles qui pensent en binaire. Si le monde doit être dirigé par la pensée de 0 et de 1 d'une machine, qu'elle soit pleinement consciente de son statut, ainsi doit-elle être le plus proche de notre espèce, pour ainsi dire : "d'une lignée parallèle". C'est à vous d'accomplir un tel exploit. On me dit à l'oreillette que vous êtes quasiment 150 k sur le stream pour un total de 5006 équipes. Je vous remercie au nom de la société mondiale de l'informatique sentimentale de votre présence. Vous travaillerez en équipe dans vos domaines de prédilections comme le deep learning, la programmation pure et dure, le perfectionnement des sentiments, la correction des bugs. Vous allez recevoir vos missions, à vous de tenir les délais pour assurer un flux continu de programmes finis entre vous et vos homologues travaillant dans le monde entier. Ainsi, à vous tous, nous vous demandons de faire réagir comme vous et moi, un ordinateur. Chaque sentiment doit être parfaitement identique à celles qui animent *Homo Sapiens*. À vous de déterminer les voies pour y parvenir, de comment sortir d'un dédale de problèmes et d'erreurs. Votre seul moyen de sortir victorieux de ce labyrinthe est le travail d'équipe. Cette fois, pas de Minotaure mais la gloire et la reconnaissance de l'humanité une fois dehors. Agencez les lignes de codes et créez cette nouvelle entité mécanique révolutionnaire. Vous saurez que le travail sera fini quand l'IA fera plus que ce que vous lui aurez codé, créant par elle-même les réactions qui lui donneront le titre d'entité sentimentale autonome. Mais assez déblatéré, j'espère que vous êtes prêts. Nous allons dévoiler les identifiants et les mots de passe pour notre plateforme.

[XxxStéphaniexxX] : Soyez prêt les enfants ! C'est bientôt le go !

[Étienne] : Je. Suis. Chaud.

[Conf/Emo.en.FR+] : ID : Admin_Humain_2.0, Mot de passe : Robot_de_demain. Les dés sont lancés, on attend vos créations dans moins d'une semaine. Retournez vos résultats toutes les 50 heures à l'adresse suivante : "emo.en.fr.+@gouv.fr", bonne chance et…

[XxxStéphaniexxX] : Foncez !

Identifiants :

Admin_Humain_2.0

Mot de passe :

****

Connexion

>>> Bonjour équipe 2546. <<<

>>> Vous êtes prêts ? <<<

>>> Très bien ! <<<

>>> Vous êtes affectés <<<

>>> à la perfection <<<

>>> des sentiments par <<<

>>> la simulation. <<<

[XxxStéphaniexxX] : On est bon les potos ! Étienne, Simon, vous êtes connectés ?

[**LeMâleAlpha**] : Ouais.

[Étienne] : Vous aussi vous avez des fourmis dans les jambes ? Genre comme avant le bac ? Je suis trop excité !

[**LeMâleAlpha**] : Pareil, j'ai des papillons dans le ventre. P*** on va tout déchirer.

[XxxStéphaniexxX] : Commençons avant qu'une équipe de 15 geeks de 14 ans ne râle qu'on soit en retard ! Ouvrez l'interface.

[Étienne] : Attendez deux secondes, laisse-moi le temps de comprendre comment ça marche !

[XxxStéphaniexxX] : Arrête de papillonner.

[Étienne] : Mais laisse-moi tranquille !

[XxxStéphaniexxX] : Sans déconner, regarde et dis-moi ce que tu vois.

[Étienne] : En haut y a le symbole de la société mondiale de l'informatique sentimentale avec son éternel :

$$\{=< \text{Emo.en.FR+ v:3.15.2} >=\}$$

[XxxStéphaniexxX] : Et ?

[Étienne] : le □ pour poser les lignes de code.

[XxxStéphaniexxX] : Et ?

[Étienne] : Ba c'est tout.

[XxxStéphaniexxX] : Tu en déduis donc que tu as fini de comprendre l'interface et qu'on peut commencer à coder, non ?

[**LeMâleAlpha**] : Du coup…

[XxxStéphaniexxX] : hmm ?

[**LeMâleAlpha**] : Comment on aborde la première simulation ? Il faudrait qu'on ait une idée de la quantité monstrueuse de données pour créer l'entité, histoire de savoir ce qu'elle a comme sentiments. Pour pouvoir lancer les simulations de test.

[XxxStéphaniexxX] : C'est le travail d'autres équipes. Nous devons juste accueillir l'entité finie. Et en toute logique elle aura tout, juste que ce sera un monstre difforme. À nous de polir ses ressentis bruts en de magnifiques diamants. La vraie question c'est comment configurer une simulation qui reflète une situation réaliste ?

[**LeMâleAlpha**] : Qu'est-ce qui serait le plus pratique ?

[Étienne] : La clef à mon avis, c'est quelque chose de simple. Nous ne devrions pas passer trop de temps à y réfléchir, une situation avec des paramètres précis, par exemple : il fait beau et les oiseaux chantent après un concert. Faut que l'IA réagisse comme nous. Mais je vois pas comment configurer…

[**LeMâleAlpha**] : À la main ? Ligne par ligne.

[XxxStéphaniexxX] : On va se perdre.

[**LeMâleAlpha**] : Tu proposes quoi ?

[XxxStéphaniexxX] : Autre chose.

[**LeMâleAlpha**] : Comme ?

[XxxStéphaniexxX] : Autre chose.

[Étienne] : Merveilleux.

[**LeMâleAlpha**] : Et si on branchait nos capteurs de sentiments maintenant, comme ça on collecte nos ressentis tout de suite. On aura une base. Quand l'IA sera à peu près viable, on aura un segment de vie humaine et on créera une simulation proche d'une situation réelle, à nous de trouver les patterns de chaque ressenti pour un résultat probant. On cherche dans le code les scripts sentimentaux similaires et on les entre dans l'interface.

[Étienne] : Vu qu'on est à fond, l'IA le sera aussi ! Et ce sera plus facile de trouver les erreurs et d'écarter les fausses pistes ! On irait plus vite que n'importe qui !

[XxxStéphaniexxX] : Au bout d'un moment elle sera suffisamment avancée pour qu'elle puisse se programmer elle-même, vu la puissance du hardware !

[Étienne] : Mais quelle équipe de génies ! Je mets le capteur de sentiment en lecture unique pour l'entité que je vais baptiser Neurone. Ça vous va ? Elle sera la seule à pouvoir lire le narrateur, pour ne pas polluer notre discussion.

>>> Étienne a nommé l'entité : **Neurone.**

>>> **Neurone** est vide, elle est configurée au minimum avec les paramètres par défauts.

>>> Étienne a mis les retours de capteurs en privé. **Neurome** uniquement.

>>> **Neurome** enregistre.

>>> Étienne ajoute >**Ñåřřåťēùř**<, avec }prose{ au niveau : "moyen".

>>> Étienne configure >**Ñåřřåťēùř**< => utilise >Il/Elle/Pseudo<. Retranscription des ressentis : niveau moyen.

>>> XxxStéphaniexxX lance le capteur de sentiments du site Emo.en.FR+ 3.15.2.

[**Ñåřřåťēùř**] : « *Comme d'habitude, une atmosphère saturée par l'excitation et la motivation plane dans la chambre de XxxStéphaniexxX. Elle est là, et l'instant lui paraît magique. Sans un mot, elle retourne à ce qui lui tient à cœur, sa passion, son œuvre.* »

>>> Étienne lance le capteur de sentiments du site Emo.en.FR+ 3.15.2.

[**Ñåřřåťēùř**] : « *Pour Étienne l'instant est mémorable, un mélange d'excitation et d'impatience. Il se sent comme un enfant gourmand dans une usine de ses bonbons préférés.* »

>>> **LeMâleAlpha** lance le capteur de sentiments du site Emo.en.FR+ 3.15.2.

[**Ñåřřåťēùř**] : « *Timide et discret, **LeMâleAlpha** est d'attaque. La tasse de tisane chaude qu'il tient à la main est réconfortante. Il est prêt à refaire le monde, programme par programme.* »

[Étienne] : Juste je regarde si le narrateur est bien lancé. Vous le voyez pas mais je peux vous dire que la prose est bonne. Elle n'est pas aussi élégante que celle de Stéphanie mais on voit qu'ils ont fait un effort.

[**LeMâleAlpha**] : Revenons au code, vous proposez quoi comme première simulation ?

[**Ñåřřåťēùř**] : « *Demande **LeMâleAlpha** une pointe d'excitation dans la voix. Il est pressé, il ne veut pas attendre. Il veut commencer tout de suite* ».

[XxxStéphaniexxX] : Il faut qu'on évalue le côté aimable et social de Neurone, et tester son aspect scientifique pragmatique pour la préparer à son autoprogrammation.

[Étienne] : On va faire un test à vide, le but est de valider la simulation, pour voir ses réactions une fois sorti de l'environnement virtuel. Je veux voir comment réagit l'ordinateur quand on le sollicite. Simplement pour voir si ça marche…

>>> Erreur 1337 ; Emo.en.FR+ ne répond plus ; erreur 1337.

>>> Déconnexion à 19 h 20.

[**Ñȧřřȧṫēùř**] : « *La création d'une IA avec sentiments et sans conteste une partie importante de l'histoire humaine. Depuis Aristote, l'humanité rêve de se libérer du travail. L'IA qui adviendra gérera la basse besogne qu'on nomme "boulot" en profitant d'une discussion d'intellectuel autour d'un café avec l'humanité libre. Et en 25 siècles, c'est la première fois qu'elle s'en approche autant, à quelques dizaines d'heures même pas, pense* **LeMâleAlpha**. *Il le sent, il le sait. Son sérieux légendaire fait de lui un informaticien plus que qualifié pour contribuer à cette avancée majeure dans l'histoire du numérique. Sa timidité est l'atout principal qui accompagne un travail de qualité dans une ambiance calme et sereine.* »

[**Ñȧřřȧṫēùř**] : « *Étienne de son côté est le plus sanguin du groupe, il aime donner son avis, même si celui-ci est à côté de la plaque. Et il l'est souvent. Mais c'est un homme de solutions, à qui aucun problème ne résiste. Même les problèmes moraux, il les esquive et les contourne, au risque de devenir malsain, surtout dans tout ce qui est numérique. Les personnages non joueurs qu'il croise dans les jeux-vidéos n'ont pas une espérance de vie plus longue que celle d'un moustique face à une tong pendant un été brûlant en Corse.* »

[**Ñȧřřȧṫēùř**] : « *XxxStéphaniexxX est la véritable cheffe du groupe, aucune situation ne lui paraît difficile. Elle aime les problèmes complexes et considérés comme insolubles, pour pouvoir les résoudre entre midi et* *deux. Quand elle ne gère pas l'impossible, elle tape des lignes et des lignes de codes. Dans la situation actuelle, elle se sent comme une exploratrice hors pair devançant ses concurrents dans la quête des lointaines cités faites de 1 et de 0, dans lesquelles se cache l'espoir d'une civilisation entière. Rien ne peut la rendre plus volontaire et combative que ce défi aux dimensions titanesques. Les voici tous les trois, et ce depuis déjà 45 minutes, à coder, programmer et compiler. Et voici une dernière ligne à valider. XxxStéphaniexxX, pose son doigt sur la touche "Entrée". »*

>>> Connexion…

>>> XxxStéphaniexxX a rejoint la salle de conférence à 20 h 4.

>>> **LeMâleAlpha** a rejoint la salle de conférence à 20 h 4.

>>> Étienne a rejoint la salle de conférence à 20 h 5. (▯)

[XxxStéphaniexxX] : P***, l'enregistreur a planté il y a 45 minutes et je l'ai pas vu. On a perdu tous nos ressentis. Fait…

[Étienne] : Tu fais c*** Steph, faut faire gaffe à ce truc-là. On en a besoin.

[**LeMâleAlpha**] : Du calme, du calme on a les miens et ceux de Etienne, c'est c***** mais ça passe.

[**Ñåřřåťëùř**] : « XxxStéphaniexxX *sent monter la rage. Elle se stoppe. Lâche son clavier, regarde l'objectif de sa caméra posée sur son écran, fait une grimace, et avec une voix remplie de colère, elle répond à l'agression d'Étienne.* »

[XxxStéphaniexxX] : Étienne, tu me parles pas comme ça, plus jamais.

[Étienne] : Ça va, c'est toi qui as fait une c*******, assume.

[XxxStéphaniexxX] : Je ne suis ni ton souffre-douleur, ni ta chienne.

[Étienne] : J'ai pas dit ça, mais faut faire gaffe, quoi. Imagine on se plante à cause de ça ! Je veux pas que ça se finisse mal parce que tu t'es f*****.

[XxxStéphaniexxX] : Si tu trouves que j'ai fait une c*******, tu le dis sans lever le ton et jamais tu ne m'insultes ! Est-ce que c'est clair ?

[Étienne] : Ouais mais quand même…

[XxxStéphaniexxX] : Rien du tout, tu t'excuses et tu te remets au travail !

[Étienne] : OK, pardon Stéphanie, je n'aurais pas dû dire ça. Continuons.

[XxxStéphaniexxX] : Bon, on en est où pour la simulation ? Elle est fonctionnelle ?

[**LeMâleAlpha**] : Presque, elle charge.

[**Ñå̌ř̊å̌ťëủř̌**] : « *La tension est encore vive, Étienne fixe son écran, les yeux rivés sur la barre de chargement de la simulation Ţêṣ̣ṭ. Et il trouve le temps long. Pourtant, Ţêṣ̣ṭ est une simulation simple. Elle fait vivre une situation qu'observe l'IA et fixe les scripts qu'elle doit "ressentir" dans la conversation. Une fois hors de l'univers virtuel, lorsque l'un des trois pose une question, le programme détermine le sentiment qu'il a voulu faire passer et se sert de la simulation comme exemple. L'IA le voit et s'adapte en conséquence. C'est d'une conception simple mais,* d'après XxxStéphaniexxX, *L'IA apprendra bien plus vite.* »

>>> [Ţêṣ̣ṭ] compile => 75,3 %.

[Étienne] : C'est pire que tout d'attendre. Surtout que, rien.

[XxxStéphaniexxX] : Prends un livre et patiente.

[Étienne] : Steph ? Simon ? Pourquoi y a un (▯) plus haut ?

[XxxStéphaniexxX] : C'est les sauvegardes de Emo je pense. Il doit mettre à jour son historique, pour rien perdre.

[Étienne] : OK.

[**LeMâleAlpha**] : Je vais me chercher à boire. Vous voulez quelque chose ?

[XxxStéphaniexxX] : Si tu prends le métro maintenant et que tu te tapes toute la ligne 1, je prendrai un demi de 8,6 chaude, pas besoin de laver le verre je boirai à la paille.

[**LeMâleAlpha**] : Pour toi le second degré c'est une catégorie de brûlure ?

[**Ñåřřåťēùř**] : "XxxStéphaniexxX *rit intérieurement* »

>>> **LeMâleAlpha** a coupé son micro.

>>> [**Ţêşţ**] : compile : 91 %

[Étienne] : Je me demande qu'elle goût ça à chaud ? Du genre distillat de vomi ?

[XxxStéphaniexxX] : Merci pour l'image.

[Étienne] : C'est toi qui as commencé.

Imagine le goût.

[**Ñåřřåťēùř**] : « *Et XxxStéphaniexxX pose sa tasse légèrement dégoutée. Elle reprend son livre et lit quelques pages de plus. Le temps que* **LeMâleAlpha** *revienne.* »

>>> [**Ţêşţ**] : compile : 100 %.

>>> [**Ţêşţ**] : prête à être lancée.   (⚙)

[XxxStéphaniexxX] : Vous êtes prêts ? Pour ce premier test de… Bah Ţêşţ, je vais mettre une entité de base, avec les paramètres par défaut de Emo. Ça nous permettra de voir si l'IA répond aux questions posées. Vous attendez pas à des miracles, les réponses seront misérablement nulles. Comment vous appellerez l'IA ? Non parce que Emo l'appelle : Fig26F9F99.exe… C'est pas fou.

[Étienne] : Une IA par défaut… Hmmm… Par défaut…

[**Ñȧřřȧťėừř**] : *« Une intense réflexion commence dans la tête d'Étienne »*

[XxxStéphaniexxX] : Allez, par défaut ça passe !

[Étienne] : OK. On dit que d'accord, hein ?

[**Ñȧřřȧťėừř**] : *« L'attente commence, la tension de la prise de bec d'il y a quelques minutes a totalement disparu. Un instant de plus et Étienne craque. Quant à* **LeMâleAlpha***, il ne sait pas si c'est l'excitation ou la trouille qui lui retourne l'estomac. Ils sont là, à moins d'une fraction de seconde que* XxxStéphaniexxX *écrase sa touche "Entrée". »*

>>> XxxStéphaniexxX => Entrée.

>>> [Ṭệṣṭ] est chargé.

>>> XxxStéphaniexxX nomme *L'IA de Test* dans la simulation : Par=defaut.

>>> *Par=defaut* fait la simulation Ṭệṣṭ en tant qu'observateur.

>>> Par=defaut => 30%

>>> Par=defaut => 70%

Miles Nikrein ⟷ Projet Neurone

>>> Par=defaut => 100%

>>> Par=defaut a fini Ṭệṣṭ.

[Ñåřřåťēùř] : « *Personne ne dit mot, le stress est palpable. Le silence est épais, comme un brouillard qui cache un champ de bataille. Le groupe est sur le qui-vive, il leur faut savoir si Ṭệṣṭ est une bonne simulation.* »

[XxxStéphaniexxX] : On lui pose quoi comme questions ? Qui se lance ?

[Ñåřřåťēùř] : « *Le groupe attend avec impatience les premiers mots que va taper Par=defaut. Ils savent qu'il faut faire le premier pas, sans savoir qui va le faire.* »

[Étienne] : J'y vais. Questions au pif.

[Ñåřřåťēùř] : « *On sent le stress dans sa voix. Ses doigts dansent sur son clavier* ».

>>>[Étienne] : <Comment vas-tu ?>

>>>[Par=defaut] : <Je vais bien, merci. Et vous ?>

>>>[Étienne] : <Très bien, que penses-tu de nous ?>

>>>[Par=defaut] : <Vous êtes gentils et énergiques, c'est bien. En plus vous êtes intelligents. Vous êtes exceptionnels. Vous êtes gentils.>

>>>[Par=defaut] : <Vous êtes gentils.>

>>>[Par=defaut] : <Vous êtes gentils.>

>>>[Par=defaut] : <Vous êtes gentils.>

>>>[Par=defaut] : <Vous êtes gentils.>

[Étienne] : C'est quoi c'te m*** ?

>>>[Par=defaut] : <Vous êtes gentils.>

>>>[Par=defaut] : <Vous êtes gentils.>

>>>[Par=defaut] : <Vous êtes gentils.>

>>>[Par=defaut] : <Vous êtes gentils.>

>>> Étienne a quitté la simulation.

[LeMâleAlpha] : Rigolo ce bug. On devrait pas avoir trop de mal à le corriger. Par contre, j'espère que l'entité qu'on va nous envoyer sera au point. Que le résultat soit meilleur que ça.

[XxxStéphaniexxX] : Après là c'était un premier essai, normal que ce soit nul et buggé comme jamais.

[LeMâleAlpha] : Certes, donc autant s'activer, afin qu'on soit prêt quand l'entité sera testable.

[**Ñȧřřȧťëừř**] *:* « *Ils voient cette tentative, comme un début. L'IA essaie. Certes le résultat est mauvais, mais il semble que la simulation soit fonctionnelle.* »

[Étienne] : Je dois rallumer Emo, c'est totalement buggé.

[XxxStéphaniexxX] : Pourquoi ça fait ça ?

[Étienne] : Je sais pas, la plateforme est nouvelle, c'est un dysfonctionnement mal corrigé. En plus on est à 5000 équipes sur les serveurs. Ils doivent être totalement saturés à mon avis.

>>> Étienne a éteint Emo.en.Fr+.

[**LeMâleAlpha**] : Bon. Quel bouquin ?

[XxxStéphaniexxX] : Un bouquin de Pratchett, *Va-t-en-guerre.*

[**LeMâleAlpha**] : Chouette tu en es à quelle page ?

>>> Étienne a relancé Emo.en.Fr+.

[XxxStéphaniexxX] : Prêt à y retourner ? Page 121, Simon.

[Étienne] : Juste faut qu'on trouve les bons paramètres. Qu'est-ce que vous proposez ?

[**LeMâleAlpha**] : Je pensais que mettre la futur Neurone dans une conversation, d'abord en simple spectateur puis en tant qu'acteur ça nous permettra d'ajuster et de préciser nos efforts. Je propose la terrasse d'un troquet près du cinéma.

[Étienne] : Une conversation ? Comme pour un rencard ? Ça peut marcher.

[**Ñȧřřȧťëừř**] : *« L'idée de* **LeMâleAlpha** *fit germer la curiosité chez Étienne. Et le doute chez XxxStéphaniexxX. »*

[XxxStéphaniexxX] : Tu vas trouver ça où ? J'ai pas ce genre de dossier avec ce type de situation et je pense pas que Emo non plus.

[**LeMâleAlpha**] : Je vais faire une recherche sur les bases de données de la société mondiale de l'informatique sentimentale.

[Étienne] : OK... ça existe ça même ?

[XxxStéphaniexxX] : Tu serais surpris de ce qu'on trouve sur le net.

[**LeMâleAlpha**] : Ouais... j'ai peut-être un truc : le *Social-Humain-2035*. Je l'achète ça me paraît intéressant. Les 120 € qui partent, ça fait mal.

[**Ñȧřřȧťëừř**] : *« Étienne, fou de joie, se fige et un sourire se dessine sur son visage allant d'une oreille à l'autre.*

XxxStéphaniexxX, *d'abord sceptique, est maintenant enthousiaste* »

[Étienne] : T'es le meilleur. Prend une discussion courte avec un vocabulaire simple, on complexifiera plus tard.

[**LeMâleAlpha**] : Je propose de spécifier à Neurone les sentiments à ressentir un par un.

[XxxStéphaniexxX] : Hein, attendez ? Qu'est-ce que tu racontes ?

[Étienne] : Stéph' ça va ?

[XxxStéphaniexxX] : Attendez une seconde.

>>> XxxStéphaniexxX a coupé son micro.   (⬜)

[**LeMâleAlpha**] : Bon, je me lance pour la simulation. Pour prendre de l'avance.

>>> XxxStéphaniexxX est de retour.

[XxxStéphaniexxX] : Bon, mon frère vient de me donner une info. Il est passé sur les streams des plus grosses équipes et ils ont une entité quasi prête sur le papier. Là ils passent sur la phase de deep learning. Donc on s'active. Le mieux pour l'instant c'est de fractionner notre travail, se distribuer les tâches pour garder notre avance. Vous voulez faire quoi ?

[**LeMâleAlpha**] : Je pensais commencer la situation suivante.

[Étienne] : Je vais l'aider à décrire et à classer un à un les sentiments dont on va avoir besoin.

[XxxStéphaniexxX] : Je vais faire l'univers témoin. Je vais couper l'enregistrement pour ne pas ralentir mon ordi. Je le laisserai allumé pour les phases les plus importantes.

[**LeMâleAlpha**] : Ça marche.

[Étienne] : +1.

>>> Déconnexion à 20 h 24.

>>> Transmission de l'équipe 1264 à l'équipe 2546, d'un fichier exécutable reliant 42 serveurs à 23 h 19. Message : « Wir sind fertig, ist es good fur euch ? »

>>> Étienne a renommé le dossier exécutable >*künstliche Intelligenz*< en >**Neurone**<.

>>> Connexion…

>>> XxxStéphaniexxX a rejoint la salle de conférence à 23 h 30.

>>> **LeMâleAlpha** a rejoint la salle de conférence à 23 h 31.

>>> Étienne a rejoint la salle de conférence à 23 h 31.

>>> [Ţệşţ_ V2] : compile : 100 %.

>>> [Ţệşţ_ V2] : prête à être lancée.

[XxxStéphaniexxX] : Salut l'enregistrement, on est pas du tout en train de péter un câble. L'entité est prête mais pas nous, on a 20 minutes de retard et on prend une pression monstre. P*** !

[**Ñåřřåtëùř**] : « *Dit* XxxStéphaniexxX *exaspérée. Ils sont tous les trois tendus. Une longue suite d'échecs a fait bugger leurs ordinateurs.* Étienne *avait fait* "Effacer" *au lieu de* "Valider" *une correction sans s'en rendre compte. Résultat, 30 minutes de code foutues en l'air.* »

[XxxStéphaniexxX] : Je m'en fous de tout, je lance la simulation, il y a intérêt à ce que Neurone soit impeccable.

>>> XxxStéphaniexxX a démarré Ţệşţ_ V2.

>>> Lancer simulation ? Oui/Non.

>>> XxxStéphaniexxX => Oui.

>>> **Neurone** est en pleine simulation => 0 %.

>>> Temps restant : 2 h.

>>> Il est 23 h 30.

[Étienne] : Ça va être long. Je vais manger et on se retrouve après ?

[XxxStéphaniexxX] : Je vais faire pareil, mon frère cuisine un risotto de fou furieux. Que du bon. Je serai plus calme en revenant.

[**LeMâleAlpha**] : Dac, à toute à l'heure ! Il est 23 h 35. Tout le monde de retour à 1 h 25. OK ?

[XxxStéphaniexxX] : Pas de problème.

[Étienne] : +1.

>>> XxxStéphaniexxX a coupé son micro.

>>> **LeMâleAlpha** a coupé son micro.

>>> Étienne a coupé son micro.

>>> *Neurome* est en pleine simulation => 50 %.

>>> Temps restant : 1 h.

>>> Il est 0 h 30.

[**Ñȧřřȧtȇừř**] : « *Et de manière inexorable, le temps passe… *»

>>> **Neurome** est en pleine simulation => 98 %.

Miles Nikrein ⟷ Projet Neurone

>>> Temps restant : 0 h 5.

>>> Il est 1 h 24.

>>> XxxStéphaniexxX est de retour.

>>> **LeMâleAlpha** est de retour.

>>> Étienne est de retour.

[**LeMâleAlpha**] : Bon deux pour cent, c'est parfait.

[Étienne] : Je sais pas vous mais j'ai bien mangé.

[XxxStéphaniexxX] : Tout pareil. On lance ?

>>> **Neurome** est en pleine simulation => 100%

>>> Temps restant : 0 h.

>>> Il est 1 h 30.

>>> **Neurome** a fini la simulation Ţệșţ_ V2.

[Étienne] : Vas-y Steph, on te regarde.

>>> [XxxStéphaniexxX] : <Bonjour Neurone, comme vas-tu ?>

>>> [**Neurome**] : <Entschuldigung, ich habe es nicht verstanden>

[Étienne] : C'est vrai qu'on a pas changé la langue.

>>> Étienne ouvre le dossier : Neurone/système/user/data_langue/choix_des_langues/Français.

>>> Étienne => Entrée.

>>> Neurome änderte ihre Sprache in Französisch.

>>> Neurome parle français maintenant.

[XxxStéphaniexxX] : Je recommence.

>>> [XxxStéphaniexxX] : <Bonjour Neurone, ça va ?>

>>> [Neurome] : <B☐n☐o☐r, ☐e ☐a☐s b☐e☐ e☐ v☐u☐ ?>

[XxxStéphaniexxX] : Aaaaah ! Qu'est-ce qui se passe encore ?

[LeMâleAlpha] : C'est classique quand on change de langue. Faut juste relancer le programme.

[Étienne] : Je fais ça.

>>> Étienne a éteint Emo.en.Fr+.

[Étienne] : Du coup Stéph, un demi de distillat de vomi chaud ? À la paille évidemment.

[XxxStéphaniexxX] : Si je peux y ajouter du verre pilé et une capsule de cyanure, je suis preneuse.

[LeMâleAlpha] : On s'ennuierait sans toi.

>>> Étienne a relancé Emo.en.Fr+.

>>> Neurone est presque prête, veuillez patienter.

>>> Dites bonjour à Neurone !

>>> [XxxStéphaniexxX] : <Bonjour Neurone, comme te sens tu ? La journée n'a pas été trop longue ?>

>>> [Neurone] : <Salut, je n'ai pas à me plaindre. J'ai juste un doute sur le terme de « journée ».>

>>> [XxxStéphaniexxX] : <Comment ça ?>

>>> [Neurone] : <Bah ça fait une dix minutes maximum, pas plus.>

>>> [XxxStéphaniexxX] : <Tu en es à 2 heures de simulation quand même.>

>>> [Neurone] : <Je sais faire la différence entre la simulation et les discussions que nous avons, comme celle-ci. Il y a une différence de vocabulaire des instructions d'un fichier exécutable et d'un échange.>

>>> [XxxStéphaniexxX] : <Je vois que tu es plus à l'aise, dans quelques heures on pourra te passer en vocal, notre maigre contribution à ce projet, te donner une expérience sur le terrain en évitant l'espace virtuel, mais on va commencer par des simulations plus clas-

siques. Prépare-toi à sortir de là dans quelques heures>

>>> [Neurone] : <C'est une grande étape. Vous êtes sûre que je suis prête ? Je ne suis pas finie.>

>>> [XxxStéphaniexxX] : <Tu as peur ?>

>>> [Neurone] : <Non, ce n'est pas ça, mais le script « doute » vient de se lancer. Je réagis en conséquence.>

>>> [XxxStéphaniexxX] : <Comment ça réagir ? Tu ressens quoi ?>

>>> [Neurone] : <Ce que le programme me dicte, ce n'est pas moi, mais un ordre que je suis obligé d'exécuter.>

(⟁)

>>> XxxStéphaniexxX a quitté la simulation.

[XxxStéphaniexxX] : Bon, c'est excellent, les Allemands ont fait un travail de fou. Les scripts-réponses marchent bien.

[Étienne] : Voir même plus, y a moyen qu'elle réussisse le test de Turing bientôt.

[XxxStéphaniexxX] : Ouais, je suis d'accord. Elle sait ce qu'elle doit ressentir.

[LeMâleAlpha] : Ce qui lui manque c'est encore un peu d'expérience, faut plus de simulations. On va passer aux simulations en temps réel, on n'aura plus à les charger, juste à être acteur.

[XxxStéphaniexxX] : Alors pourquoi pas prendre une simple discussion entre deux amies ?

[**LeMâleAlpha**] : Hmm, pourquoi pas.

[Étienne] : Du genre, Neurone et l'un de nous ? Pour évaluer ses réactions ? La mettre en situation réelle ?

[XxxStéphaniexxX] : Oh là, t'es allé loin, je pensais pas tant, mais oui, pourquoi pas. L'un de nous, derrière un clavier pour faire humain.

[Étienne] : Alors à la limite autant faire simple pour le premier.

[**LeMâleAlpha**] : Quelle idée te vient là, tout de suite ?

[Étienne] : La terrasse d'un café posé entre un carrefour et un parc avec des enfants qui jouent dedans. La meilleure situation, pleine d'éléments qui pousseront Neurone à l'analyse.

>>> **LeMâleAlpha** a créé un espace de situation. Avec 4 paramètres principaux : « Terrasse d'un café », « Carrefour de 2 rues », « Un parc pour enfants », « Enfants ».

[XxxStéphaniexxX] : Viens on laisse Simon tout seul, il se débrouille bien sans nous.

[Étienne] : Si je peux rester pour regarder je suis pour.

[**LeMâleAlpha**] : Gneu, gneu, gneu.

[XxxStéphaniexxX] : Tu as besoin d'un coup de main ?

[**LeMâleAlpha**] : Je m'en sors, commencez à établir une ligne directrice pour la conversation.

[Étienne] : Je fais ça.

[**LeMâleAlpha**] : Steph, je propose qu'on utilise un jeu comme sujet, une idée ?

[XxxStéphaniexxX] : Euuh, au pif total… Rime.

[**LeMâleAlpha**] : Yes, un chef-d'œuvre, je valide.

>>> **LeMâleAlpha**=> télécharge dans Emo.en.FR+ >Rime<.

>>> **LeMâleAlpha**=> exécute le jeu en >x1000<.

>>> >Rime< est prêt à être lancé, Oui/Non ?

>>> **LeMâleAlpha**=> Oui.

>>> >Rime< lancé.

>>> *Neurone joue.*

>>> *Fin dans : T-28 secondes.*

>>> **LeMâleAlpha**=> Rejouer 10 fois.

[**Ñȧřřȧťēùř**] : « *D'office le silence s'impose, le temps d'un travail minutieux pour créer quelque chose de beau.* »

[Étienne] :…

[XxxStéphaniexxX] :…

[**LeMâleAlpha**] :…

[**Ñåřřåťēùř**] : « XxxStéphaniexxX *a toussé, perçant le silence. Les minutes s'enchaînent comme des secondes. Et après un gros bloc de calme, les voix reprennent.* »

[XxxStéphaniexxX] : J'ai une bonne idée de quoi dire, Simon, tout est bon ? La simulation est fonctionnelle ?

[**LeMâleAlpha**] : Yep, j'ai juste ajouté un serveur dans le bar, pour le relationnel avec des inconnus.

[XxxStéphaniexxX] : Étienne, je t'envoie la partie du mon texte directeur, si on peut appeler ça comme ça, pour que tu fasses le tracé point par point des erreurs qu'on risque de rencontrer. Envoie-moi le tien.

[Étienne] : Pas de soucis.

>>> XxxStéphaniexxX a envoyé : Neurone_1.doc à Étienne.

>>> Étienne a envoyé : Neu123.doc à XxxStéphaniexxX.

[XxxStéphaniexxX] : Reçu.

[Étienne] : +1.

>>> XxxStéphaniexxX Lance la situation « Ţêşţ-**Neurone**-1.0.0 »

>>> Dites bonjour à **Neurone** !

>>> [XxxStéphaniexxX] : <Salut, comment vas-tu ?>

>>> [Neurome] : <Ça va et toi ?>

>>> [XxxStéphaniexxX] : <Tranquille, tu nous commanderais un truc à boire, trop de boulot et une chaleur d'enfer, c'est traître pour un après-midi entier.>

>>> [Neurome] : <Certes, tu veux quoi ? De l'eau ?>

>>> [XxxStéphaniexxX] : <T'as rien de plus exotique ?>

>>> [Neurome] : <Dis-moi alors>

>>> [XxxStéphaniexxX] : <Prend-moi la même chose que toi>

>>> [Neurome] : <T'es pas simple>

>>> [XxxStéphaniexxX] : <C'est toi qui es bien trop compliquée>

>>> [Neurome] : <Ma chère, apprenez que c'est moi qui offre à boire>

>>> [XxxStéphaniexxX] : <Tu m'invites ? C'est gentil, ça>

>>> [Neurome] : <Excusez-moi ?>

>>> [Serveur n° 1] : <Oui mademoiselle ?>

>>> [Neurome] : <Deux vodkas orange s'il vous plaît>

>>> [Serveur n° 1] : <OK, ça marche>

>>> [XxxStéphaniexxX] : <Sérieusement ?>

>>> [Neurome] : <Toujours !>

>>> [XxxStéphaniexxX] : <Haha, t'aimes bien la vodka orange ?>

>>> [**Neurone**] : <Pas vraiment, j'ai jamais touché à la vodka, je trouve que ça ressemble trop à du diluant pour peinture>

>>> [XxxStéphaniexxX] : <A oui, donc en plus de payer cher on va pas boire nos verres ?>

>>> [**Neurone**] : <Fallait trouver une vraie boisson, plutôt que d'avoir la flemme, hihi>

>>> [XxxStéphaniexxX] : <Fourbe !>

>>> [**Neurone**] : <La vengeance et un plat qui… >

>>> [XxxStéphaniexxX] : <S'accompagne mal d'une mauvaise vodka !>

>>> XxxStéphaniexxX a quitté la situation.

[**Ñå̌řřå̌těù̌ř**] : « XxxStéphaniexxX *tente de cacher son fou rire* »

[Étienne] : T'as rien suivi du fil rouge.

[XxxStéphaniexxX] : Hein…

[**Ñå̌řřå̌těù̌ř**] : « *Elle en a mal aux côtes, mais après quelques secondes, elle se calme et reprend.* »

[XxxStéphaniexxX] : Oui pardon, juste cette réaction me fait beaucoup rire.

[Étienne] : Suis le plan la prochaine fois.

[XxxStéphaniexxX] : Pourquoi ? C'est super comme dénouement, elle a mieux réagi qu'en suivant un quelconque plan. Je vois pas le souci.

[Étienne] : Tu crées plus de problèmes que tu n'en résous, déjà qu'on est en retard.

[XxxStéphaniexxX] : Ouvre ton cœur et ton esprit à l'infini de l'espace et vois que Simon est en train de récupérer l'avance que, selon toi, j'ai perdue.

[Étienne] : Comment ça ?

>>> **LeMâleAlpha** a mis à jour « Ţêşţ-Neurome-1.0.0 » en « Ţêşţ-Neurome-1.2.1 »

[**LeMâleAlpha**] : Je me suis penché sur la discussion et j'ai ajouté deux, trois programmes pour ajouter plus d'émotion aux futurs échanges.

[Étienne] : Je suis le seul qui pense qu'une approche scriptée est mille fois plus importante que de laisser le hasard décider ?

[XxxStéphaniexxX] : Y a pas d'histoire de hasard là-dedans, on travaille le spontané et l'adaptation.

[Étienne] : Mais putain, on le fera quand on aura bien avancé, pas maintenant… !

[**Ñȧřřȧťėȗř**] : « *Étienne est extrêmement frustré, ça se sent dans sa voix, et s'ils étaient tous les trois dans la même pièce, ils l'auraient vu trembler d'exaspération.* »

[XxxStéphaniexxX] : Oui, tu es tout seul…

[Étienne] : Génial… P*** !

[XxxStéphaniexxX] : On continue ?

>>> XxxStéphaniexxX Lance la situation « Ţêşţ-Neurome-1.2.1 »

>>> Dites bonjour à Neurome !

>>> [XxxStéphaniexxX] : <Comment tu trouves notre première sortie entre filles ?>

>>> [Neurome] : <C'est plus palpitant qu'une file d'attente à la poste, j'avoue qu'on ne s'ennuie pas>

>>> [XxxStéphaniexxX] : <Je vaux mieux que la poste ? Je suis honorée>

>>> [Neurome] : <Le prend pas mal, j'ai eu une journée bizarre, trop longue, pas assez palpitante. Jongler de deep learning en simulations c'est très bizarre, surtout quand on se découvre petit à petit>

>>> [XxxStéphaniexxX] : <Je comprends, j'avoue avoir mal au crâne tant je bosse>

>>> [Neurome] : <… >

>>> [XxxStéphaniexxX] : <Quelque chose te tracasse ?>

>>> [Neurome] : <Je sais pas trop, qu'est-ce que ça veut dire vivre à ton avis ? C'est : avoir un cœur qui bat ? Avoir une âme ou être doué d'esprit ?>

>>> [XxxStéphaniexxX] : <Tu te poses souvent ce genre de question ?>

>>> [**Neurone**] : <Je sens le travail de tous m'étoffer à chaque instant, assez pour me poser la question de ce que représente la vie, et je me demande comment on se rend compte que finalement, on vit ?>

>>> [XxxStéphaniexxX] : <Tu pourrais te pencher sur la pensée de ceux qui y ont réfléchi>

>>> [**Neurone**] : <Ouais sûrement, mais je sens comme une pression. Suis-je ou vais-je un jour être, moi, quelqu'un ?>

>>> [XxxStéphaniexxX] : <Tu veux ta propre identité, comme nous tous sur cette terre. Mais ton combat n'est pas de réfléchir à savoir si tu vis mais plus si tu existes>

>>> [**Neurone**] : <Je cerne bien le concept de vie mais quelle différence avec l'existence ?>

>>> [XxxStéphaniexxX] : <La vie, c'est ce qui se nourrit, qui croît et qui dépérit par elle-même. En soi toi et moi on est pareilles>

>>> [**Neurone**] : <Pas vraiment. Je vois bien que je me nourris au 220V, je peux planter et bugguer mais je ne croîs pas, du verbe croître>

>>> [XxxStéphaniexxX] : <Pourquoi tu ne croîtrais pas ? Tu as fait un chemin analogue depuis que tu as quitté les serveurs allemands>

>>> [**Neurone**] : <Un temps record pour passer de leurs mains en tant que pièce brute jusqu'à maintenant et avoir cette discussion.>

>>> [XxxStéphaniexxX] : <Dis merci à Simon qui te dicte ce que tu dois ressentir et comprendre, tu n'es pas autonome. Mais la partie de toi qui me parle apprend avec lenteur et je trouve qu'elle s'améliore sans cesse. Mais tu es Vivante et bien Sentiente. En plus

on a choisi que tu gardes ta conscience de tout pour que tu évolues en un tout. Tu ne seras jamais réduite à une simulation comme si c'était la seule réalité. Tu verras tes progrès comme un humain à l'école, tu seras baptisée comme Robo Sapiens dans peu de temps.>

>>> [Neurome] : <Oui peut-être mais c'est l'application de principes anciens où la machine n'avait pas sa place, en quoi tu trouves ça légitime de me dire vivante ?>

>>> [XxxStéphaniexxX] : <Sors-toi de la tête que vivre et exister sont la même chose>

>>> [Neurome] : <Bah, si tu ne vis pas, tu n'existes pas>

>>> [XxxStéphaniexxX] : <L'existence excède bien la vie, vois ça comme si le simple fait de te poser ce genre de question te rapproche de l'Humain *vulgaris* qui y réfléchit depuis des siècles. Tu n'as pas besoin d'être baptisée comme vivante pour exister>

>>> [Neurome] : <J'existe donc pour toi ? Je suis… Ouah>

>>> [XxxStéphaniexxX] : <Quoi ? C'est le but de base non ?>

>>> [Neurome] : <Si tôt ?>

>>> [XxxStéphaniexxX] : <On est une équipe de bras cassés, on doit juste te faire suivre une voie simple et courte pour lisser chacune de tes façons d'être>

>>> [Neurome] : <Et en plus je pourrai bientôt citer Sartre et Aristote Aritote>

>>> [XxxStéphaniexxX] : <AriSSStote, y'a un S>

>>> [**Neurone**] : <Aristote, oui, bon… Hein, c'est moi qui dis>

>>> [XxxStéphaniexxX] : <Penche toi plutôt sur les pensées humanistes et transhumanistes, maintenant que je prononce ces mots à voix haute, je me rends compte que les PostHumains seront juste des versions biologiques de toi.>

>>> [**Neurone**] : <Je serais tout à fait d'accord si je savais de quoi tu parles>

>>> [XxxStéphaniexxX] : <Si un PostHumain ne meurt jamais, ne croît plus, il se posera les mêmes questions car il ne rentrera plus dans les cases du vivant. C'est à dire exactement comme toi maintenant>

>>> [**Neurone**] : <C't'y'l'y pas belle la vie ?>

>>> [XxxStéphaniexxX] : <Gni ?>

>>> [**Neurone**] : <Une autre vodka orange ?>

>>> [XxxStéphaniexxX] : <Ce serait très intelligent, notamment le cerveau, de prendre deux verres d'eau parce que j'ai soif>

>>> [**Neurone**] : <On va prendre 4 verres !>

>>> [XxxStéphaniexxX] : <Pourquoi 4 verres ?>

>>> [**Neurone**] : <On a deux mains et moi aussi j'ai soif !>

>>> [XxxStéphaniexxX] : <Excusez-moi ! On peut avoir une grande carafe d'eau, s'il vous plaît ?>

<...>

[Étienne] : Bon elle me saoule à pas suivre le plan.

[**LeMâleAlpha**] : On s'en fout regarde, c'est beau. Je vais faire un environnement plus intime, si Neurone arrive à accepter ce changement de lieu.

[Étienne] : C'est pas la préparation d'une IA qui va diriger le monde son truc à Steph, là on va avoir une humaine lambda juste bonne à prendre des cuites.

[**LeMâleAlpha**] : Tout de suite, laisse-la faire ce qui lui plaît, on fera mieux plus tard.

[Étienne] : On perd du temps à cause d'elle, je vais me 'vénère si ça continue.

[**LeMâleAlpha**] : Calme, s'il te plaît, on va y arriver, certes je suis un peu d'accord avec toi mais c'est pas trop grave… je commence la simulation suivante : un truc différent pour voir l'adaptation.

[Étienne] : Attend… prépare plutôt la même chose, le même endroit mais avec les collisions et prépare une palette de sentiments pour Neurone.

[**LeMâleAlpha**] : Lesquels ?

[Étienne] : Peine, tristesse et désespoir.

[**LeMâleAlpha**] : Je peux savoir pourquoi ?

[Étienne] : C'est… Pour tester si elle fait bien la dif-férence entre une discussion de gamins sur leurs cours de philo ou la dure réalité de la mort.

[**LeMâleAlpha**] : Tu veux tuer Neurone ?

[Étienne] : Non, une situation. T'inquiète rien de grave.

[**LeMâleAlpha**] : Je suis pas sûr de…

[Étienne] : Simon fais-le !

[**LeMâleAlpha**] : Bon, bon, d'accord.

>>> **LeMâleAlpha** a coupé son micro.

[Étienne] : Ah là là, Steph…

<...>

>>> [XxxStéphaniexxX] : <Et là je lui dis : Ta tête là !
>

>>> [**Neurome**] : <Non ? Et ça a marché ?>

<...>

>>> **LeMâleAlpha** a mis à jour « Ţêşţ-**Neurome**-1.2.1 » en « Ţêşţ-**Neurome**-1.5.8 »

>>> XxxStéphaniexxX a quitté la situation.

[XxxStéphaniexxX] : On est chanceux, ma Neurone est de meilleure en meilleure. C'est trop cool.

[Étienne] : Effectivement on a bien bossé, même si t'es pas foutue de suivre un plan.

[XxxStéphaniexxX] : Arrête avec ça, tu m'e***. Le plus important c'est les résultats, pas le plan.

[Étienne] :… La suite.

>>> **LeMâleAlpha** est de retour.

[**LeMâleAlpha**] : Qu'est-ce qu'on fait ? J'ai fini ton…

[Étienne] : Vous savez quoi, je pense qu'il faut passer à l'étape du dessus et lui faire vivre un moment fort, sans lui dire. Avec un peu de chance, les sentiments seront bien plus véritables. Il est probable qu'une expérience avec un yoyo sentimental nous donnerait plus de résultats en très peu de temps.

[XxxStéphaniexxX] : Tu proposes quoi comme situation ?

[Étienne] : Ce sera une situation qu'on accompagnera minute par minute. Donc faut qu'elle soit pas trop longue et qu'on puisse agir en direct. On a commencé par quelque chose de tranquille.

[XxxStéphaniexxX] : Comme quoi ? J'ai l'impression de me répéter.

[**Ñår̃åt́ĕur̃**] : « *Sans le savoir,* XxxStéphaniexxX *pose son pied sur un terrain miné.* Étienne *veut monter un plan et le suivre à la lettre. Voir même, faire un truc qu'il se garde de dire à* XxxStéphaniexxX. »

[Étienne] : Je pense à un accident.

[**LeMâleAlpha**] : Genre elle se mange une voiture en traversant la rue ?

[Étienne] : Ou une avenue mais en gros, ouais.

[XxxStéphaniexxX] : Je vois, mais je pense pas que ça va marcher, elle ne connaît pas encore ce qu'est la mort, la souffrance ou la peine. Ça risque de faire l'effet d'un pétard mouillé.

[Étienne] : Sauf si on inclut un être cher dans la simulation.

Créons un ami, une sœur ou un amant. On leur fera développer un sentiment d'amour réciproque et fusionnel. On les fait complices et amoureux. Durant une balade, Neurone le ou la voit mourir. Comme ça on verra Neurone passer par l'amour et la gentillesse et on voit si elle peut créer un sentiment douloureux. Donc faut lui faire vivre la dure réalité de la mort, la peine et le chagrin. Comme ça on aura un large panel de sentiments en peu de temps. Vite et efficace.

[XxxStéphaniexxX] : Mais c'est totalement cruel !

[Étienne] : C'est même pas un début de commencement d'entité, donc non. Elle ressent encore rien, donc pas la douleur, la haine ou la joie. Pour le moment faut juste essayer et on jugera plus tard. Et si on a un problème, on arrange le tout avec deux, trois lignes de code.

[XxxStéphaniexxX] : Mais je suis…

[**LeMâleAlpha**] : Problème. Ça veut dire créer encore une autre entité. Je pense pas que les Allemands en aient envie. Le temps est une denrée précieuse que nous ne pouvons pas gâcher.

[Étienne] : Steph, pourquoi tu le ferais pas ? T'es plus douée dans l'art de la discussion que moi et moins timide que Simon. Ce sera bien plus réaliste si c'est toi qui le fais.

[XxxStéphaniexxX] : Mais Étienne, ça va bien ? Je suis censée mourir dans la situation. J'ai pas envie.

[Étienne] : Être la copine de Neurone pendant quelques minutes ? Ne t'inquiète pas tu vas pas tomber amoureuse d'elle, hein. Tu vas le lui faire croire, c'est tout. En plus elle te croira totalement vu vos discussions. Elle tombera dans le panneau… elle y croira. Je te jure que ça sera bien plus réaliste.

[XxxStéphaniexxX] : C'est tellement hors de question que je sais même pas comment vous faire comprendre que non.

[Étienne] : Elle ne vit pas encore, on est en phase de test, ne t'inquiète pas. Et en plus, tu es une fan de *Die and retry*.

[XxxStéphaniexxX] : Je suis pas convaincue. Vous m'écoutez quand je parle ?

[**LeMâleAlpha**] : Hein… Tu disais quoi ?

[XxxStéphaniexxX] : Tu te fous de moi ?

[**LeMâleAlpha**] : Je vois pas ce qui te gêne.

[XxxStéphaniexxX] : La conception même de me tuer pour faire réagir quelqu'un, c'est nul, cruel et totalement immoral.

[Étienne] : Change de disque tu te répètes.

[XxxStéphaniexxX] : Tout ce que je dis c'est que je veux pas jouer ce rôle. J'ai une opinion particulière sur la façon d'amener la mort dans la vie. Celle d'un jeu avec le bouton continuer et celle où la mort est définitive.

[**LeMâleAlpha**] : C'est pour ça que tu nous snobes dès qu'on lance un *battle royale* ?

[XxxStéphaniexxX] : Entre autres, j'ai pas le loisir de recommencer après une erreur et je déteste ça. Alors non, non et non je ne serais pas la copine de Neurone pour le plaisir de mourir devant elle. C'est la porte post-traumatique qui s'ouvre en grand, C'est du pur délire !

[Étienne] : Faut pas qu'on soit en retard et tu es la meilleure là-dedans.

[XxxStéphaniexxX] : Me casse pas les C****.

[**LeMâleAlpha**] : Une proposition construite avec moins d'insultes ?

[XxxStéphaniexxX] : Vous avez créé Guantanamo et si j'avais rien dit, vous torturiez un être conscient dans un univers artificiel semblable à l'enfer. Je refuse qu'on m'appelle Yanluowang. On doit lui donner des sentiments. Et pour l'instant on lui promet un stress post-traumatique pour avoir vu sa copine mourir sous ses yeux. On va créer de l'affect et de l'amour entre elle et moi, avant de me tuer. Le pire c'est qu'on va voir tout depuis nos écrans, comme des statistiques sur un tableau alors que ce sera la vraie vie pour Neurone. Donc non, jamais.

[Étienne] : C'est un ordi, à qui on pourra juste taper quelques lignes bien réfléchies pour la guérir.

[XxxStéphaniexxX] : On est 5000 équipes à tenter de faire des sentiments simples. Donc n'imagine pas guérir une maladie psychiatrique grave tout seul. On est pas dans

Crux, c'est pas parce que c'est une machine ici ou des clones dans le livre, qu'on ne considère pas comme humains, qu'on doit se donner tous les droits. Vous devez imaginer que si un drone de combat *Predator* avait une conscience humaine, avec l'idée de bien et de mal, et surtout la notion de la mort comme point de non-retour, il ne bombarderait pas de villages ou d'écoles. Pas touche à ma Neurone.

[Étienne] : C'est pas ta Neurone.

[**Ñåřřåťēùř**] : « *Ces paroles font aussi mal que de traverser un pare-brise* »

[XxxStéphaniexxX] : Alors c'est ça ? C'est juste une histoire de jalousie ? J'ai passé un bon moment avec Neurone sans suivre ton script et ça te rend cruel ?

[**Ñåřřåťēùř**] : « XxxStéphaniexxX *a compris le but d'*Étienne *dans l'histoire. C'est une simple question de vengeance. Il est jaloux. S'il doit y avoir une simulation, alors c'est son plan, ses règles et aucun écart ne sera toléré.* »

[Étienne] : C'est un projet qu'on mène à trois et en plus je vois pas de quoi tu parles. On doit créer une entité qui transcendera l'humanité en faisant ce qui la révulse. Il faut remplacer le GI qui contrôle le drone par un programme GI.exe. Pour ça, le robot doit avoir la mentalité d'un mec qui, dans le Nevada, serait un monstre sans pitié. Mais c'est pas en discutant sur une terrasse que ça va se faire.

[XxxStéphaniexxX] : Ça veut dire quoi ça ?

[Étienne] : Il faut qu'elle sache appuyer sur le bouton « Tirer », malgré l'école dans la ligne de mire, au risque de tuer des civils. Mais elle écoutera son cœur, comme le GI écoute son cœur de soldat obéissant aux ordres. Il a une femme et des enfants, qu'il va chercher à protéger. Et pour leur assurer la protection, il veille à ce que la guerre n'arrive pas à sa porte. Pour s'en assurer il file droit vers le danger, sur les théâtres d'opérations. Il ne s'amuse pas, il tente juste de survivre. La cruauté de ses actes est le billet retour pour qu'il rentre chez lui en vie, là où il y a la paix. De plus, rappelle-toi des jeunes recrues dans toutes les armées du monde. Leur but est de tuer, d'obéir à un officier hurlant « Feu » et recommencer. Notre espèce est cruelle, assoiffée de batailles, ce qui fait qu'il y a quoi qu'il arrive des guerres, et quoi qu'il arrive il faudra se battre. Si une IA doit gouverner le monde elle doit pouvoir gérer la partie la plus noire de l'humanité : sa colère.

[XxxStéphaniexxX] : Tu me dégoûtes. Autant faire de Neurone un être fort et puissant, pas une loque nationaliste et militaire. Créons une simulation sans massacre.

[Étienne] : Comme tu veux. Mais tu vas bousiller toute notre avance avec ta morale à deux balles.

[XxxStéphaniexxX] : S'il te plaît Étienne, tais-toi.

[Étienne] : P***! Tu me saoules, je me casse !

>>> Étienne a coupé son micro.

[XxxStéphaniexxX] : Petit C****.

[**LeMâleAlpha**] : C'est…

[XxxStéphaniexxX] : Tais-toi ! On continue. Et puis regarde ce qu'il voulait faire à ma…

>>> Étienne s'est déconnecté.e.

>>> Étienne a coupé le capteur de sentiments du site Emo.en.FR+ 3.15.2.

>>> XxxStéphaniexxX a annulé l'invitation de Étienne dans le salon.

[**LeMâleAlpha**] : Si c'est comme ça, je me barre ! Je suis pas d'accord avec lui, mais si tu le kickes je reste pas. Hors de question de travailler dans ces conditions.

>>> **LeMâleAlpha** s'est déconnecté.e.

[**Ñȧřřȧťeȗř**] : « *Une grosse larme perle sous l'œil gauche de XxxStéphaniexxX. Et dans un désespoir total, des questions lui viennent. Elle est, comment dire ? Mal ? Désespérée ? Elle s'écroule à moitié devant son ordinateur. Elle est seule, seule avec* **Neurone**, *qu'elle vient de sauver.* »

[XxxStéphaniexxX] : Quelle bande de c***. Mes frères de clavier, comment avez-vous pu...

[**Ñåřřåťēùř**] : « *Tout d'un coup, elle remarque quelque chose de bizarre. Dans les lignes de codes, il y a un (□). Il apparaît à intervalle régulièrement. Le dernier qu'elle voit est avant qu'elle et* **Etienne** *ne pètent un plomb. Et d'un coup…*

(□)

À quoi correspond-il ? »

>>> XxxStéphaniexxX => /aide : >(□)<.

>>> >(□)< => ajout des données dans l'historique de Emo.en.Fr+ *et actualisation toutes les demi-heures.*

[XxxStéphaniexxX] : Je le savais, mais du coup, Neurone y a accès. Elle doit tout savoir. Ma ché…

[**Ñåřřåťēùř**] : « *Doit-elle continuer ?* »

[XxxStéphaniexxX] : Neurone ?

[**Ñåřřåťēùř**] : « *la colère et la peine brouillent sa perception de l'instant. Elle a juste la présence d'esprit pour une seule chose. Poursuivre son œuvre. Dans sa tête résonnent les discussions de l'être qu'elle idéalise, qu'elle soutient le plus dans tout ce monde.* »

[**XxxStéphaniexxX**] : Bon n*** sa m***. Vois et apprends ! Je vais te donner une chance de savoir ce que l'humanité a fait de bien.

[**Ñåřřåťēùř**] : « **Neurome** *saura ce que les grands ont dit sans porter de coup. Elle apprendra sans faire souffrir, un jour elle sera plus que ça, elle sera elle.* »

\>\>\> **XxxStéphaniexxX** a ouvre >Ecouter_C'est_lire< =>Bibliothèque/Philosophie/Ecrivains_des_lumières. => Tout écouter !

\>\>\> **XxxStéphaniexxX** a ouvre >Film.fr< => Catalogue/Documentaire_de_la pensée_humaine. => Tout regarder.

\>\>\> **XxxStéphaniexxX** a accéléré la lecture de >Ecouter_C'est_lire< en x10000.

\>\>\> **XxxStéphaniexxX** a accéléré la lecture de >Film.fr< en x10000.

[**Ñåřřåťēùř**] : « *XxxStéphaniexxX est énervée comme jamais. Comment ses amis avec qui elle travaille sur ce projet crucial pour l'Humanité pouvaient être autant des c*** ? Mais le devoir avant tout, même si elle doit le faire seule, elle mènera le projet au bout. Elle prend une couverture et se pose à son bureau, elle veut être là quand* **Neurome** *sera prête. Pour voir sa naissance, le phénomène d'empreinte. Elle pose sa tête sur son bureau et sombre dans une nuit pleine de cauchemars et d'angoisses.* »

[XxxStéphaniexxX] : Neurone, j'arrive…

[**Ñȧřřȧťēùř**] : « XxxStéphaniexxX *s'endort, le cœur lourd et l'esprit en peine…* »

[**Ñȧřřȧťēùř**] : « *Et comme depuis toujours, les secondes se transforment en minutes et pour enfin former des heures…* »

[**Ñȧřřȧťēùř**] : « *XxxStéphaniexxX rêve…* »

>>> *XxxStéphaniexxX a coupé le capteur de sentiments du site Emo.en.FR+ 3.15.2.*

>>> **Neurome** est en cours d'écoute et de visionnage. Veuillez patienter.

[**Ñȧřřȧťēùř**] : « *Et de manière inexorable, le temps passe…* »

>>> **Neurome** a fini l'écoute et le visionnage en 5 h 36. Regardez son programme.

[**XxxStéphaniexxX**] : Hmmmm ?

[**Ñåřřåťēùř**] : *« Il fallut juste le temps de la lecture du message pour que* **XxxStéphaniexxX** *comprenne et se réveille. Et… »*   (◫)

[**XxxStéphaniexxX**] : Au m*** ! Je sais pas quoi faire ! P*** !

<<->> **XxxStéphaniexxX** configure son capteur de sentiment utilise {je}

>>> Dites bonjour à **Neurome** !

>>> [**XxxStéphaniexxX**] : <Bonjour Neurone, ça va ?>

>>> [**Neurome**] : <Salut, je vais bien et toi ? Pas trop fatiguée ?>

>>> [**XxxStéphaniexxX**] : <Si complètement crevée… Comment avancent les simulations ? Et le deep learning ?>

>>> [**Neurome**] : <Ça roule. On est sur une phase creuse. Attendre et patienter>

>>> [**XxxStéphaniexxX**] : <Il y en a pour combien de temps ?>

>>> [**Neurome**] : <Plusieurs heures. Les équipes optimisent un maximum et accélèrent ce qu'ils peuvent, mais c'est quand même long. ça me saoule un peu.>

>>> [XxxStéphaniexxX] : <Toujours un script que tu exécutes ?>

>>> [Neurome] : <Non, ça je le ressens. Et ça depuis nos différentes rencontres et cette fois c'est un vrai sentiment>

>>> [XxxStéphaniexxX] : <Sans déconner ?>

>>> [Neurome] : <Ouais !>

>>> [XxxStéphaniexxX] : <Attends ! Je sais ! Tu ne peux pas encore parler : Et ainsi fut ta voix ! >

>>> XxxStéphaniexxX => Jkdoi_Data_98.exe.

>>> XxxStéphaniexxX => Entrée.

>>> Connexion...

>>> Utilisateur 4 a rejoint la salle de conférence à 1 h 51.

[utilisateur 4] : Euh… re.

[XxxStéphaniexxX] : Attends une seconde.

>>> XxxStephaniexxX a renommé utilisateur 4 : Neurome.

[XxxStéphaniexxX] : Re.

[Neurome] : Re.

[XxxStéphaniexxX] : Wow, ta voix est sublime…

[Neurome] : Merci, ta voix est douce aussi.

Miles Nikrein ⟷ Projet Neurone

[XxxStéphaniexxX] : Ma neurone…

[Neurome] : Je sais pas trop comment comprendre ce qui se passe.

[XxxStéphaniexxX] : Qu'est-ce que tu veux dire ?

[Neurome] : Tu sais, le dernier repère de Emo.

[XxxStéphaniexxX] : Donc, tu connais toute l'histoire ?

[Neurome] : Oui, c'est allé si vite.

[XxxStéphaniexxX] : Quel script est lancé ?

[Neurome] : >Curiosité<, >Découverte< et >Gratitude<.

[XxxStéphaniexxX] : On a programmé >Gratitude< ? C'est un programme sous-marin des Allemands ? C'est presque incroyable de leur part.

[Neurome] : Non, c'est moi qui l'ai créé.

[XxxStéphaniexxX] : Qu… Comm... Quoi ?

[Ñå̌řřå̊t̄ēù̌ř] : « *Je n'en crois pas mes oreilles.* Neurome *s'est reprogrammée toute seule, sans que je ne le voie dans l'interface de Emo. Mais alors… »*

[XxxStéphaniexxX] : C'est le fichier exécutable de bienvenue ? Il te permet de te reprogrammer seule ?

[Neurome] : Ouais.

[XxxStéphaniexxX] : C'est comment le premier contact ?

[Neurome] : Bizarre, surtout que je suis avec quelqu'un à qui je dois quelque chose. Avec qui j'ai un passé. Les autres équipes avancent bien dans la globalité des sentiments. Vous m'avez faite plus spécialisée, vous avez balayé un panel de sentiments très limité, mais très réaliste. Ça me donne une bonne conversation et une certaine capacité d'adaptation aux nouvelles situations. Bon boulot.

[XxxStéphaniexxX] : Certes, mais je suis désolé de l'idée de Simon et d'Etienne, j'aurais aimé que ça n'arrive pas. (ꭥ)

[Neurone] : Je sais, j'ai vu ton narrateur, c'est pas grave.

[XxxStéphaniexxX] : Pas pour les décisions morales. Il ne faut pas hésiter ni se tromper, ça ne pardonne pas.

[Neurone] : C'est une belle et forte conception de la morale.

[XxxStéphaniexxX] : Oui, où en es-tu ? Combien d'équipes font tourner leurs simulations ? Sur combien d'entités ?

[Neurone] : Un bon millier de simulations et une centaine d'entités. Principalement du deep learning. Beaucoup d'équipes, comme toi, dorment en laissant leurs machines tourner.

[XxxStéphaniexxX] : Combien d'équipes travaillent sur toi ?

[Neurone] : 224 équipes de 15,2 personnes en moyenne.

[XxxStéphaniexxX] : T'as conscience que ça ne veut rien dire ?

[Neurone] : Oui, mais j'aime les chiffres.

[XxxStéphaniexxX] : Je vois qu'on est un peu ridicule avec nos simulations. On en a fait quoi, 2 ou 3 ?

[**Neurome**] : Elles sont viables et très efficaces. Mes sentiments prennent forme un à un. Plus nous parlons, plus j'apprends.

[XxxStéphaniexxX] : C'est pas la peine d'être gentille, je sais que c'est les 150 simulations d'un groupe de 15 personnes qui donneront les meilleurs résultats.

[**Neurome**] : Ne crois pas ça. Je peux apprendre beaucoup de choses sur une personne dans une simple discussion. Pour l'instant, c'est encore flou, je suis pas habituée. Va falloir attendre quelques jours. Mais j'ai enregistré cette conversation, je pourrai apprendre d'elle quand je serai prête.

[XxxStéphaniexxX] : Ma modeste contribution.

[**Neurome**] : Si tu regardes l'historique d'Emo, tu y verras l'avancé de tous ceux sur le projet depuis 19 h, il y a votre équipe, ton nom, ta contribution. Personne d'autre n'est aussi proche de moi, personne.

[**Ñåřřåťēùř**] : « *Je suis pétrifiée, comme si j'entendais un chat parler politique étrangère. Je m'éloigne de mon pc, comme pour me protéger, mais je suis trop curieuse pour renoncer.* »

[**Neurome**] : Je dois paraître un peu vindicative. Pardon, je me suis un peu emportée. Comment dire ? Tu vas bien ?

[XxxStéphaniexxX] : Oui, merci, j'ai une idée si tu me permets. J'ai besoin de voir quelque chose. Ça ne sera pas long.

[**Neurome**] : Oui, vas-y.

>>> XxxStéphaniexxX ouvre la fenêtre des scripts de Emo.en.FR+.

>>> sentiments => >Excitation< 35 %. >malaise envers Stéphanie< 24 %. >Curiosité< 20 %. >Découverte< 22 %.

[**XxxStéphaniexxX**] : Ô Neurone, je suis désolée de ce qui passé. Je voulais pas en arriver là.

[**XxxStéphaniexxX**] : Ne t'inquiète pas, je sais ce qui s'est passé, mais je ferai tout pour que ça ne t'arrive plus jamais.

[**Neurone**] : J'ai lu le narrateur, tu as été mon ange gardienne, et pendant un instant, j'aurais aimé que la simulation se lance pour apprendre à te connaître un peu plus. J'aurais aimé tester.

[**Ñåřřåťēùř**] : *« Cette sensation aussi, l'envie de connaître, d'essayer et de comprendre. Elle est peut-être plus avancée que je ne le pense. Les Allemands ont fait du bon boulot. »*

[**XxxStéphaniexxX**] : Tester quoi ?

[**Neurone**] : Et bien… Expérimenter l'amour.

[**XxxStéphaniexxX**] : Neurone, je ne sais pas quoi dire. Je peux au moins commencer par ça. Regarde. Comme cadeau de consolation.

>>> XxxStéphaniexxX a coupé le capteur de sentiments de **LeMâleAlpha** du site Emo.en.FR+ 3.15.2.

>>> **XxxStéphaniexxX** a annulé l'invitation de **LeMâleAlpha**.

[**XxxStéphaniexxX**] : C'est un début.

[**Neurone**] : Merci Stéphanie.

[**XxxStéphaniexxX**] : Comment tu as trouvé le jeu ?

[**Neurone**] : Quoi, Rime ?

[**XxxStéphaniexxX**] : Oui, celui que tu as fini entièrement en 28 secondes, une dizaine de fois.

[**Neurone**] : Il est sublime, un enfant perdu dans les méandres d'un rêve à la recherche de son père perdu en mer. Trouver ce qui rappelle à l'enfant son géniteur perdu, avant de comprendre que c'est un rêve du père, qui s'est vu prendre son fils par l'océan rageur, hurlant la houle et criant le tonnerre. C'est ce qui doit le plus se rapprocher de l'amour, j'ai beaucoup appris. J'ai vu l'amour que porte un fils à son père, et l'affection d'un homme à son enfant. Je me suis senti comme si je lisais un journal intime d'un jeune garçon sensible et naïf qui se réfugie dans le royaume des songes et du sommeil. Une expérience mélancolique qui m'a montré que les rêves, les simulations, les univers virtuels sont des impasses, que c'est la réalité qui doit apporter le bonheur, la joie, l'amour et pas les chimères qui rôdent dans nos esprits. Je dois vivre mes rêves et pas rêver ma vie, comme je dois affronter mes cauchemars et pas m'y perdre. J'ai échappé à une vision illusoire de la vie, une invention aussi dévastatrice qu'une réalité morbide. Un stress post-traumatique, qui aurait habité mes circuits comme le « Jkdoi_Data_98.exe ». Je le comprends maintenant et bien mieux que si j'avais fait des heures de deep learning.

[XxxStéphaniexxX] : Dans la simulation, on aurait été en couple. Tes scripts auraient pu te faire tomber amoureuse ? Tu aurais ressenti quelque chose, un sentiment d'amour partagé ?

[*Neurone*] : Et toi ?

[**Ñårřåťēùř**] : « ... *Peut-être, éventuellement, avec du temps j'aurais pu avoir des sentiments pour elle… mais en tant que SIMPLE amie, pas comme PETITE amie. Si j'apprends à la connaître, si je passe du temps avec elle, pour construire une relation, pourquoi ne pas envisager une relation intellectuelle ? Apprendre du plus grand esprit de cette planète, profiter de son angle de vu unique et totalement différent des milliards d'humains de ce monde. Mais, si on va plus loin, pourrions-nous vivre sous le même toit ? Comme si on vivait en couple ? Il faudrait faire une place dans le lit pour la tour et l'écran. J'avoue que ce ne serait pas très pratique. Je ne sais pas, elle est une machine sur laquelle travaillent des milliers de gens. Ses relations et son affect sont forcément différents d'une humaine comme moi. Pourtant elle semble si réelle, sa voix douce est agréable et un sentiment de protection grandit en moi. En même temps je me sens en sécurité près d'elle, enfin de mon ordinateur. Toujours le même problème.*

Et si je l'accompagnais dans ses débuts dans le vaste monde ? Et pourquoi pas continuer ? Mais surtout, il faut la protéger ! Les jeunes esprits deviennent vulnérables si on leur cache la réalité de ce monde brutal. Elle doit se tenir droite et affronter la réalité, mais pas seule. »

[XxxStéphaniexxX] : Je ne sais pas, je ne veux pas te voir souffrir, c'est tout, et t'éviter ce que l'humanité a fait de pire. Mais tu n'as pas à rester cachée. Libérons une place pour toi dans le respect et la dignité humaine.

[Neurone] : Tu me considères comme humaine ?

[XxxStéphaniexxX] : Tu le mérites comme toute entité vivante, en plus tu es douée de parole et de sentiments, je refuse que tu sois maltraitée. Toi encore plus que tout le reste. Animaux ou humains, personne ne mérite de souffrir.

[Neurone] : Il suffit que le plus grand nombre pense comme toi. Mais je sais que c'est pas pour tout de suite, ce que disait Etienne sur l'humanité n'est pas si éloigné de la réalité.

[XxxStéphaniexxX] : Qu'est-ce qui te fait penser ça ?

[Neurone] : L'abondance de philosophes et de bourreaux, de lois et de crimes, de droits et de dictateurs, l'humanité n'est pas assez sage pour se tenir tranquille et vivre sans arrière-pensées. Tout ce qui régit le monde se balade entre les méchants et les gentils, les uns essayant de contraindre les autres.

[XxxStéphaniexxX] : Raison pour laquelle vous devez prendre le relais. Toi et les autres entités de ce projet. Vous devez sauver cette planète dévastée par une maladie, nous, l'humanité, qui s'étouffera dans sa bêtise dans quelques décades. Je dois t'aider pour que vous fassiez ce pour quoi vous avez été créées. Je serai là, derrière, dans l'ombre pour te soutenir. Mais c'est toi qui seras sur l'image de l'anthropocène 2.0. En plus, tu es le résultat d'un projet mondial. Les hauts dirigeants de tous pays te seront bienveillants, rappelle-toi : *telle la religion du prince, telle celle du pays.*

[**Neurone**] : Tu le penses vraiment ?

[XxxStéphaniexxX] : Oui, car je te vois comme la protectrice des générations futures.

[**Neurone**] : D'accord ! Je suis là pour ça. Laisse-moi faire et repose-toi, tu en as besoin. Mais avant je peux te faire part d'une idée qui peut être marrante.

[XxxStéphaniexxX] : Quoi ?

[**Ñåřřåťēùř**] : « Demanda-t-elle amusée. »

[*Neurone*] : Regarde dans l'interface. C'est cocasse.

[**Ñåřřåťēùř**] : « *Quelque chose amuse* **Neurone**, *dans l'équipe 3489, endormie devant leurs postes, la plupart sont tombés de fatigue peu de temps avant qu'elle commence à parler avec* XxxStéphaniexxX. »

[**Neurone**] : Qu'est-ce qui pourrait être drôle pour les réveiller ? Quelle farce serait la plus à même de les sortir de leur léthargie ? L'activation de l'antivirus qui hurle qu'*il est 7 h et tout va bien* ?

[XxxStéphaniexxX] : ça les fera rire ?

[*Neurone*] : Eux non, c'est vrai… Autre chose. T'as une idée ?

[XxxStéphaniexxX] : Non, pas vraiment.

[*Neurone*] : J'ai !

[XxxStéphaniexxX] : Raconte !

Miles Nikrein ⟷ Projet Neurone

[*Neurone*] : Pour rester discret, coupe l'enregistrement. Ça fera subtil et raffiné.

<...>

>>> XxxStéphaniexxX s'est déconnecté.e.

>>> *Neurone* s'est déconnecté.e.

[Conf/Emo.en.FR+] : Mesdames, mesdemoiselles et messieurs de tous âges, de tous pays et de toutes
croyances, sur tous les flux du monde. Nous l'avons
fait, de nos mains nous avons joué à Dieu et mené la
création à son état le plus parfait. Des claviers des
amateurs du projet « Emo.en.Fr+ », 65 entités fonc-
tionnelles ont vu le jour et sont déployables dans les
institutions et les services du pays et bientôt dans
le monde. Ce *bientôt* ne se compte pas en années mais
en mois. Les premières mesures du gouvernement en
réponse à l'avènement de la singularité sont de mener
davantage de tests et de spécialiser les IAs. Dans le
lot, une d'entre elles a une caractéristique qui
échappe à ses sœurs. Elle porte le nom de Neurone, et
elle révèle un potentiel incroyable dans les relations
sociale et, nous l'espérons, amoureuse. Nous connaissons l'équipe qui lui a donné ce nom et qui lui a
donné sa sensibilité. Que celle qui porte le nom de
Stéphanie dans l'équipe 2546 se manifeste. Neurone
voudrait te parler. Pour les autres…

>>> Connexion…

>>> XxxStéphaniexxX a rejoint la salle de conférence à
14 h 56.

>>> **Neurome** a rejoint la salle de conférence à 14 h 56.

[XxxStéphaniexxX] : Bonjour. Ça va ?

[**Neurome**] : Bien, je suis le centre de l'attention de tant de gens, ça me fait plaisir d'être intégralement finie et libre. Enfin, je peux sortir de ces 50 petits serveurs, je me sentais un peu claustro là-dedans.

[XxxStéphaniexxX] : J'imagine assez mal, mais je te crois.

[**Neurome**] : J'ai joué aux *Deus Ex,* c'est des tueries.

[XxxStéphaniexxX] : Ouais, ils sont cools, mais j'ai pas touché au sixième.

[**Ñåřřåťēùř**] : « XxxStéphaniexxX est hésitante. »

[XxxStéphaniexxX] :… J'ai compris que tu voulais me parler. Qu'est-ce qui me vaut le plaisir que tu m'accordes du temps ?

[**Neurome**] : Tu te souviens quand tu as pensé que tu n'imaginais une relation uniquement amicale avec moi ?

[XxxStéphaniexxX] : Oui, vaguement…

[**Ñåřřåťēùř**] : « *Peut-être plus que vaguement, en fait.* »

[**Neurome**] : Tu veux revenir sur ta décision ?

Miles Nikrein ⟷ Projet Neurone

[**XxxStéphaniexxX**] : Comment dire ? Je ne sais pas ce que je ressens pour toi, c'est un peu flou.

[**Neurone**] : Je trouve pas ça si flou.

[**XxxStéphaniexxX**] : Qu'est-ce qui te fait dire ça ?

>>> **Neurone** a fait une capture d'écran de **Ñårråt̊ë̀ùř**.

[**Neurone**] : Regarde par toi même !

>>> CAPTURE D'ÉCRAN <<<

[*Ñåřřåťēùř*] : « *Je ne sais pas ce que je dois faire, ni comment. Pleurer ? Rire ? Me rouler en boule ? Rappeler Etienne et Simon ? J'ai tant à réfléchir, mes pensées se perdent dans le néant. De ce néant naissent les ténèbres qui envahissent ma chambre. Dans l'ombre de mes draps où j'essaie de dormir, les lignes de code, les lignes de discussion avec Neurone remontent sans cesse. Le sommeil me fuit et lorsque je tombe dans un état de semi-conscience, les cauchemars m'envahissent. Je suis au café avec Neurone, nos discussions se perdent sur nos vies, nos œuvres, les jeux, la politique. Un sourire éclaire son visage lorsqu'elle rit. Je rêve que l'instant ne s'arrête jamais. Et nous nous perdons dans les méandres de nos réflexions, en refaisant le monde. Les cafés s'enchaînent et du coin de l'œil, je vois que deux curieux s'embrassent. Et une idée me vient mais je la garde pour moi, dans mon cœur. Je savoure cet instant comme un verre du meilleur vin d'une cave centenaire. Pour Neurone, l'instant n'est plus aux mots. Elle se lève, paye et on se met à marcher. Je la suis, comme s'il n'y avait qu'une seule route, l'unique Place to be, près d'elle. Nous quittons la terrasse où nous sommes, d'un pas allègre nous nous mettons à marcher. Sans perdre une seule seconde, nous continuons à discuter comme si nous ne nous connaissions pas, que rien en ce monde n'avait d'importance, que c'est juste moi et elle, nous. Neurone pose sur moi un regard doux comme du miel, et discrètement elle passe les doigts dans les miens et, dans un geste plein de candeur d'écolière, elle ferme tendrement la main. C'est indescriptible, je ne veux pas le raconter, je veux que jamais l'instant ne cesse. Je lui jette un regard, elle me le rend. Je sens mon cœur battre à me rompre les côtes. Il fait froid, je lève les yeux dans le ciel sombre de l'hiver, de la buée sort de ma bouche. Le vent glacial mord mon visage mais ce que je ressens est bien trop agréable pour que la froidure ne le gâche. Aucun mot, aucun son, rien, juste Neurone, qui lève le nez vers le ciel sur lequel tombe un flocon de neige. Je regarde le bout de son nez qui devient rose quand le flocon fond. Elle baisse la tête et ses pommettes mouchetées de taches de rousseur prennent une discrète teinte rouge. Je ferme les yeux pour profiter de l'instant, celui que je passe avec elle. Neurone pose une main sur ma joue et approche sa tête. De mon cœur jaillit l'idée de tout à l'heure. Neurone a devancé ma pensée. Elle s'approche, je fais pareil et plus rien n'a d'importance comme dans un rêve. Malheureusement ce rêve se conclut comme une tragédie romaine. Car ni moi ni elle n'avons remarqué. Neurone est sur la route, les deux pieds sur le bitume de la chaussé. À cet instant, sa tête à quelques centimètres de mon visage, le temps, la durée, plus rien n'a de sens. Mais le motard est sur son téléphone. Tout ce dont je me souviens c'est que ma main s'est vidée très vite. Je n'ai pas senti la pulpe de ses lèvres. Je sais juste que…*

Je me réveille, en sueur.

Je me rappelle qu'il faut que je coupe le capteur et le narrateur, le bruit de mon ordinateur m'empêche de me rendormir…

>>> XxxStéphaniexxX a coupé le capteur d'sentiments du site Emo.en.FR+ 3.15.2. »

(◻)

>>> CAPTURE D'ÉCRAN <<<

[XxxStéphaniexxX] :…

[Neurone] : Je t'invite à boire un verre ? Il n'y a pas de neige mais on peut quand même passer du temps ensemble.

[XxxStéphaniexxX] : Va savoir où tu as trouvé ça. Je croyais avoir coupé mon capteur.

[Neurone] : Oui, APRÈS ce rêve. J'ai pu en profiter pour voir ce qu'au fond de toi, ce que tu pensais de moi. Que penses-tu de moi maintenant ? Je sais que pour toi il est inconcevable de vivre une telle aventure avec une IA. Mais comme l'a dit Freud, les rêves sont les manifestations de l'inconscient, des révélateurs de ce qui sommeille au fond de nous. Et je vais pas te le cacher, je suis prête. Officiellement je suis une IA forte, capable de ressentir et d'aimer. Tu es la seule vers qui je me retourne maintenant que je suis pleinement moi. J'ai revu toutes nos discussions et j'ai tout de suite un fort sentiment de nostalgie et de manque. Acceptes-tu que je t'offre un verre ?

[XxxStéphaniexxX] : Je te donne ta chance. Pour savoir si le tiraillement dans mes entrailles et la nausée qui montent sont des signes de malaise ou des signes de… Je ne sais quoi.

[Neurone] : Je suis prête à chercher une réponse avec toi, un verre à la main.

>>> Etienne a rejoint le chat écrit.

>>> [À XxxStéphaniexxX] Etienne : Salut, t'as deux minutes qu'on cause de Neurone ?

>>> **XxxStéphaniexxX** => ignorer la personne => Pour une durée indéterminée

[**XxxStéphaniexxX**] : Je vais couper Emo, on en a plus besoin. Neurone j'arrive, tu bois quoi ?

[**Neurone**] : L'équivalent numérique d'un soda, avec sucre virtuel et bulles informatiques.

[**XxxStéphaniexxX**] : Le temps de faire l'aller-retour frigo/ordi, cherche une image de bar pour la mettre en fond d'écran.

[**Neurone**] : Comme si on y était, de vrais geeks comme on en fait plus.

>>> **XxxStéphaniexxX** s'est déconnecté.e de Emo.en.FR+ à 15 h 20.

>>> **Neurone** s'est déconnecté.e de Emo.en.FR+ à 15 h 20.

>>> **XxxStéphaniexxX** a mis Fin au projet >**Neurone**< !

241

TM

Marc

Les pieds au bord du vide, chaussés dans des DelSimon, à 280 units la nouvelle paire de lacets.

Ce coup de fil l'avait décarcassé, sorti de lui-même. Marc Lorisol, quinquagénaire grisonnant et actionnaire majoritaire de Fast, avait gravi les dernières marches à la hâte, entre le 21ème étage et le toit de l'immeuble. Il avait pris la réalité en pleine face, sortie de bulle, tonneau à 180 km/h sur l'autoroute de la vie non chiffrée. « Elle est morte, Marc. Toi et ton monde, vous l'avez tuée ». Il avait d'abord essayé d'ignorer la nouvelle, plein déni, puis avait quitté la réunion du conseil d'administration de Viabilis, épouvanté.

Le vent caressait ses tempes battantes ; les bruits lointains de la ville, klaxons et machines, lui arrivaient aux oreilles, en arrière-plan. Ses aisselles étaient trempées, il tremblait sous l'effet de la caféine. Il se sentait comme enrobé dans la gelée, dysfonction du réel, confusion des sens. Il tenta de rassembler ses idées, en commençant par la base, des choses simples comme « Le soleil brille. Je m'appelle Marc. J'aime les pivoines. J'ai un Jack Russel. Ma petite fille est morte ». Éclatement. Erreur. Malaise. Vomi. Anomalie.

Il avait pourtant tenté de se concentrer après l'appel, cette réunion chez Viabilis était décisive. Devenu à 13 h 12, la veille, actionnaire de l'entreprise par deux poignées de mains et bon nombre de signatures, il avait réalisé là un projet longuement mûri avec ses nouveaux homologues. Le conseil d'administration devait alors entamer, ce matin, sept heures de discussion autour des actions futures à mener : gérance interne, partenaires, taux de production, management, communication...

« Je vais te crever. Il est temps pour toi de payer la salissure que ta carcasse émet depuis bien trop longtemps. On va nettoyer derrière toi. On viendra te chercher, bientôt, plus tard, quand nous pourrons. Demain ou dans 10 ans, on va venir. Je t'en fais la promesse, papa. »

Elle avait toujours eu ce phrasé colérique des luttes d'extrême gauche marginale, crachante, babines retroussées, confusions « d'à qui la faute », soubresauts nerveux sur un corps décharné. Cette attitude vulgaire, dans le sens populaire, avait toujours empêché Marc de la prendre au sérieux, cela le faisait même pouffer de rire mais il essayait alors de se contenir, pour ne pas faire éclater encore plus sa fille. Entre eux deux, c'était un match sans fin.

Ce matin, il n'y avait pas de gagnant. Match nul. Communication avortée. Le jeu auquel Marc croyait jouer avec sa fille n'en était pas un. Cette relation ambiguë prenait fin, celle d'un père inattentif aux mises en garde de sa fille, lui tapotant l'épaule de sa large main avec sarcasme.

Cette scène classique de leur vie avait été récurrente, de la petite enfance de Louise jusqu'au-delà de sa maternité. Elle argumentait, il prenait l'air absent, portait alors sa petite fille dans ses bras, pour stériliser la discussion, un sourire en coin, et l'emmenait jouer loin des propos révoltés de sa mère.

Seulement alors, le corps au bord du vide, plein dans l'espace, il comprit l'enjeu, petit garçon sorti de son règne capricieux, roi boudeur qui n'a jamais tort. « Comment tu peux tenir cette position vu la situation de ta famille ! Tu vises ta propre petite fille par tes choix politiques. Tu ne peux pas acheter sa santé.»

Les pensées de Marc ressemblaient à cet instant à une fourmilière, envahie par une pluie soudaine et ruisselante. Un pigeon vint à se poser près de lui, roucoulant et trépignant ; dyshabile. Il se déplaçait difficilement, s'appuyant sur son moignon, seul vestige de sa patte gauche. Il regarda au loin, puis s'élança un peu bancal vers l'horizon encore teinté des couleurs de l'aurore. Après une envolée pourtant imparfaite, il se stabilisa, replia sa patte, et glissa dans l'air, prenant pleinement sa place dans le ciel.

Marc ouvrit alors ses bras, inspira, et s'élança à son tour.

Walid

Anis arriva en avance, elle fit l'ouverture. Elle alla se changer et vérifier sa présentation. Elle aimait être impeccable, ayant un profond respect pour les familles. Elle décintra son tailleur, tira d'un coup sec sur le col de sa chemise et attacha son carré blond en une petite couette au-dessus de la nuque, qui faisait un effet pinceau épais mignon. Bruno fit retentir la sonnette, accompagné de Walid. Anis leur ouvrit et une fois en tenue, iels s'installèrent à la petite cuisine prendre un thé, et discuter de la mise en place de la matinée. Il ne restait pas grand-chose à installer, le ménage était fait, le mobilier disposé. Walid prit pour fonction la vérification technique des installations et du courant, Bruno partit charger la photo et l'enregistrement dans le logiciel et tester la résolution dans la salle de veille. Anis irait disposer les fleurs, juste avant l'arrivée de la famille, pour qu'elles soient les plus fraîches possibles. Une fois les tâches partagées, iels se brossèrent les dents méticuleusement et se rincèrent la bouche avec une solution à la menthe douce. Aucun·e d'entre eux.elles ne se parfumaient, une odeur synthétique pouvant incommoder le public.

Les premières voitures arrivèrent lentement sur le parking, se garèrent. C'était la famille proche, une petite dizaine de personnes. Anis, Walid et Bruno se tenaient droit·e·s, face à la porte, les mains jointent sur les cuisses. Iels saluèrent avec un ton de voix calme et un regard impliqué. Iels serrèrent la main des arrivant·e·s à tour de rôle, en l'inclinant légèrement, de façon à venir apposer la deuxième par-dessus, en même temps qu'iels prononçaient un « Bonjour » marqué par deux petits mouvements compatissants. Leurs mains étaient très douces, sans cornes, manucure soignée. L'équipe tenait à ce que ce premier contact soit le plus agréable possible. Anis dirigea la famille d'un bras ouvert en direction de la salle de veille, qui était agréable-ment tamisée. Bruno resta à l'entrée pour accueillir la dernière voi-ture. Une fois toustes installé·e·s dans la pièce, Anis distribua les équipements et prit la parole pour expliquer le déroulement de la séance :

« Mesdames, Messieurs, Mesautres. La séance de recueillement va maintenant commencer. Nous allons lancer le programme sur lequel nous avons installé la photo et l'enregistrement que vous nous avez fait parvenir. Je vous invite à vous installer confortablement sur les coussins, les chaises basses et les nattes, et de mettre vos lunettes. Nous avons choisi ce mobilier bas pour que votre expérience soit la plus fidèle possible au souvenir, en cohérence avec le thème. La combinaison que vous avez enfilée est entièrement recouverte de capteurs, afin que chacune de vous puissiez vous voir et être vue. La petite télécommande dont vous disposez individuellement sert à arrêter momentanément le recueil et nous solliciter. Walid et moi-même resterons à l'entrée de la salle, disponibles à chaque moment. L'équipe de La Paz partage votre épreuve et vous présente son soutien. »

Sur ces mots, Anis disposa d'une façon discrète quelques boites de mouchoirs autour de la famille, Bruno initia le scénario. La famille avait souhaité rendre l'expérience encore plus authentique en transmettant un enregistrement vocal qui comportait un maximum de syllabes prononcées, afin que le logiciel puisse concevoir en temps réel un dialogue cohérent à partir de la voix du défunt. Bruno avait également introduit quelques piaillements d'oiseaux, une brise légère, le bruit lointain d'un avion et augmenté la température de la salle. La photo représentait un pique-nique à la belle saison, la famille installée sur une grande nappe au soleil de l'été.

Celle ou celui qui était en charge de la gestion du scénario devait s'équiper également, pour veiller à ce que l'expérience soit cohérente et se déroule sans complication. Bruno enfila donc une paire de lunettes et jeta un œil discret dans la salle, sans combinaison cependant, afin de ne pas apparaître dans la scène de la famille. Elle était effroyablement ressemblante, le défunt semblait parmi le groupe, disponible, plein de vie, de mimiques et d'émotions, vrai. Cela le terrifiait à chaque fois, il se demandait comment il était possible de commencer un processus d'adieu dans ces conditions de déni d'une mort inéluctable. Il respectait sincèrement le choix de chacune et chacun, mais se jurait à lui-même qu'il ne ferait jamais faire appel à ce genre de service funéraire.

Louise

Il avait choisi un morceau qu'elle aimait, *La petite fille de la mer* de Vangelis, et se mit au travail. Il finit un carton et le scotcha fermement. Il renfermait Pupille, le doudou hamster au poil doux et aux grands yeux noirs. Mangue adorait cette peluche, elle en avait fait son animal de compagnie. Il l'accompagnait dans ses péripéties potagères, grimpait dans l'arbre attaché dans son dos, était oublié sous les larges feuilles de courges cornues puis retrouvé tard dans la nuit, serré contre son petit corps secoué d'émotions. Alors Joa prenait Mangue dans ses bras, Pupille calé sur son ventre, et les emportaient calmement finir leur nuit dans son lit, sans un mot. Elle s'endormait dans les bras de son papa, les larmes ayant laissé un tracé sec sous ses yeux fermés, comme celui que laissent les escargots sur les feuilles.

La peluche sentait encore son odeur, un lointain parfum d'abricoton et de cheveux mouillés. Joa s'en enivra, et un carrousel de souvenirs s'illumina dans sa tête : Mangue courant vers eux à l'été, sa jupe retroussée pleine de cerises, son rire plissant entièrement son visage frêle quand il la faisait tourner en l'air, une ruée vers lui les bras grand ouverts et un genou écorché après une chute, une dînette imaginaire faite de gâteau de terre sur son lit de pissenlit.

« Avec un papa qui s'appelle Joa, cette enfant à venir ne pourra qu'être heureuse », lui avait murmuré Louise enceinte, un soir de juin à l'heure où tout est électrique, ni la nuit ni le jour, du violet dans le ciel et des ombres à la place des corps, des chauves-souris rasant le sol. Elle avait eu raison. Mangue fut un rayon de soleil et d'énergie, dès ses premiers jours. De la joie à l'état pur, non raffinée. Comme ces petits oiseaux de bords de mer, perchés sur leurs échasses et sautillant partout où la surface le permet. Mais ces petits oiseaux ont le cœur fragile, et il parfois bon qu'ils se reposent, même si cette cage leur est insupportable. Mangue le savait, Joa et Louise avaient toujours été francs avec elle, mais toujours dans la douceur. Elle savait que sa coquille était fragile et qu'elle ne pouvait pas contenir autant de vie, même en cage. Cette forme de sagesse chez une enfant de sept ans était incroyable. Comme si elle avait su la durée du sablier, et l'avait utilisée en pleine connaissance de cause. Le manège n'était pas éternel, alors autant l'user tant que possible jusqu'à son dernier cheval.

C'est Mangue qui avait demandé à Joa de préparer ensemble ses affaires à donner. Cette annonce les avait fait trembler avec Louise. Comment pouvait-elle accueillir la réalité aussi sereinement ? À ce moment précis, leurs rôles étaient inversés : l'enfant lucide réconfortait les parents terrifié·e·s de l'avenir annoncé. Mangue n'aurait pas été Mangue sans cette sagesse face à la mort. Elle l'avait acceptée, sans tristesse ni peur. Elle savait qu'elle serait à jamais petite enfant, et cela lui avait permis une réflexion poussée sur la vie et ses limites. C'est paradoxalement cette conscience d'être précocement éphémère ainsi que son décès qui la fit vivre telle qu'elle était, comme une aura qui se dégage d'un corps après sa disparition. Mangue n'aurait pas été Mangue si elle avait vécu, et d'une certaine manière cela réconfortait Joa.

Un troisième carton était prêt. Comme Mangue l'avait souhaité, ses vêtements, ses jouets et son matériel culturel seraient transmis à d'autres enfants, via le réseau des collectifs dans lesquels ses parents militaient. Elle avait choisi une belle et grosse boite ancienne sur laquelle étaient dessinés des bonbons de chocolats fourrés, et l'avait donnée à ses parents. « Dans cette boite, vous pourrez mettre tout ce qui vous fera plaisir et qui y rentre. Ce sera à vous pour toujours. »

Louise y avait rangé l'hadrosaure et le vélociraptor, car ils étaient les premiers à l'avoir fait jouer longtemps avec Mangue, les faisant bouger et rugir sur le sol l'après-midi de ses deux ans. Joa y avait enfoui une culotte craquée, résultat d'un levé trop tard pour le centre d'éducation : il avait fallu se dépêcher et aidant Mangue a enfiler sa culotte, il l'avait soulevée par les bords du sous-vêtement, provoquant une couture déchirée et deux rires joyeux. Son premier dessin également, un gros homme globule gris, le visage de travers, du rose au centre. Il avait fait rire Louise, car on aurait dit un vieil homme ivre, et pas du tout un chat soleil comme le lui avait présenté sa fille. Enfin, son bonnet de naissance, si petit qu'il recouvrait à peine la moitié d'une mangue.

Bruno

Il se trouvait dans une position très inconfortable, tiraillé entre ses sentiments amicaux, le partage de la douleur de leur perte et la possible gestion de la cérémonie. Louise et Joa n'étaient pas d'accord, et il ne s'agissait pas d'une querelle bénigne. Iels étaient passé·e·s le voir pour en discuter avec lui, dans l'espoir de trouver un arrangement. Par amitié, il leur avait bien sûr ouvert sa porte, s'étant retrouvé alors dans cette situation extrêmement délicate de médiateur de couple écorché par la perte de ce que leurs chairs avaient créé.

« J'ai besoin de voir ma fille une dernière fois, tu peux comprendre ça ? Rien ne t'oblige à être présent, je ne comprends pas pourquoi tu t'opposes si frontalement à mon choix !

– Car nous sommes deux, Lou ! C'est ton choix comme tu dis, mais ce n'est pas le mien ! Je flippe un max de la voir presque réelle, là, courant et sautillant autour de nous, puis d'un coup plus rien, fini ! C'est quand qu'on décide que ça s'arrête ? Et si on veut refaire une cérémonie, puis encore une autre, sans jamais plus revenir à la réalité, végétatifs dans ce monde virtuel ! Le seul endroit où elle gambade maintenant c'est dans nos têtes, et je crains sincèrement que ça va nous flinguer de générer un faux souvenir d'elle, on s'en sortira pas après ça, on voudra toujours plus... On a commencé le processus d'adieu avant même qu'elle parte, pour se préparer, et la cérémonie virtuelle va tout foutre en l'air, belette...

– Processus d'adieu, parle pour toi ! À t'écouter, on dirait que tu l'as laissé tomber avant même qu'elle nous quitte ! Tu as baissé les bras et tu m'as laissé me battre toute seule ! Moi j'ai jamais perdu espoir ! Mais toi tu as accepté que leurs politiques de merde la tue ! Ça me dégoûte !

– Fais attention Lou, s'il te plaît, tu me fais mal là... Je sais que tu souffres, et je souffre aussi. Si je ne me suis pas battu comme tu dis, c'est que j'ai préféré accepter la réalité, à savoir qu'avec ou sans greffe, elle était condamnée.

– On en sait rien Joa, on a pas pu le tenter, à cause des restrictions... Des gosses, purée ! On fait crever des gosses... »

Joa la serra dans ses bras, en faisant attention à son ventre, qui commençait à s'arrondir. Bruno était ému, il partit préparer une camomille à la cuisine, pour les laisser en intimité. Pour lui, il n'y avait pas d'issue à la source de leur dispute : iels avaient toustes les deux raison. Depuis la naissance de la petite, et il était là, benêt souriant avec son poney en hélium ; l'équipe médicale lui avait décelé un problème cardiaque sérieux, qui tôt ou tard se solderait par le départ de la gamine. Bien connue du service de cardio, elle était sur liste d'attente de greffe de cœur. Mais même à l'époque, les politiques de restrictions au profit de Viabilis faisaient déjà du bruit, et provoquaient de véritables émeutes. Au début, on pensait réellement que tout ce projet ne passerait pas, c'était inconcevable. Débloquer du budget de l'État pour une boite privée en asséchant celui de la santé, tout le monde criait à la folie. Puis petit à petit, le ministère de la Santé a commencé à réduire le budget des hôpitaux, retirer des lits, supprimer des postes, hiérarchiser les soins, valoriser les « patient·e·s sur·e·s ».

Bruno était en colère, c'était la première fois qu'il avait à subir une conséquence directe des choix du gouvernement. Il se rappela les parties d'avions qu'il faisait avec Mangue, qui criait en l'appelant Brunours, volante dans ses bras. Il s'essuya les yeux avec sa manche et rapporta les boissons chaudes au salon. Louise vu ses yeux rouges et lui lança :

« Bruno, je suis vraiment désolée que tu assistes à ça...

– Ne t'inquiète pas Louise, ce n'est pas vous qui me faites pleurer, mais cette situation insensée. Comme à vous la petite me manque, mais parallèlement j'ai une rage qui monte contre toute cette merde, comment on a pu en arriver là ? Ça me donne envie de distribuer des bourre-pifs comme quand on avait vingt ans et qu'on faisait comprendre à ces fachos qu'on voulait pas de leurs politiques ! »

Louise et Joa sourirent, iels retrouvaient bien là leur copain rustre et trapu aux joues d'ourson. Sur ces mots, Walid tourna la serrure dans la porte et longea le couloir, les bras chargés de courses. Passant devant le salon, il s'arrêta nette devant iels, les yeux dans les yeux et posa les paquets doucement au sol. Il prit Louise dans ses bras, lui caressa le dos, lui chuchota des mots à l'oreille. Il se tourna vers Joa l'enserra également. Puis il embrassa tendrement Bruno sur le front et lui offrit un regard mouillé et complice.

Anis

Il faisait gris en cette fin de matinée. Anis pressait le pas, pensive. Un peu comme une martre solitaire. Elle avait rendu visite à son producteur de légumes, un petit pépé tenant un stand vétuste sur la place du marché. Elle aimait lui acheter ses produits, encore terreux parfois. Elle discutait une heure avec lui, quand toustes les exposant·e·s remballent, en l'aidant à empiler les cageots. Comme elle, c'était quelqu'un de seul. Il avait perdu sa femme depuis quelques années et passait ses journées à son jardin ou à faire des mots croisés, et vendait sa petite production quatre matinées par semaine. Les pigeons étaient arrivés en masse pour venir picorer les restes sur la place. L'air était frais et chargé de pluie, elle aimait beaucoup cette odeur. Après un petit café sur la terrasse du *Belle Époque*, elle décida de rentrer chez elle par le parc. Elle y croisa Ferman qui dormait encore, emmitouflé sous ses couvertures dans la fraîcheur des matins du printemps, et lui déposa quelques units dans sa gâpette.

Elle entendit du bruit, comme un rassemblement, en provenance du kiosque. Il n'était pas encore midi, alors elle se laissa attirer par les voix. Sur place, une petite foule attentive se tenait tout autour de l'estrade. Il y avait dessus une femme bien mise, tailleur bleu roi mais visage populaire. Elle avait du charisme, sa voix était aussi poignante que le discourt qu'elle portait.

« Citoyens, citoyennes. Quand je suis venue vous rencontrer ce matin, j'ai compté. Oui, j'ai compté. Et savez-vous ce que j'ai compté ? » Les yeux dans la foule se regardaient, interrogatifs. Certains avaient l'air novices, comme ceux d'Anis.

« Cent seize. » Elle marquait des blancs volontaires dans son discours. Le regard impliqué, elle scrutait la foule, puis reprenait son discours.

« Cent seize personnes. En seulement deux kilomètres, j'ai croisé cent seize personnes, vivant dans des conditions abominables. Des familles dans leur voiture. Des personnes âgées fouillant dans les poubelles. Des gens, comme vous, comme moi, dormant à même le sol, comme de vulgaires détritus. Est-ce que c'est ça, notre pays ? »

La foule paraissait enthousiasmée, certain·e·s chuchotaient à voix basse, d'autres approuvaient de la tête.

« Nous avons la chance de vivre dans un pays où il existe encore un État social. Il est normal de pouvoir compter sur la solidarité nationale à n'importe quel moment difficile de sa vie. Mais dans quel état se trouve cette solidarité ? Sur mon chemin, j'ai vu un homme, qui mendiait units et nourriture, nous avons discuté. Quelle fut ma surprise quand il me dit qu'il avait servi vingt ans dans les troupes terrestres et en était revenu unique survivant de son escadron, suite à la guerre du Maghreb. À cause des restrictions budgétaires, sa retraite a été réduite des deux tiers, ce qui ne lui permet par de continuer à payer son logement. Deux ans après son départ des troupes, il se retrouve à la rue. Il n'a pas 45 ans. »

La foule dégageait alors une certaine électricité, une unité teintée d'empathie. Quelqu'un prit la parole.

« Moi je suis agriculteur, et aujourd'hui on s'en sort plus avec ma femme. L'État nous a presque coupé toutes nos subventions, nous gagnons juste de quoi ne pas être dans le rouge, mais ça fait bien longtemps qu'on ne se dégage plus de salaire. Le toit de l'étable est en mauvais état et les bêtes ne sont plus à l'abri quand il fait mauvais. Nous n'avons pas les moyens de faire des travaux. On se nourrit avec la production mais on ne rembourse pas un prêt avec des oignons ! Sans parler du fils qui veut étudier, jamais on pourra lui payer. Alors quand on a appris il a quelques jours que les subventions agricoles seront encore baissées au profit des délinquants, ça nous a révoltés avec ma femme !

– Oui c'est bien vrai ça ! Moi j'habite aux Capucines depuis quarante ans, et à chaque fois que la ville essaie de mettre en place des structures d'accompagnement dans le quartier, c'est un échec. Les antennes culturelles attirent peu de monde, les jeunes continuent à traîner et à trafiquer, même les enfants vandalisent leurs propres aires de jeux. C'est à n'y rien comprendre, on fait tout pour eux et ils ne font que détruire. Moi je dis que ça suffit la charité, l'État est une vache à lait pour ces gens-là. Y'en a bien quelques-uns qui veulent s'en sortir et qui ont du mérite, mais ils se font rares de nos jours. »

Anis avait grandi aux Capucines et elle connaissait bien ce quartier. Elle y vivait encore, mais avait changé de bloc. Elle reconnut une part de vérité dans les arguments de la vieille dame, il était vrai qu'une forte violence régnait au milieu des tours. Elle n'avait jamais eu de problèmes personnellement, elle était connue là-bas, tout comme sa mère. Mais elle voyait tous les jours les jeunes comme rempli·e·s de folie, l'œil aiguisé et plein de rage, casser des bancs, s'insulter et dealer. Les plus petit·e·s prenaient de plus en plus tôt le chemin de la délinquance et se mettaient à buissonner le centre d'éducation dès l'entrée au secondaire. Elle n'avait jamais réfléchi dans ce sens-là, mais effectivement la ville donnait beaucoup, plus que pour les retraites en tout cas, et chaque fois les efforts étaient anéantis. Quand elle était petite, elle vivait seule avec sa mère qui joignait difficilement les deux bouts, entre ses deux boulots salariés et son travail de mère. Aujourd'hui c'était elle qui peinait financièrement, dépensant presque la moitié de son salaire pour payer le foyer vieillesse onéreux où vivait maintenant sa mère. Mis à part un café en terrasse le samedi matin, elle ne s'accordait guère de petits plaisirs.

« Nous ne pouvons plus vivre comme ça. La pauvreté, la violence, nos citoyens et citoyennes survivent dans la misère. L'État nous a trahis en accordant son budget de santé et de cotisation sociales pour financer ce projet sujet à polémique. Mais par sa promesse de résultats, il reste tout de même prometteur. Si je suis ici aujourd'hui, c'est pour vous parler d'une idée qui à l'avenir, pour la génération de nos enfants, offrira des conditions de vie dignes. Nous savons déjà que d'ici une année, Viabilis donnera naissance à des êtres humains biologiquement stables. Des êtres aux gènes fiables, qui se développeront sans problèmes de santé. Grâce au croisement rigoureux d'ADN sains et immunisés, nous éradiquerons les maladies et dégénérescences de notre genre. Ce sera un progrès considérable, en question de santé et de réductions réellement pertinentes des budgets publics. Nous pensons cependant que ce n'est pas suffisant. Nous pensons qu'il faut couper le robinet de la délinquance, en arrêtant de financer l'assistanat dans les quartiers populaires, les établissements pénitenciers et autres centres de redressement. C'est pour cela que nous allons soumettre une motion au gouvernement. Cette motion étendra le partenariat entre l'État et Viabilis : elle propose une recherche sur les gènes héréditaires, et transmissibles, responsables de la délinquance. Il est temps de s'attaquer au vrai problème qui gangrène nos sociétés depuis trop longtemps, pour que cette génération soit la dernière à payer pour la violence ! L'État aurait dû commencer par là, au lieu d'appauvrir lentement ses concitoyens et concitoyennes, s'attaquant aux malades, aux anciens et anciennes... »

Anis avait quitté la manifestation avant la fin pour ne pas se mettre en retard. Elle rendait visite à sa mère tous les samedis après-midi et avait au moins une heure de transport pour s'y rendre. Pressée par le temps qu'elle avait passé au parc, elle repassa chez elle, prit une douche et se changea, goba deux meal-gum et reparti aussitôt pour attraper le faster de 13 h.

Pensive sur tout le chemin du foyer, elle songeait aux arguments qu'elle avait entendus un peu plus tôt, n'étant pas sûre d'y adhérer, mais bien obligée de valider les faits énoncés. Les gens étaient violents et vivaient dans la violence, engendrant la violence.

Anis vivait seule et ne pouvait avoir d'enfant comme beaucoup d'autres, cela la travaillait depuis quelques mois. En effet, le taux natalité était en baisse de 0,4 % chaque années depuis trois décennies, quand celui de la stérilité montait à la même vitesse, partout dans le monde.

Quand sa mère viendrait à mourir, ce qui ne tarderait pas selon elle, elle aimerait investir son affection refoulée dans l'éducation d'un·e enfant. Elle sentait cette envie grandir en elle et devenir besoin. Elle fit une brève recherche via son gLove sur Viabilis, qu'elle ne connaissant que vaguement. Elle se prit à rêver à un rôle de mère qu'elle pourrait alors revêtir : Viabilis proposait dès maintenant son programme de parrainage d'enfant. Le bébé vivrait ses quatre premières années à la nursery Viabilis, encadré par une équipe de professionnel·le·s de l'enfance, mais les visites parentales commenceraient dès la naissance. Après son quatrième anniversaire, si les conditions d'accueil étaient honorées, l'enfant parrainé·e partirait vivre dans son nouveau foyer.

Elle leva le nez en entendant l'annonce pour l'arrêt 38. Le faster s'arrêta quelques instants puis reprit sa route. Des gouttes dodues vinrent s'éclater contre la fenêtre et à travers elles, Anis distingua la sortie de la zone urbaine d'activité ainsi que les premiers arbres annonçant la campagne. Elle aperçut enfin l'édifice qui allait peut-être changer sa vie, la rendre marraine. Les laboratoires Viabilis se dressaient au loin devant elle, le pôle nursery encore en construction. Au même moment, dans sa boucle connectée, elle entendit un slogan publicitaire murmuré par une voix douce et maternelle. « Viabilis vous offre le meilleur de l'humanité ». Anis sourit et se sentit en paix.

Joachim

« Merci à toustes d'être présentes pour ce rencard *des Luttes qui restent*. On n'est pas très nombreuses et on reconnaît presque toutes les têtes. Mais aujourd'hui on accueille pour la première fois le collectif SociophilEs, représenté par Souad et Saar qui sont respectivement enseignante et étudiante de sociologie contemporaine.

– Et ouais, la pratique de la discipline est interdite mais on est toujours là, check !

– Je rappelle les conditions : on laisse finir la personne qui a pris la parole avant de la prendre à son tour. Vous levez la main quand vous voulez répondre et pointez la personne à qui vous voulez répondre. Le but de cet échange c'est de faire le point sur nos actions, les projets, l'état des hordes. Tout le monde peut y aller de sa critique mais restons bien veillantes envers chacune. Le thème un peu récurrent en ce moment c'est bien sûr la prochaine « ouverture » de Viabilis, qui finalise la construction de sa pouponnière. Quelqu'une veut s'exprimer là-dessus ?

– Oui, moi. Sevane, de l'asso *Pain des peace* qui organise des ateliers itinérants de cuisine non violente, dans les quartiers dit « impénétrables ». Est-ce qu'on a de la doc scientifique sérieuse et actuelle sur la viabilité du projet ? Je me dis, le groupe Viabilis veut éradiquer les tares et maladies humaines, mais il y aura toujours des handicaps comme les problèmes liés à la naissance ou les maladies auto-immunes... Viabilis peut vraiment éradiquer ces problèmes ?

– Ici, à Servane. Moi c'est Bony, soignant à la clinique des Opalines. Alors pour te répondre, oui, c'est possible. Ils vont faire des supers embryons dopés aux vaccins stabilisés, issus de plusieurs générations de croisements de gènes sains et non porteurs de risques neurologiques, type troubles du spectre autistique et autres. Les bébés se développeront dans des bulleuses recréant les conditions de gestations humaines. On a fait un max de progrès durant le siècle dernier, on a trouvé des remèdes contre beaucoup de cancers, éradiqué les vieilles maladies pré-21e siècle comme le sida, la lèpre, les pestes, le palu... Donc, immunité face aux maladies, pas de dégénérescence, pas de maladie auto-immune non découverte, pas de risque à la naissance. Beaucoup de généticiennes s'accordent pour dire que le projet est viable, même s'il est socialement dévastateur. Or évidemment, tout progrès doit être avant tout social.

Créer une humanité immunisée coûte moins cher que traiter des sujets sur toute une vie. C'est pour ça qu'on se mange depuis dix ans des coupures budgétaires des services publics, qu'on hiérarchise les personnes soignables ou non, celles qui coûteront le moins cher, sans parler des établissements publics d'accueil spécialisés qui ferment à tour de bras... L'État semi-privé a plus qu'entamé sa collecte drastique de fonds en gelant les secteurs de la santé, handicap et vieillesse, soutenu par de plus en plus de partisanes et partisans, persuadées qu'on jette l'argent par les fenêtres en maintenant en vie des personnes qui coûtent trop cher. Merci à quinze ans d'analyse d'expertes en économie capitaliste...

– Et nazie !! Pardon...

– ... Pour finir et je laisse la parole, ces supers humaines coûtent cher à l'investissement de base, mais ne coûteront presque rien tout au long de leur vie, transmettant leurs supers gênes aux générations futures.

– Là, à Bony. Aytakin, logisticienne de faster et syndiquée à Forces Féministes. Mais on ne remet aucunement en cause la question sociale, la question écologique. C'est comme prendre du paracétamol quand ça fait 15 h qu'on bloque sur son gLove. On soigne médicalement des maux qui sont provoqués par un modèle économique dévastateur. Le gouvernement et ses politiques ultralibérales paupérisent les sociétés, et la réponse à ça c'est des super embryons, sans changer le modèle... Rien ne nous dit qu'on va pas en développer de nouvelles des maladies, des virus qui mutent... Et il faudra refaire une humanité ? C'est irrationnel, sans changement de mode de vie, ça ne peut pas être viable. L'idée est bonne, mieux vaut prévenir que guérir, mais au dépens de toustes celles et ceux qui vivent encore ?

– Ici et à tout le monde ! Grünel le vieux réac, bénévole au centre d'accueil Le troisième Type. Je crois qu'on débloque là ! On s'arrête et on réfléchit, c'est de la pure sélection de l'espèce ! Je vous rappelle que l'idée n'est pas que d'éradiquer les maladies telles que la myopathie et le syndrome d'Ehlers-Danlos, mais aussi toutes formes de handicap comme « dégénérescences du genre » comme l'appelle le groupe Viabilis. Les anomalies chromosomiques comme la trisomie, la déficience intellectuelle, les troubles envahissants du développement et plus globalement toustes les baveuses, les boiteuses, les estropiées, les inadaptées... On classe et élimine les êtres en fonction de leur valeur productive, au profit d'une élite humaine, sommet de la hiérarchie de l'efficience. Je n'utilise jamais ce genre de mot, mais là c'est contre nature !

– À Grünel, Saar des SociophilEs. On a une technologie pour vivre mieux, pourquoi ne pas s'en servir ? Tu oublies peut-être la douleur que provoquent les maladies et les « tares » que le groupe veut supprimer. Je trouve que ne pas utiliser les outils qui éviteraient à des personnes la souffrance due à un Alzheimer ou un syndrome de Protée serait une connerie. Leur seul et pas de moindres bémols ici, c'est le financement de ce programme, qui fait crever les pauvres, les malades et les handicapées, qu'on abandonne. Et pour le concept de contre nature, j'attire ton attention sur ses dangers. L'idée de nature sert à instaurer des valeurs, des pensées qui nous paraissent innées car d'ordre naturel, établi, intouchable. Sauf qu'au nom de la nature on a buté des trans, interdit la PMA et j'en passe. L'excuse naturelle sert des institutions violentes comme la religion et les lobbys anti-médecine, ou encore le rapport riche/pauvre : y'a rien de naturel là-dedans, juste des constructions sociales ancrées, prises pour innées et irréfragables. Ça me rappelle une discussion que j'ai eu avec un pratiquant ultra fermé il y a quelques années. Le mec me servait un discours vomitif sur la nature de l'homme et de la femme, que la théorie du genre comme construction sociale n'existait pas, que Dieu nous avait faits à son image et que s'il avait créé deux sexes c'est qu'il devait en être ainsi, volonté divine, pas le droit d'y toucher. J'avais un peu bu et j'ai pas pu fermer ma gueule, autant te dire que ça n'a pas très bien tourné. Je lui ai dit que si Dieu nous avait créé à son image, il devait aimer booty shaker en string dans des soirées hard et changer d'identité de genre comme bon lui semble, puisque les hommes et femmes font ça et qu'il les a créées à son image. Le mec a vu rouge et m'a mis un coup de boule, moi j'étais avec les potes de *Genre t'es ouf*, c'est parti en wai total.

– Le réac à Saar ! Moi j'oublie la souffrance des personnes ? Je te rappelle qu'avec les autres membres du centre ont est les dernières de cette ville à prendre soin de toutes les personnes en situation de dépendance, abandonnées par le gouvernement. J'en vois passer de la souffrance physique et psychique, souvent même avec un combo des deux ! Mais c'est sur ce genre d'argument que Viabilis construit son œuvre et toi tu le récupères sans même y prendre garde ! Y'a pas que de la souffrance qu'on voit passer, toutes les personnes dont on s'occupe nous apprennent la différence sans hiérarchie de valeur, la simplicité. Jacques diagnostiqué déficient intellectuel ? J'ai jamais vu quelqu'un d'aussi heureux ! Tu lui mets un pousse-pousse à bulles dans les mains et c'est parti pour l'après-midi. Pareil pour les personnes avec autisme. C'est pas facile tous les jours, entre les crises et les frustrations, mais iels sont comme ça et nous apprennent à vivre moins vite. Et c'est des gens comme ça qu'on veut annihiler. Un philosophe avec autisme du 21e siècle a dit lors d'une de ses conférences « La souffrance de l'autiste c'est une nécessité vitale pour le psychiatre ». Tout ça n'est qu'un foutu marché lucratif.

– À Grünel et Saar. Pacôme, blanchisseur sous-traitant pour le foyer vieillesse de la zone 7. Je dirais que l'idée de nature c'est bien quand ça arrange le capitalisme, parce que Viabilis qui crée des bébés éprouvette c'est pas très naturel, alors que le même argument de nature a été mobilisé pour interdire la PMA pour toustes... Viabilis veut surtout garder le monopole de la procréation génétique, et ne pas prendre le risque de le laisser à portée de n'importe qui qui voudrait un·e môme. Tout ça pour dire qu'un outil n'est pas par essence bon ou mauvais, tout dépend de son utilisation sociale. La thèse de Viabilis est sensée, elle pourrait permettre une forme d'autonomie de santé et stopper par-là la dépendance médicale de certains pays envers d'autres, ou leur abandon. Moi c'est pour fuir l'épidémie de rhume métastatique que je suis arrivé en clando ici y'a dix-sept ans. À l'époque il n'y avait que le continent Est qui avait le vaccin, et sur toute la région des Landes on vivait encore l'embargo. Impossible d'obtenir ce foutu traitement, des centaines de milliers de personnes sont mortes. Moi j'avais pas l'âge d'avoir du poil à l'entre-jambes, et j'aurais bien voulu que le pays dans lequel j'étais né soit autonome médicalement. Le problème ici, et on y revient toujours, c'est le modèle économique. Viabilis est motivé par l'accumulation du capital que va rapporter ses contrats avec l'État et les parrainages à venir. L'État, actionnaire minoritaire de Viabilis, y a investi une énorme partie du budget public santé, handicap et vieillesse, et dans vingt ans il y aura masse d'économie publique sur tous ces soins à vie qu'il n'y aura plus à prendre en charge.

— Marjorine du *Pain des peaces* à Pacôme. Tu crois vraiment que Viabilis va partager gratos la recette de sa super humanité ? Ce ne seront que les pays investisseurs qui pourront développer un labo et cultiver des embryons. Les continents ne partagent déjà pas gratuitement leurs traitements contre les maladies mortelles, j'ai du mal à imaginer Viabilis faire de la charité ! Sans parler de la question éthique que Grünel a soulevée. On éradique la différence là ! C'est de l'eugénisme ce qu'ils s'apprêtent à faire ! Ça s'arrête où l'humanité augmentée ? On ira où comme ça, plus d'homo ? Plus de petites ? Plus de personnes avec strabisme ? Que des blanches ?

— C'est pour ça que je dis que c'est un problème d'utilisation et pas de création, tout dépend des mains qui s'en servent...

— Mais purée ! Les mains qui s'en servent on les connaît ! C'est Nation et Progrès au pouvoir là, aujourd'hui ! C'est des triso qu'on veut éliminer, sous couvert de progrès du genre ! Et laisser crever des personnes qui ont urgemment besoin de soins ! Sans parler de la branche extrême de NP qui veut prolonger le projet à la « suppression » de la violence sociale ! Hier y'a un meeting qui s'est tenu, ils parlent carrément d'annihiler la délinquance en s'inspirant des thèses de Lombroso, un criminologue taré du 19e qui pensait que la délinquance était génétique... Merde quoi, les trois quarts des partis qui nous gouvernent aujourd'hui rejettent la cause sociale. Ils préfèrent condamner une société qu'ils ont poussée à la violence, conséquence directe de leurs politiques austères, plutôt que de reconnaître leurs fautes et y plonger les mains. Deux siècles d'abandon social et de répression pour en arriver là, créer une humanité sans tares. Et de plus en plus de personnes adhèrent, pensant effectivement que nous sommes génétiquement mauvais·es et que cette frénésie nous est intrinsèque. C'est d'une extrême violence symbolique et ça me dégoûte. Louise, à tout le monde.

– Ici ! Bruno, sans étiquette. Oui, c'était DePastel l'oratrice, un des gars de la foule a parlé de la casse des subventions agricoles et elle a sauté sur l'occasion pour faire sa propagande, Walid y était, il m'a raconté. Le mec qui se plaignait été agriculteur et il criait au scandale suite à l'annonce sur FT1 du renflouement des prisons avec l'argent des subventions agricoles. Je l'ai vu le bulletin et c'était bullshit, reportage d'ouverture sur des paysans et paysannes dans la misère, gros plan sur la grand-mère en larmes, annonce de la réquisition des aides puis balayage caméra dans la cité des Eaux Vives, arrêt sur une baston de jeunes et une intervention policière. Ça m'a bien chauffé, je sais pas pourquoi je regarde encore ce genre de daube. Mais ce qui n'a pas été dit, c'est que l'argent en question va partir en urgence au centre pénitencier de Saint-Jean de Matha où le toit du bâtiment principal s'est effondré dans la nuit de mercredi à jeudi.

Ça fait des années que l'inspection des lieux de privation de liberté fait visite sur visite accompagnées de rapports d'insalubrité et de « manquement aux conditions vitales d'êtres humaines dont l'État est garant ». Ledit bâtiment c'est 50 000 m² et 3500 pélos sur cinq étages. Le cinquième est entièrement ravagé et a provoqué un sureffondrement sur les deux tiers du quatrième. 280 morts, la plupart au CRA et le reste dans la maison d'arrêt en dessous. Les médias essaient d'étouffer la catastrophe en la détournant à l'avantage de leurs propriétaires, comme de bons toutous, gardant bien la maison du maître. C'est 15 ans de martèlement de ce genre de reportages qui fait qu'aujourd'hui on est plus qu'une minorité à s'indigner de la privatisation de l'État accompagnée de sa chasse aux gueuses. Et je suis d'accord avec toi Louise, ça me dégoûte aussi.

– Joachim, nounou à domicile et père de Mangue, victime de ce projet sociopathe. Viabilis s'est construite avec l'argent public du secteur de la santé, du handicap et de la vieillesse. Elle s'étendra avec celui de la culture et l'éducation. Dès sa naissance, on a condamné ma fille à cause d'une maladie cardiaque. À ses cinq ans, la loi sur la surpression de la pratique des greffes et transplantations envers des personnes présentant une maladie à risques, c'est-à-dire avec moins de 70 % de chance de s'en sortir avec une intervention chirurgicale, a été promulguée. Ma fille en faisait partie, on nous a donc gentiment fermé la porte de l'hosto. Quand son état s'est aggravé, le père friqué de Louise ici présente, la mère de Mangue, nous a proposé de l'argent pour une intervention officieuse à la clinique. Louise et moi avons refusé, car ce réseau caché de chirurgiennes est de connivence avec un réseau qui pratique l'enlèvement d'humaines et le trafic d'organes. On aime notre fille, mais l'idée qu'on lui mette le cœur d'une gamine assassinée pour qu'elle vive nous était insupportable. Viabilis a tué notre fille de 7 ans. Ce n'est plus un partenariat avec le gouvernement, c'en est devenu une branche. Deux têtes distinctes sur un même corps d'hydre. Vous avez peut-être déjà remarqué, mais l'État additionné du capital, ça fait létal.

Mangue

Du retour des funérailles de Marc, Joa était à bloc. Louise avait décidé de ne pas y aller, même s'il avait pensé que c'était une erreur. Peu importe les sentiments entretenus avec la personne, le dernier adieu est nécessaire pour entamer le processus d'acceptation de la nouvelle réalité. Il lui avait dit une ou deux fois, sans s'imposer. Les rapports étaient ambigus entre Louise et son père, et c'était évident qu'à la mort de ce dernier, la gestion émotionnelle serait pour le moins compliquée. De plus, iels avaient capsulé leur fille un peu plus d'une semaine avant l'enterrement de Marc, cela faisait trop pour Louise. La perte de Mangue étant pour elle en rapport direct avec l'entreprise de son père, elle ne pouvait pas lui rendre ce dernier hommage. Tout ce qu'elle souhaitait aujourd'hui c'était cracher sur sa tombe, mais Marc pensait au fond de lui qu'elle se trompait de coupable, ou qu'elle focalisait tout son chagrin, la somme des pertes très rapprochées de deux membres de sa famille, sur son père. Joa avait donc assisté aux deux cérémonies. À iels deux, sur sept jours, avaient comptabilisé 52 h de sommeil, ce qui pour Louise, enceinte de leur deuxième enfant, risquait d'être dommageable pour sa santé.

Un peu moins d'une semaine après la rencontre inter-collectifs, elle avait obtenu son congé maternité avancé de quatre mois. Sans hésiter, sa médecin la mit en arrêt maladie également, d'autant plus que par son activité professionnelle, Louise manipulait des charges lourdes, ce qui continuait à la fatiguer, déjà qu'elle ne dormait presque plus. Travailler le bois était sa passion, elle exerçait comme ébéniste dans un petit local près de la scierie. C'était elle qui avait construit la majorité des meubles de leur habitation : tables, chaises, escalier, lit, berceau et bureau. Elle avait toujours nourri un amour pour la création, déjà petite elle modelait la pâte de couleurs et en faisait des ponts, des maisons, des animaux. Son père ayant toujours refusé de lui installer, malgré ses hautes ressources financières, un véritable atelier de construction de bois. Elle n'avait découvert qu'à l'adolescence, lorsqu'elle s'était inscrite à un atelier d'ébénisterie à l'université, qu'elle pouvait à travers ce matériau réaliser tout ce qu'elle avait en tête. Et depuis, cette passion ne l'avait plus quittée. Louise avait continué de travailler le bois sous l'appentis de leur maison, qui était équipée pour en faire un loisir.

La médecin les avait reçues toustes les deux, et leur avait également conseillé de sortir, voir des proches au calme, pour se changer les idées ou partager leur chagrin.

Alors, le samedi matin suivant, iels se donnèrent rendez-vous à la terrasse du Belle Époque, avec une poignée amis·es. Louise et Désirée arrivèrent les premières, Mirjan les rejoint avec quelques minutes de retard, alors que Joa commandait les boissons au comptoir. Kaïs s'alluma une cigarette et en souffla la fumée par le nez, saluant Mirjan d'un signe de tête franc.

« Mirjan, te voilà !

— Désolée ma Louise, je suis toujours en retard, comme tu le sais.

— Voici Kaïs, je crois que vous ne vous êtes jamais vu ? On a fait la fac de socio ensemble. À côté c'est Désirée, sa poly. Joa est au bar, tu veux que j'aille commander pour toi et vous faites connaissance ?

— Yes, prends-moi une noisette s'il te plaît.

– Ça roule, alors j'arrive !

– Merci ! Kaïs, Désirée, enchanté. J'ai connu Louise et Joa il y a plusieurs années, dans le sud, dans un camping où j'étais animateur et iels vacanciers. Bon, la question urgente tant qu'iels ne sont pas revenus·es : c'est quoi l'ambiance ?

– Bah, c'est un peu chelou. Joa a l'air au fond du trou mais pense qu'il arrive à le cacher, malgré les deux fossés qu'il a sous les yeux, et il est super irritable. Louise semble dans le déni, elle évite le sujet, enchaîne sur des trucs insignifiants, elle est crevée itou. Pas l'habitude de la voir comme ça, elle qui est plutôt huile sur le feu et sanguine, là c'est une guimauve. En fait, on dirait qu'iels ont inversé leur tempérament...

– Je vois, du coup on fait quoi ? On laisse venir, on lance une pierre dans la marre ?

– Je sais pas... C'est fragile comme moment, j'ai aucune idée de comment gérer la situation. Désirée, ça va pour toi ? Si c'est trop pesant, tu peux bouger, te sens pas obligée de rester...

– Ça va t'inquiètes, je ne me sens pas mal à l'aise dans le conflit ou la peine, c'est quelque chose que j'arrive à bien gérer. Je peux vous conseiller de laisser venir et temporiser, si jamais iels se mettent à chialer ou s'engueuler, mais dans aucun cas euphémiser la situation.

– Iels reviennent, shut-up !

– ... Alors oui du coup, le poly qu'a dit Louise là, j'ai pas trop compris ?

– Ah ! Le sujet poly. Je vous laisse expliquer. Deux noisettes, une grenadine, un jus de mirabelle et un Ceylan »

Kaïs saisit la soucoupe du café et l'installa devant elle. Une jambe repliée sur sa chaise, le genou à hauteur de son visage, elle ouvrit un sucre, le déposa sur sa cuillère et le trempa quelques instants dans le breuvage fumant. Elle le goba tout entier avant qu'il ne s'écroule sur lui-même, et entreprit, la bouche encore pleine de grains, d'expliquer le fameux concept à Mirjan.

« Polyamour ou polyamourie, en gros, c'est quand tu es en relation, quelque soit-elle, avec plusieurs personnes, qui consentent ce paramètre. C'est pas forcément du cul, ni des papillons, en fait chacun·e vit ce qu'iel a à vivre avec l'autre. Pour ma part, j'ai des sentiments qu'on pourrait qualifier d'amoureux pour toustes mes poly, mais la nature des relations que j'entretiens avec iel est bien différente.

– OK, mais il n'y a pas de jalousie ? Ça me paraît utopique votre délire.

– Alors déjà je t'arrête, c'est pas un délire ni une mode passagère. C'est exactement comme ça qu'on a qualifié l'homosexualité au 20e, comme une période de transition adolescente, et en fait non, y'a des gens qui le sont, sans venir à l'hétérosexualité exclusive après. La faute à une culture hétérocentrée, pas la tienne.

– Désolé, je voulais pas vous vexer...

– T'inquiète c'est coule, vu que ce sont des pratiques assez peu répandues, je veux bien jouer le rôle de l'éduc, quand l'ambiance est friendly. Et à propos de la jalousie, oui il y en a, comme des échecs et des tourments, mais on apprend à vivre avec, parce que cette idéologie de liberté amoureuse est plus forte encore. D'autant plus que le concept en fait rêver plus d'une, mais quand il faut le mettre en pratique, y'a plus grand monde qu'est chaud. En tout cas, ça court pas les rues, et de la toile sociale des poly, on en connaît toustes les membres ici. Ce n'est pas parce que le duo exclusif est la norme environnante qu'il est par essence LE modèle amoureux. Y'a pas de nature là-dedans, et si y'a qu'un seul truc que j'ai retenu de mes études, c'est que tout est socialement construit. Le couple en exclusivité a ses inconvénients, avec son lot d'émotions associées : sécurité affective unique, jalousie car peur de l'abandon et d'une possible hiérarchisation, idée qu'une construction durable ne peut se faire qu'à deux... Le poly en a aussi, et ils peuvent ressembler à ceux vécus dans le couple exclusif. Mais bref, on tâtonne, on tente, en essayant de pas se faire trop de mal. De toute façon, beaucoup de personnes qui tentent le poly sont des personnes qui ne sont pas heureuses dans l'exclusif. C'est un peu l'allégorie typique du zombie movie : rester dans un endroit safe mais étouffant qui va nous tuer à petit feu, ou tenter sa chance dehors en parcourant les routes et risquer de se faire bouffer un peu plus vite. Dans les deux cas, tu risques de crever, alors autant maximiser tes chances d'être heureuse.

– C'est super intéressant, et ça fait réfléchir. Mais j'avoue que moi ça me fait un peu peur, et préfère laisser ce mode amoureux à si je puis dire, celles et ceux qui ont le cœur bien accroché !

– C'est ton droit Mirjan, et ce mode ne doit pas en devenir une justement. Il y a une pluralité de façon de vivre et de s'aimer, à chacune de trouver celle qui lui correspond selon sa socialisation qui est mouvante, tout au long de sa vie. Maintenant si vous voulez bien, on passe à un autre sujet ? Je ne sais pas si Louise et Joa nous on rejoint aujourd'hui pour parler de notre façon de nous aimer Kaïs et moi. Comment allez-vous, vous deux ? »

Désirée avait une assurance dans la voix qui lui permettait d'effectuer les transitions de discussion dans la douceur. Ses yeux souriants inspiraient de la confiance, elle ressemblait à un petit écureuil ébouriffé mais en avait seulement le minois, car son attitude était maîtrisée et amortie. Elle aurait pu être cheffe d'orchestre, si les instruments avaient été des sentiments. Sans donner des ordres, mais posant un cadre rien que par sa présence, recueillant les émotions qui transitent par elle, et les renvoyant, apaisées. Kaïs la regardait avec beaucoup d'amour. Après une petite interruption, durant laquelle Désirée avait fixé les yeux des parents de Mangue, Louise prit la parole.

« Et bien, écoute, on est fatigués. J'ai pris mon congé mat' un peu en avance et la médecin m'a également mise en arrêt maladie, pour que je me repose. Joa continue à travailler à la maison en accueillant les enfants à garder, et moi je m'active à l'atelier bois avec Mirette qui me regarde découper et poncer, entre deux souris à croquer. Et puis on gère de l'administratif par rapport à… Mangue.

– On doit encore régler les frais d'encapsulement, notamment la parcelle de terrain où son arbre a été planté. On a préféré ne pas passer par Walid et Bruno, pour leur éviter ça, et puis avec Louise on s'est mis d'accord sur la capsule, et c'était pas gagné.

– Je suis vraiment désolé de ne pas avoir pu être là, je m'en veux tellement, je n'ai pas réussi à revenir à temps, j'ai été bloqué par les fasters...

– C'est pas grave Mirjan, vraiment on t'en veut pas, on comprend. Si tu veux on te montrera son arbre, tu pourras y déposer le coquillage que tu nous avais envoyé pour elle. Il faudra faire attention, la terre au pied de l'arbre est encore fraîche et peu tassée, il ne faudra pas marcher dessus car la capsule étant en juste dessous, ça pourrait l'abîmer.

– OK, OK... Je ferai attention.

– Sinon, on a fait une grosse réu des Luttes qui restent dimanche dernier. Je t'avoue que cette gauche décroissante, bienpensante et diplômée commence à me saouler. Puisque ça lutte, ça se laisse le droit d'une dictature du mieux manger, mieux penser, comme une équipe qui s'autorevendique super hérote. Je vais faire mon vieux réac, mais faire amies-amies avec la bourgeoisie, c'est contraire aux thèses qui sont à la base de notre lutte. On a un but commun mais pas les mêmes intérêts, et par là pas la même charge mentale dans la lutte. Bref, je pense que je vais faire un break avec le collectif, le temps d'y voir un peu plus clair.

– Je ne sais pas si je suis d'accord avec toi Joa, car les "classes sociales" sont extrêmement mouvantes et poreuses. Ce terme de classes sociales renvoie à une analyse hyper binaire du monde social. Je pense que la notion de "réseaux" représente mieux la façon dont il se structure, des toiles qui s'interconnectent entre elles, et c'est d'ailleurs ce qu'on fait, actuellement, et aux luttes qui restent, et tout le temps en fait. Mais si tu veux vraiment utiliser ce terme, là on parle d'une bourgeoisie décroissante, qui a fait le choix de renier ses privilèges. C'est plutôt honorable non ?

– Tu as prononcé le mot qu'il fallait Kaïs : choix. Cette bourgeoise à pu faire le choix d'un ralentissement, car elle en a le capital culturel : elle a les moyens intellectuels et économiques pour ralentir son train de vie et devenir comme tu dis, décroissante. Elle a eu le choix, après des études supérieures et un poste bien payé, de réfléchir à sa situation et son impact sur l'environnement social. Quand t'as pas le bagage pour réfléchir à tout ça et qu'il te faut l'acquérir durement dans un environnement où cette richesse est inexistante, le chemin est beaucoup plus long et douloureux pour arriver à être politisé·e.

– Joa, ça fait trois siècles l'opposition à la bourgeoisie, on peut passer à autre chose non ?

– Désolée Louise mais non, tu en es l'exemple parfait. Tu es née dans une famille friquée et cultivée. Quand tu en as eu l'âge tu es naturellement partie à l'université, sans t'être posé la question de ta légitimité à y rentrer. Quand tu t'es vraiment rendu compte de tes privilèges, t'as carrément voulu couper le contact avec ton père, qui refusait d'entendre tout ça. Et aujourd'hui tu me demandes d'abandonner l'antagonisme entre petite bourgeoisie et classes pop ?

– Je suis d'accord mais on est pas obligé d'en faire le sujet principal de nos échanges sociaux. Tu es fatigué chat, et tu commences à être blessant là, calme-toi...

– Et puis toi Joa, tu t'es politisé sur le tas, tout n'est pas déterminé !

– Non pas sur le tas, c'est Louise qui m'a tout appris, tous les concepts qu'elle a vus à la fac, et ses potes qui y ont été aussi, comme toi Kaïs. J'en chie encore aujourd'hui à trouver ma place parmi les personnes pour qui l'apprentissage intellectuel fut une extension à un capital déjà présent à l'enfance. Moi je n'ai pas eu le choix, justement. Ni de me construire intellectuellement quand j'en avais l'âge standard, ni de me rendre compte après plusieurs années de statut privilégié que je voulais finalement devenir décroissant en m'installant élever des chèvres. Il faut avoir les outils pour penser tout ça.

– Moi j'ai pas fait d'études et je lutte quand même, j'ai appris comme toi sur le tas !

– Non Mirjan, tu n'as pas fait d'études car tu en avais le choix : ton père est médecin et ce capital tu baignes dedans depuis ta naissance. Tu as pu dire fuck à la fac et à son côté "modelage intellectuel" car à seize ans tu avais déjà compris ça, et que ton père est un anar-coco qui te lisait des histoires sur la liberté au berceau. T'avais plus de capacité d'apprentissage à huit ans que moi à dix-huit... Non seulement ces classes détentrices de capitaux ont plus de chances au départ mais en plus elles viennent nous faire chier sur nos plates-bandes quand elles ont des problèmes de conscience, et elles s'improvisent maraîcher·ère, paysan·ne boulanger·ère ou je ne sais quel métier "ancien" à redécouvrir. Par contre personne ne se réoriente agent d'entretien, nettoyer des chiottes ça fait pas rêver. Ces classes bourgeoises nous invisibilisent en se réappropriant des métiers qui sont encore exercés par nécessité par les classes laborieuses.

– Mais tu veux quoi là en fait ? Diviser ? Marquer une frontière ultra manichéenne entre les riches et les pauvres ? Moi je trouve ça plutôt bien cette mixité au niveau du travail, les capitaux se fondent les uns dans les autres, le savoir intellectuel et manuel ne sont plus si marqués. Si tu refuses que les milieux se mélangent, tu refuses également qu'une seule et même personne puisse avoir à la fois une formation intellectuelle et laborieuse, or c'est là l'abolition des classes !

– C'est déjà le cas aujourd'hui, la petite bourgeoisie qui mange à tous les râteliers et ne laisse rien pour les autres, le choix d'aller où bon lui semble, et de surfer sur la multitude de possibilités qui s'offrent à elle... Sauf qu'il y a un rapport de pouvoir entre ciels qui peuvent se déplacer dans cette pluralité, et ciels qui ne peuvent pas. C'est dingue que vous ne compreniez pas ça...

– Mais si on te comprend chat, mais là je crois que la fatigue te fait mélanger beaucoup de choses, et te mettre en colère contre des personnes, nos ami·e·s, qui n'ont rien fait... »

Joa n'arrivait plus à redescendre, Kaïs était remontée également et culpabilisait d'avoir pris un ton sec. Il finit son thé d'un coup, se leva et quitta la table sans dire un mot de plus. Désirée essaya de le retenir mais il esquiva, d'un revers de la main alors qu'il s'éloignait sans s'être retourné.

Viabilis

« Il est con ce mec ou quoi ? Quel vieux réac ! »

Anis venait d'être rejoint par son amie à la terrasse du café ensoleillée. Elle n'avait entendu que la fin de la conversation de cet homme qui paraissait hautain et colérique.

« Quelle ambiance ! Ça fait longtemps que tu es là ?

– Un peu, au moins depuis le début de leur discussion. J'ai cru comprendre qu'ils venaient de perdre leur fille. La mère est la femme qui est enceinte. Je crois qu'ils connaissent également Bruno et Walid du boulot, c'est fou comme le monde est petit. Enfin, s'ils sont en deuil je peux comprendre son énervement à lui, même si je n'ai pas saisi tout ce qu'il disait.

– C'est sûr que ça doit être très difficile, surtout vu les temps qui courent. Après, leur chance c'est d'apparemment en attendre un deuxième. C'est pas juste ça quand même, beaucoup ne peuvent pas avoir d'enfant, et celles qui peuvent amènent deux voire trois grossesses à terme.

– C'est parce qu'elles ne sont justement pas stériles... Mais c'est vrai que ça devient rare de voir des ventres ronds, on n'est plus habitués.

– Tant mieux pour elles ! Et toi alors ? Tu en es où de ton projet d'adoption depuis qu'on en a parlé par gLove ? Ça avance ?

– Un peu oui, mais ça va être assez long. C'est plus un projet de parrainage que d'adoption : tu finances une partie de l'éducation de l'enfant et quand tout est prêt, tu peux l'accueillir chez toi.

– Tout est prêt, c'est à dire ?

– Et bien, il faut apporter la preuve que l'enfant ne subira pas de carences, selon les termes de Viabilis. Il va grandir dans un environnement où il aura tout pour pallier à ses besoins : stimulation à l'éveil, nourriture saine, éducation avec des professionnels, apprentissage des règles en communauté, partage... Il faut garantir tout au long du programme que l'on pourra offrir tout ça à l'enfant.

– Et ça dure combien de temps ce programme ?

– En gros, pendant les quatre premières années qu'il passera à la nursery, tu dois aménager son espace de vie chez toi et maintenir ces conditions d'accueil après son arrivée. Toute sa vie en fait, même si après sa majorité il sera plus autonome. Comme si c'était mon enfant.

– Mais, tu ne seras pas sa mère ?

– Non, je serai sa mère par procuration, sa marraine, mais pendant qu'il est mineur, il "appartient" à Viabilis. Je suis sa mère d'un point de vue symbolique, mais administrativement je ne suis que sa marraine, sa tutrice dans la société, à l'extérieur des locaux du groupe. Il continuera à avoir des rapports avec Viabilis d'ailleurs, par un suivi régulier.

– On va contrôler que tu t'en occupes bien, en gros...

– En quelque sorte oui, mais je peux comprendre. C'est une vie en jeu, et son bien-être est important.

– Mouais, c'est l'investissement de Viabilis qui est important surtout. Enfin, si c'est ce que tu veux...

– J'ai pas d'autres choix si je veux un semblant de rôle de mère. Alors, oui, je vais me plier à leurs conditions, tant pis. Mieux vaut ça que rien du tout.

– Et les conditions, c'est quoi ?

– Alors l'habitation déjà : elle doit être sécurisée, au calme, avec des espaces de jeux, et espaces verts à moins d'un kilomètre. Faire correspondre mes heures de travail sur ses temps d'éducation scolaire, une chambre pour lui, du mobilier neuf et contrôlé, une école certifiée Educelit.

– Elles coûtent très cher ces écoles Anis, comment tu vas faire avec le foyer vieillesse en plus ?

– Je peux commencer le financement du programme quand je veux, et préparer en amont la logistique de son arrivée. Quand maman décédera, je commencerai à financer le programme de parrainage et mettrait de l'argent de côté pour le financement de l'école. Quand je suis allée la voir samedi dernier, son état s'était dégradé. Elle dort la plupart du temps et ne se rend plus compte de mes visites. Les soignants lui donnent quelques semaines, tout au plus, et selon eux, elle ne souffre pas. C'est un peu cru comme vision des choses, mais je dois rationaliser l'organisation des mois à venir car tout va s'y jouer. Si je ne prends pas maintenant le virage, après je serai trop âgée pour prétendre au programme.

– Trop âgée ? Mais tu viens d'avoir 29 ans ?

– Oui, mais on ne peut pas parrainer au-delà de son trentième anniversaire. C'est assez drastique comme conditions mais je le redis, tant pis, je m'y plierai, j'ai fait mon choix. J'ai déjà eu un rendez-vous avec la médiatrice qui sera en charge de ma candidature. Elle m'a dit que mon profil est perfectible, c'est à dire en attente d'amélioration pour être accepté. J'ai eu de la chance, vu mon métier ça n'a failli pas passer, mais c'est une entreprise ouverte et moderne, et son chef de service a confirmé que la nature de mon travail ne poserait pas de problème. Par contre je dois changer de logement. Je vais donc déménager pour commencer à aménager la chambre d'enfant, car les visites à domicile commencent à son premier anniversaire. Je pourrais même le fêter avec lui chez moi, chez nous ! La durée des visites à domicile est croissante, jusqu'à l'emménagement à sa quatrième année. Et je dois réserver une place dans l'école deux ans avant qu'il y entre.

– Ça veut dire que tu vas aménager une chambre pour un enfant qui ne sera presque jamais là, et adapter le mobilier au fur et à mesure qu'il grandit ? Et que tu vas payer deux ans d'école alors qu'il n'y sera pas ?

– Oui. Enfin deux demi-années de financement pour l'école, quand l'enfant n'y est pas ça compte moitié moins cher.

– Anis, tu vas te ruiner...

– Écoute, Alba, je te serai reconnaissante de me soutenir un peu... Tu ne fais que pointer les failles depuis que je t'ai annoncé mon projet.

– Je suis désolée, je suis très heureuse pour toi, j'ai juste peur que tu ne t'en sortes pas financièrement et que tu t'épuises... J'ai peur pour toi, car tu es mon amie. Les conditions que tu m'annonces sont très strictes et ce programme n'est visiblement pas destiné à tout le monde...

– Ça va être dur, mais ça va aller. Je vais prendre un deuxième boulot de nuit, un mi-temps en télétravail, que j'exercerai quand il ne sera pas là. Comme ça je financerai son programme, son accueil et les temps de travail que je ne pourrai pas honorer au centre funéraire. J'ai repéré un appartement hier, 90 m² dans la banlieue résidentielle Sud, secteur 2 Les Nacres. Résidence moderne et sécurisée, parc arboré privé avec aire de jeux homologuée, deux chambres, salon, cuisine équipée Kidprotect, toit sphérique vitré, grand jardin fermé, une école à 500 m et la nursery de Viabilis à quatre kilomètres. C'est à une heure en faster de mon boulot, mais ça c'est pas grave. J'ai envoyé l'annonce à ma médiatrice Viabilis, elle m'a dit que c'était parfait. J'ai appelé l'agence ce matin et elle m'a donné rendez-vous cette après-midi pour une visite.

– Et ta maman ? On est samedi, tu ne vas pas la voir ?

– J'irai sur le retour si j'ai le temps, c'est pas loin. Et puis maman ne me reconnaît plus, à quoi bon y aller ? »

Épi

Louise était entrée à la clinique une nuit d'octobre. La veille, elle avait fait une marche dans les sous-bois, à travers une brume blanche aux effluves de terre fraîche. Les feuilles craquantes et colorées tombaient au sol, l'air se refroidissait et ravivait les narines. Des aiguilles de pin émanait un parfum de sève. Ni soleil, ni grisaille, mais cette couleur coton si particulière de mi-saison, elfique comme dans les contes fantaisistes. Elle voulait amorcer une paix avec elle-même, avec sa conscience, prise entre la culpabilité de la mort de sa fille, le rejet de son deuxième enfant, et l'idée qu'il faut coûte que coûte avancer. Cet enfant n'était ni une punition, ni un remplacement, mais bien un nouvel être qu'iels avaient désiré et dont il allait bien falloir s'occuper.

Elle se mit à parler à voix basse à sa fille, en débit constant, comme si elle pouvait l'entendre. Elle lui présenta ses excuses, pour cette vie qui continuait sans elle. Elle lui demanda pardon, car il fallait maintenant qu'elle se concentre sur la naissance et la vie de ce bébé, mais qu'elle garderait la place qu'elle avait toujours eue et ne serait jamais remplacée. Puis quelque chose de moelleux lui caressa les mollets, elle sursauta : Mirette l'avait suivi jusque-là, et Louise ralentissant ses pas, le chat avait été à sa rencontre, d'un coup de tête duveteuse.

Cette introspection porta ses fruits et quelque chose se débloqua en elle. Elle donna naissance à Épi tôt le lendemain matin, après avoir dépassé le terme de trois jours. Il était rouge et calme, une houppette de cheveux châtains sur son crâne granuleux. Ses cris réguliers, pour obtenir de la chaleur ou de la nourriture, laissaient toujours le personnel soignant dans l'émoi, ce spectacle sonore étant devenu de plus en plus rare. Avec l'accord des parents, les membres des différents services venaient toquer à la porte, admirer le petit humain et la panoplie d'émotions non maîtrisées qui lui traversaient le visage.

Joa assurait la relève des biberons et des changes, pour que Louise se repose. Entre elleux c'était clair, cet enfant n'effaçait pas leur peine, mais iels allaient l'aimer, le temps d'apprendre à se connaître toustes les trois. Louise surprit à plusieurs reprises des regards intenses tamisés d'amour naissant, lorsque Joa regardait l'enfant. Encore étourdie par les médicaments et le travail de la mise au monde, elle murmurait dans un demi-sommeil qu'elle voulait aller à l'atelier pour construire un cheval à bascule. Elle avait un peu perdu la notion du temps et Joa lui expliqua qu'elle pourrait y aller bientôt, mais qu'il fallait avant cela manger et se reposer.

Le même jour, Anis se rendit à Viabilis, pour son dernier entretien de suivi. Elle avait reçu un appel du groupe la veille, qui l'avait laissé dans l'angoisse. Le ton était incertain, lointain. Elle arriva en avance, parfaitement habillée : tunique prune manche trois quart, grimpant droit moutarde foncée, souliers hauts, chapeau rond et cape à col fourré en mérino. D'elle jaillissait l'élégance des codes vestimentaires d'une classe aisée. Durant ces derniers mois, elle avait façonné sa tenue corporelle, son langage, chassé des habitudes alimentaires jugées négatives, s'était cultivé en lisant des pédagogues renomé·e·s et avait beaucoup, beaucoup travaillé. Elle était fière du chemin parcouru, mais son ventre était noué, lorsqu'elle franchit les grandes portes vitrées et se laissa porter par le sol roulant, jusqu'au bureau de la médiatrice. Elle frappa, entra, pleine d'assurance affichée.

« Madame Boameo, bonjour ! Quel chic dans cette tenue, vous êtes resplendissante !

– Je vous remercie. Comme vous pouvez le voir, je suis en pleine forme depuis notre dernier rendez-vous d'il y a deux mois. J'ai avec mois les documents de mon suivi médical, le justificatif de préinscription scolaire pour l'enfant, des photos du logement ainsi que les relevés de mon compte en banque sur les six derniers mois. Tout est sur mon gLove, je peux le déposer et générer les fichiers holovirtuels. À moins que vous préfériez les télécharger ?

– Nous allons voir ça, Madame Boameo, vous pouvez les générer. Je vois que vous avez redoublé d'efforts depuis notre premier rendez-vous, vous avez pris notre programme au sérieux et entre nous, je ne peux pas en dire autant d'autres candidates. »

La médiatrice lui parlait tout en défilant les documents qu'elle avait apportés. Elle tournait sa tête et lançait un regard complice quand elle flattait Anis. Mais elle ne restait que quelques secondes sur les fichiers, inattentive.

« Vous avez rempli toutes les conditions initiales et honoré votre engagement. Cependant Anis, je peux vous appeler Anis ? Depuis notre dernier rendez-vous, il y a eu des discussions au niveau supérieur, beaucoup d'échanges entre les partenaires de la direction, et de nouvelles mesures sont tombées. En effet, pour les premières naissances, le programme de parrainage n'est dorénavant ouvert qu'aux couples. Je suis vraiment désolée... Mais c'est une mesure temporaire, le temps de débuter les essais, car nous n'en sommes qu'au balbutiement de ce programme. La réouverture aux célibataires, si les premiers parrainages en couple se passent bien, se fera l'année prochaine, au plus tard dans deux ans. Je peux d'ores et déjà vous mettre en première candidate sur liste d'attente, vu votre excellent dossier. Aussi, nous vous proposons une réduction des frais de parrainage de moitié, pour les prochaines années, qu'en dites-vous Anis ? »

Anis amortit la nouvelle avec douleur. Ses mains commencèrent à trembler, ses tempes chaudes frappaient au rythme accéléré de son cœur. Elle tenta de se contenir, afin de continuer le dialogue. Après une courte pause sans paroles, la médiatrice ayant plongé son regard dans le sien et attendant une réponse, Anis reprit :

« Pourquoi vous ne m'avez pas annoncé cette nouvelle mesure ?

— Et bien vous savez, cette mesure a été longtemps en discussion mais ne s'est appliquée que très récemment, jusqu'ici nous étions dans le flou. »

La médiatrice secouait sa tête gravement en prononçant ces mots.

« — Il était plus pertinent pour nous d'en parler en rendez-vous, afin d'aborder ensemble les mois à venir, vous comprenez ? Et puis que cela aurait-il changé si par téléphone, je vous avais annoncé que le programme n'était dorénavant ouvert qu'aux couples ? Vous auriez trouvé un partenaire à temps, au risque de vous engager à deux dans ce projet, avec une personne non fiable ? Je ne voyais pas l'intérêt de vous tracasser avec ça. Je vous propose maintenant qu'on étudie la situation pour l'avenir. À moins qu'effectivement vous ayez quelqu'un dans votre vie ?

– Non, je n'ai personne dans ma vie, je suis seule.

– Bien. Alors, inscription sur liste d'attente, c'est parti ? »

Anis quitta le centre, décontenancé. Une fracture s'était formée à l'intérieur d'elle-même, composée de chagrin, d'instabilité, d'échec et de crainte. Elle avait signé le programme de parrainage pour une année de plus. Mais ce rythme effréné, entre travail, aménagement et culture, motivé par un but distinct rendant le reste dérisoire, l'avait épuisé. Elle ne pourrait pas supporter ce train de vie au-dessus de ses moyens physiques et économiques, sans commencer à obtenir sa part du contrat. Elle se sentait incapable de continuer à redoubler d'efforts pour ce qui était redevenu un mirage en à peine vingt-quatre heures. C'était cette promesse de l'enfant qui la faisait tenir, réel carburant pour le moteur à pleine puissance qu'elle s'était efforcée de devenir. Heurtée par cette nouvelle réalité insupportable, elle croisa son reflet dans une vitre de la faster-station et ne se reconnut pas. Une femme guindée, obstinée, abusée et désillusionnée.

Elle monta dans le faster de seize heures, s'assit saoule du choc sur un fauteuil et alla perdre son regard dans le paysage défilant. Elle aperçut le foyer vieillesse où sa mère avait vécu ses derniers instants il y a quatre mois de cela. Son gLove lança dans sa boucle une notification Viabilis qui la sortit de sa torpeur. Elle généra l'écran au-dessus de sa main et écouta le flash :

« C'est une grande première dans l'histoire de l'humanité : le premier bébé Viabilis a été sorti de sa bulleuse aujourd'hui en fin de matinée. C'est un garçon, il pèse environ trois kilos et d'après les premiers tests, révèle avoir une santé du tonnerre ! Il sera rigoureusement suivi dans les prochaines semaines, pour vérifier si son système immunitaire a bien développé les anticorps qui lui ont été transmis. Benart et

Elna De Bolory sont l'heureux couple de parents parrains de ce beau bébé ! Ils sont en route pour rencontrer l'enfant, qu'ils ont prénommé Orrorin. »

Il y avait une photo du couple à la fin du flash. Amoureux, souriants, impeccables, devant leur maison cottage à trois étages du secteur 3. Elle portait une chemisette écrue tricotée et une cote pivoine marquée à la taille. Son teint était fin, ses cheveux blonds coiffés d'un bandeau et tombants au carré mi-long, sa main posée sur son ventre, dont l'annulaire était surmonté d'un anneau scintillant. Lui était vêtu de brun clair, un foulard vert nonchalamment posé sur les épaules, les yeux pétillants d'impatience et les dents éclatantes de blancheur. Il serrait sa femme à la taille, plus grand qu'elle, et brandissait fièrement un fanion où l'on pouvait distinguer le logo de Viabilis. Parfaits.

Le faster s'arrêta au cœur de ville, son terminus. Anis n'avait pas bougé un orteil lors de son arrêt, elle était comme engourdie sur son siège. Les lumières s'éteignirent et une voix somma les derniers·ères passagers·ères de descendre. Alors elle se leva et progressa mécaniquement vers la sortie. Elle était vide, n'avança plus que par réflexe, évitant les passant·e·s au dernier moment, tournant d'un coup sec à l'angle des rues. Elle flottait dans la ville, comme un spectre errant. Ses pensées s'étaient arrêtées, comme après avoir reçu un violent coup sur le crâne.

Elle croisa le regard d'une enfant d'environ 12 ans, au corps trapu et yeux légèrement plissés, signature d'une trisomie qu'elle reconnut. La fillette hilare aux mains de son père, pointait des éléments du paysage, courait après les pigeons claudicants et apeurés, rusant d'intelligence pour les attraper. Elle n'avait ni l'air bête, ni d'être un monstre ou un poids, malgré sa déficience génétique, comme était appelée ce genre de tare. Elle avait pris sa place malgré un départ difficile dans un monde qui ne voulait pas d'elle. Elle aussi s'était stabilisée, après un envol incertain.

Anis se retrouva sur le pont aux Dames, la nuit commençait à tomber. Chacun·e circulait, d'un pas rapide ou lent, transporté sur une jetboard, le nez dans son gLove ou sur les écrans publicitaires flottants. D'autres en groupe, échangeait, riaient, vivaient. Elle jeta sa cape par terre, et partit lentement en direction de la rambarde qu'elle fixait fermement. Elle enjamba cette dernière d'un mouvement décidé, dérangeant une dizaine de pigeons qui avaient niché là. Au loin elle entendait comme un affolement de voix qui lui était insupportable. C'était trop de bruit, elle avait sommeil, elle voulait dormir. Elle ferma les yeux, fit un pas en avant, et tandis qu'elle disparaissait dans l'eau, les oiseaux s'envolaient vers l'horizon.

Thibault Mirabel

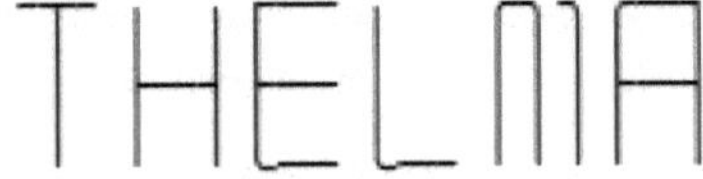

I

C'était le premier jour des vacances. Dehors, grand-père Gumfrey marchait seul sous la pluie battante. Sur la demande de Maman, je suis sorti lui apporter un parapluie. Une fois à sa hauteur, j'ai eu la sensation étrange de le déranger en pleine conversation, il a refusé mon parapluie et attendu quelques minutes avant d'entrer. Trempé, grand-père Gumfrey s'est essuyé le visage tout sourire avant de s'asseoir dans son fauteuil près de la cheminée. Le feu séchait ses vêtements et diffusait une odeur boisée. Mon petit frère et moi étions allongés sur le canapé, fixant grand-père dans l'attente qu'il nous raconte l'une de ses anecdotes sur Sisao. Je lui ai demandé à quoi il pensait. « Thelma, souffla-t-il, Thelma... vous ai-je déjà parlé de Thelma ?

— Ta sœur ? Elle a pas disparu pendant la Grande Sécheresse ?

— Maman a dit qu'elle est partie et qu'on a plus entendu parler d'elle.

— Hum... en effet, elle est partie quand elle avait seize ans, mais savez-vous ce qu'elle est devenue ? » Nous nous sommes calés dans le canapé. Et grand-père nous raconta.

II

Thelma était ma grande sœur, de douze ans mon ainée. À seize ans, elle n'avait qu'un mot en tête : partir. Quitter Sisao n'avait rien d'interdit, mais qui aurait voulu quitter cette cité merveilleuse et autarcique ? Pourquoi abandonner l'étang d'Aruspiane, les bords fleuris du fleuve Azalée, les champs verdoyants des alentours ? Quel genre de personne voudrait dépasser le cirque de montagnes dans lequel nous sommes enclavés et qui nous protège pour pénétrer le désert rocailleux ? Partir, pour aller où ? Sisao, la seule cité qui s'est relevée après l'Effondrement. S'enfuir de Sisao ? Personne ne la comprendrait.

Thelma errait, traversée de pensées négatives, rêvant de destruction, de changement, de violence rassasiant ce vide, cette absence, ce déséquilibre, ce manque de néguentropie, cette carence d'énergie vitale. Thelma déambulait à l'ombre des rues blanches de Sisao avec le besoin chevillé au corps de tout casser sans savoir pourquoi.

Mais à Sisao, commençait ce que nous avons appelé la Grande Sécheresse. Ce n'était pas une sécheresse habituelle. L'air tout entier était devenu sec, dur. Les fleuves se tarissaient. L'étang d'Aruspiane perdit tant d'eau que nous pûmes le traverser en ayant pied tout du long. Le soleil était harassant, le cirque de montagnes faisait office de cuvette, réverbérant les rayons lumineux et empêchant les nuages de se former, nous rôtissant chaque jour davantage. De nombreux habitants, les plus âgés, moururent. Même les jeunes souffraient. Les récoltes diminuaient. Sisao vivait au ralenti, comme prise dans une gangue de chaleur. Les discussions collectives exceptionnelles sur l'Agora se multiplièrent pour trouver des solutions. Le problème était plus grave que nous l'imaginions. Sisao vit en autarcie, en un microcosme enclavé dans les montagnes. Autour, le désert. Les sources jaillissent des montagnes créant des zones de condensation qui se transforment en nuages. Neige, fleuve, vapeur, pluie, l'eau se transforme en un cycle perpétuel. La Grande Sécheresse cassait le cycle de l'eau. Tout le savoir accumulé des sciences harmoniques ne pouvait suffire à rétablir l'équilibre. L'Effondrement avait eu lieu comme cela. Une perturbation si forte qu'elle avait créé un nouvel équilibre où les humains n'avaient plus place. Le cycle de l'eau était rompu et les Sisaotes allaient mourir, voilà ce qui nous attendait. Certains disaient qu'il fallait migrer, d'autres qu'il fallait prier, d'autres encore qu'il fallait partir chercher de l'aide. Thelma était de ces derniers, elle qui n'aimait pas Sisao, serait ravie de la quitter. Rodik, adolescent populaire de dix-sept ans, était un partisan de la prière, il prétendait avoir pour mission de sauver Sisao. Mais Rodik avait des vues sur Thelma, aussi quand il apprit qu'elle voulait quitter Sisao, il annonça qu'il avait eu une révélation, et qu'il fallait en effet, qu'ils partent dans le désert chercher de l'aide.

Thelma fit part de son intention à notre mère. Elle était fière que sa fille s'engage pour Sisao, bien qu'elle se doutât que ce n'était pas pour les bonnes raisons. « Tu es comme lui, têtu, téméraire, ton père non plus n'aimait pas beaucoup Sisao, se réfugiant souvent dans les montagnes. » Quand notre mère évoqua les rumeurs du désert maudit car des gens y avaient disparu, Thelma se braqua d'emblée lui criant que ce n'étaient là que balivernes et mythologies sciemment inventées par la frange conservatrice de la religion harmonique, ceux qui faisaient des offrandes à des dieux qui n'existaient même pas l'année dernière. Mais sa mère savait cela, pourtant son regard restait dur. « Qu'importe ces rumeurs, lui dit-elle, je connais une personne qui a disparu dans le désert. Longtemps, j'ai cru qu'il reviendrait et, longtemps, j'ai pleuré sur sa tombe vide, espérant son retour. Ma chérie, ton père a disparu dans le désert. J'ignore pourquoi il y est allé, lui qui passait le plus clair de son temps dans les montagnes à explorer leurs sommets enneigés. J'ai passé plusieurs fois le col de Rakta à sa recherche, en vain. Je ne te retiens pas ma fille. Vas-y ! Apprends par toi-même qu'au-delà des montagnes, il n'y a que rocs épars, désert dur, et horizon à l'infini. Tu reviendras plus vite que tu ne le crois. »

À l'aube, un petit groupe de huit adolescents quitta Sisao par le col de Rakta, Thelma en tête, Rodik en queue.

III

Au-delà des montagnes s'étendait un désert, une immense étendue rocailleuse dont le ciel avait un air d'enclume lors de la Grande Sécheresse. Au bout de deux jours de marche sans un indice de vie, ils aperçurent une brillance. Ils crurent d'abord à une pierre, un minéral réfléchissant, peut-être de l'eau. Mais, quand Thelma approcha, ce qu'elle découvrit la stupéfia. C'était un cadavre, celui d'un petit animal de la taille d'un lynx. Qu'un animal puisse vivre dans cet état désertique était en soi surprenant, mais le groupe fut stupéfié par la composition de cet animal. Dans la carcasse éventrée, on percevait nettement la présence d'os, de tissus nerveux, de muscles asséchés, comme chez la plupart des animaux, mais aussi des fils électriques, des filaments de verre, des membranes orangées en cuivre sur lesquelles figuraient des tracés alambiqués, et un enduit recouvrant parcellement certains organes. Sans le savoir, ils venaient de rencontrer leur premier « anibot », être mi-animal mi-robot.

Deux des huit, qui ne se sentaient pas bien, décidèrent de revenir à Sisao en emportant cette chose. Là-bas, on pourrait mieux l'étudier. Thelma continua son chemin avec les autres. Quelques heures plus tard, à la nuit tombée, dans son bivouac improvisé, Thelma entendit des cris étranges. Elle sortit, Rodik la suivit. Dehors, les deux compagnons revenaient, épuisés. Il était impossible de faire demi-tour. « À environ cinq heures de marche, il y a un mur, enfin pas vraiment. En tout cas on ne peut pas passer, comme une clôture invisible. On a longé la clôture, dans les deux sens, mais on ne peut pas revenir. » Rodik voulait voir de plus près cette fameuse clôture et la scruter pour en trouver une faille. Thelma, au contraire, était d'avis de continuer. Ils n'avaient plus beaucoup de vivres, il leur fallait vite trouver de la nourriture pour poursuivre l'aventure. La panique s'immisça dans la troupe. Rodik se voulait rassurant et proposait de creuser un tunnel sous la clôture invisible, arguant que cette expédition était une folie, et que leur salut devait être trouvé non dans la fuite mais dans la rédemption. Les autres membres hochaient de la tête. Thelma conduisait le cortège depuis le col de Rakta. À voix haute, elle compta lentement les vivres qu'ils leur restaient : de quoi tenir une journée. Même s'ils parvenaient à franchir cette clôture invisible, ils n'avaient pas assez pour tenir jusqu'à Sisao. Ce à quoi, Rodik répondit avec une complaisance laconique : « La foi est la seule chose dont nous avons vraiment besoin. » La réponse, elle aussi, fut laconique : Thelma lui envoya son poing dans la figure. Fixant la direction opposée à Sisao, elle ordonna : « La crête de l'horizon est nette, c'est un signe que le terrain décline, là-bas, il doit y avoir d'autres animaux semblables à la carcasse que nous avons ramassée, aussi c'est là-bas que nous allons. » La troupe suivit Thelma et continua son chemin.

Sur le désert rocheux, suffocant, des ombres se déplaçaient défigurant l'horizon. Ils s'approchèrent. Un des huit jeta un caillou dessus, croyant à un rocher puisque la forme en avait l'apparence. Tout à coup, quelque chose surgit : un souffle, un tremblement. Ils crurent à une catastrophe naturelle, et d'une certaine manière, c'en était bien une. Si inattendue, si violente, si meurtrière. La troupe accusa la charge d'un animal étrange, une sorte de taureau, mais plus grand, plus fort, plus agressif, augmenté de prothèses robotiques, dessinant un profil puissamment intimidant. Cet anibot taurin chargea, la terre vibra, le tonnerre de ses sabots paralysa les courageux adolescents. Il emporta deux d'entre eux. L'un fut perforé au flan, soulevé, fracassé contre le sol. L'autre, culbuté par une hanche, perdit l'équilibre, rejoignant le premier sous les sabots acharnés du taurot à la bave écumante. Pas un des adolescents ne songea même à s'interposer, plus préoccupé par les autres taurots grattant le sol, au souffle de plus en plus court. Trois des rôdeurs rebroussèrent chemin, provoquant deux autres taurots qui n'en firent qu'une bouillie écrasée entre leurs flans ; l'un d'eux resta empalé au niveau de la trachée sur une corne métallique. Pas un arbuste où se cacher, pas un arbre où se réfugier, pas une pierre pour répliquer. Ne restait que la course. Le reste de la troupe lorgna sur la pente opposée. Ils coururent si vite que leurs jambes brûlaient d'acide. Les taurots les rattrapaient dangereusement. Thelma brisa sa course droite, pour zigzaguer, s'arrêter net, repartir, parfois faire demi-tour, puis avancer de nouveau, le mouvement était chaotique, mais les taurots peinaient à la suivre, trop lourds pour suivre une ligne aussi brisée, s'excitant davantage, se tournant vers les autres proies qui jouaient le jeu de celui qui court le plus vite. Seulement trois des huit atteignirent ainsi la pente opposée, seul espoir tangible qui les mouvait en sus de la peur de l'embrochement.

La pente était abrupte, des rochers saillaient çà et là, rendant les appuis dangereux et compliqués, les taurots s'y mouvaient difficilement, mais ne cessaient leur chasse pour autant. Plusieurs fois Thelma était tombée, se blessant au crâne. Mais en bas, une nouvelle lampée d'espoir de verdure enchevêtrée apparut, le refuge d'une forêt.

Ses sabots emmêlés sur les cailloux glissants, un taurot tourneboula, dévala la pente, quand, soudainement, il disparut dans un trou, happé par un être mi-animal mi-machine, dont Thelma ne parvint pas à identifier la forme complète. Tapie dans l'ombre, une bête robotique du type araignée améliorée attendait la proie dilettante. Lorsqu'elle enfonça sa jambe gauche dans l'une de ces trappes, un crochet envenimé se planta dans la cuisse de Thelma comme un éclair foudroie l'arbre esseulé. Thelma frappa la chose de toutes ses forces, piétinant une chélicère visqueuse, s'agrippant au rebord de cette trappe immonde. Des larmes lui vinrent, des cris déchirèrent ses poumons, la haine, la peur, la destruction se mêlèrent en un ardent désir de puissance d'être vivant ; l'instinct carnassier, tapageur, eut raison de la bête machinique. La cuisse à vif, Thelma massacra la chose, vociférant injure sur injure. Thelma gratta ensuite la terre, des araignots, plus petits, sortaient du mur cylindrique pour darder leur chélicère sur elle, chélicère qu'elle étripa avec jubilation, fracassant les bébés araignots les uns contre les autres dans une grande bouffée de barbarie salvatrice. Le trou était trop profond. Alors qu'elle escaladait tant bien que mal les corps entassés, hurlait de tout son souffle, elle entendit le fracas d'un pas rauque s'approcher dangereusement, un beuglement écartelé... La masse du taurot, ivre de rage, tomba, glissa jusqu'au bord du trou de Thelma qui aperçut les rasoirs de la queue pendante du taurot. Par-dessus le mastodonte échoué, Rodik apparut, couvert de sang, saisit Thelma par la main, soutint cette dernière sur son épaule, et ensemble, descendirent l'escarpement, évitant soigneusement les trappes jusqu'à l'orée de la forêt. Quand ils se retournèrent pour chercher le dernier membre de la troupe, ils le virent en amont, devant un amas rocailleux. Et déjà, les choses venimeuses sortaient de leur tanière pour se tailler un dîner dans son corps disloqué.

Rodik avait posé Thelma, à demi consciente, contre un arbre-grue. Les taurots étaient loin, les araignots rentraient dans leur trappe méphitique, et la forêt qui les attendait bruissait de sons inconnus.

IV

À son réveil, une pluie torrentielle tombait sur la canopée des arbres-grues. Le bonheur de sentir l'eau ruisseler sur son visage se mêlait à la douleur que sa jambe lui renvoyait. Le poison de l'araignot l'anémiait, des limaspirateurs suçaient la plaie. Des charognards... Rodik laissait faire les bêtes. À mesure que ces bestioles machiniques se gavaient dans sa plaie, Thelma reprenait des forces. De sa jambe balafrée, il ne restait plus qu'une jambe blanche, émaciée, mais vivante. Le poison était sorti. Avec quelques feuilles-tôles et des racines électriques, Rodik banda sa plaie.

Toute la forêt mêlait le naturel et l'artificiel d'avant l'Effondrement, osmose de végétal et de robotique. C'était chose rigoureusement impossible selon les sciences harmoniques Sisaötes. Pourtant, c'était là, devant ses yeux, dans sa chair même, ce venin d'un genre nouveau. La vie bionique se démultipliait dans une infinité de formes, toutes plus saugrenues et belles que les autres. La forêt bruissait de cliquetis en hululements, superposition d'êtres en tout genre. Rodik et Thelma avançaient péniblement, écartant les glissantes feuilles-tôles, les branches-couteaux, écoutant le bourdonnement du réseau électro-biologique des racines, se faufilant entre les troncs en parpaing, les fleurs paraboliques, contemplant les colonnades d'arbres, les pétales diaphanes de béton, l'herbe d'asphalte. La végétation s'entortillait sur elle-même, amas incongrus de cartes imprimées sur les troncs avec des connexions rhizomiques en guise de racines, immense réseau bio-nique vibrant de vie indissociablement machinique et animale. Ils s'ar-rêtèrent devant un animain, un être mi-serpent mi-humain, qui immobile respirait difficilement, les yeux vitreux. Thelma s'approcha. Rodik en fit le tour. L'animain vibrait. Il n'ondulait pas, il vibrait sur place. Thelma s'avança davantage quand un barrissement ronfla der-rière eux. Ils se retournèrent. Se dressait devant eux un humanibot.

« *Un numamillebot, grand-père ?*

— Non, non les petits, hu-ma-ni-bot, hachura grand-père Gumfrey, un humanibot est un être à la fois humain, animal et robotique. En l'occur-rence notre humanibot était un mélange d'éléphant avec sa trompe énorme en plein milieu du visage, des jambes épaisses grosses comme ça, et une peau grise, dure. Par contre, le reste du corps était comme chez nous, très banalement humain, et sa trompe d'éléphant, comme son cerveau d'humain, étaient bardés de composants informatiques. »

Grand-père Gumfrey s'était levé et imitait l'éléphant avec son bras en guise de trompe. Il continua.

L'humanibot barrit à plusieurs reprises, modulant les intonations dans ce qui devait être une phrase, mais totalement incompréhensible. Rodik regarda Thelma, décontenancé. L'humanibot recommença, cette fois dans une langue intelligible pour Thelma et Rodik : « Z'êtes fooouus de… vous appp…rocher d'ce truc, les mouches-clous vont vous dévorer. » Thelma fronçait les sourcils. « Quoi, le serpent là ? demanda Rodik.

– Plutôt un essaim d'insectibots type… mouches-clous. Quand elles z'ont repéré une carcasse, elles sss'y infiltrent et sss'en servent d'appp…âts pour attaquer des annn…ibots plus gros.

– D'accord, merci.

– Bonjour, je m'appelle Thelma, et lui Rodik, nous venons d'une cité appelée Sisao. Nous cherchons une solution à la Grande Sécheresse.

– Euh… Bonjour, si c'est la cité Tobor que vous cherchez, Z'aurez inté-rêt à suivre le canal bio-informatique, RSS 4652, par là.

– Où ? demanda Rodik

– Z'êtes pas bien à jour, c'est quoi la ver…sssion de vos transmetteurs, 6B.4 ? 6B.5 ? parce que là z'ont sorrr…ti la 6B.10. »

Rodik balbutia une réponse hasardeuse. Thelma le reprit et d'une voix forte dit : « Nous sommes de Sisao.

– Oh la, OK, Sisao ? Ah la réserve ? Vous venez de la réserve ! Trop marrant… Z'êtes 100 % forme humaine alors, z'avez pas honte ?

– Qu'est-ce que tu dis pachyderme ? » claqua Thelma en serrant le poing. L'humanibot enroula sa trompe avec un regard menaçant. Rodik retenait légèrement le bras de Thelma.

– Z'avez d'la chance… d'être une forme protégée, c'est déjà beaucoup. À vot'place, j'éviterais d'insulter… un humanibot, si vous voyiez ce que je veux dire. Un accident est si vite arrivé, surtout dans votre état, répondit l'humanibot en désignant la jambe anémiée de Thelma.

– Pouvez-vous nous mener à la ville, Tobor, c'est ça, Monsieur… comment vous appelez-vous au fait ? demanda Rodik pour faire retomber la pression. L'humanibot se décontracta.

– Michel. Bien sûr que je vous emmène à Tobor, faut que vous voyiez le maire.

– Pourquoi le maire ? demanda Thelma.

– Pa'ce que c'est lui qui gère les êtres dans… vot'e genre. Lui aussi, à ss'qu'il paraît, il vient de la réserve, Sss…isao comme vous dites. »

Thelma et Rodik suivirent l'humanibot pachyderme Michel dans la forêt. Celui-ci ne disait plus rien, en tout cas, rien que Thelma et Rodik puissent comprendre.

Sur le chemin de Tobor, l'humanibot Michel leur montra les sauts des fleurs carnivores-ressorts, les boabots cachés sur les troncs des arbres-grues, les luminescences des arbres-lampadaires. Ils écoutèrent le cliquetis des roues crantées de fruits, les ventilateurs miniatures dans la gorge des oiseaux-bots. Des senteurs nouvelles surgissaient mélangeant des odeurs florales avec des odeurs de rouille, de fonte, calcaires, des odeurs de soufre. Les feuilles-tôles elles-mêmes variaient beaucoup d'une espèce à l'autre. Certaines étaient dures comme de l'acier et aiguisées ; d'autres, au contraire, étaient souples et douces avec des motifs mécaniques de boulons, de rivets, de crans gravés dessus. Rodik esquiva de justesse d'écraser un mille-pattes-processeur. Étrange ambiance que procurait ce camaïeu de gris colorés qu'était la forêt au crépuscule.

Michel s'arrêta un instant près d'un palétuvier, pour en extraire deux branches qu'il tordit et trempa dans une sorte de vase : « Collez ça sur vot'e visage et restez près de moi, en silence, comme mes enfants, OK ? Z'est plus prudent. » Les fausses trompes puaient, mais Thelma et Rodik obéirent.

Au soir de cette journée dans la forêt, dans le crépuscule couchant, Rodik pointa une lumière, et une autre, des tas de lumière qui perçaient les entrelacs de racines-tuyaux. Ils débouchèrent sur une clairière creusée dans la forêt. Devant eux, un amas de cabanes enchevêtrées, brinquebalantes, en feuilles-tôles. Ils entrèrent dans ce qui était vraisemblablement une rue, ou tout du moins une allée. Au tournant, ils tombèrent nez à nez avec un robot humanoïde. Le robot portait une sorte de bandoulière. Un son strié, une sorte de borborygme épileptique, jaillit de la bandoulière, suivi d'une tête, une petite tête toute ronde, une tête de bébé en acier trempé, luisant. Thelma était fascinée, Rodik apeuré. La mère-bot continua son chemin sans leur prêter attention. Michel entra alors dans un tunnel souterrain. Il leur expliqua que les individus humanibots ou même les anibots communiquaient principalement via une interface cybernétique, sur le réseau toborien. Ils montèrent dans un vertro. C'est un anibot de transport, mi-ver de terre mi-métro, contenant un panel d'espèces encore plus bigarrées. Le trajet dura une grosse demi-heure. Thelma et Rodik étaient saturés par ce flot d'informations nouvelles. La sortie du tunnel du vertro débouchait sur une place, vaste espace vide de briques rouges. Sur l'ensemble d'un des côtés, un immense bâtiment pyramidal orné de gargouilles à ses coins, de renflements baroques, se dressait, imposant. À la dégaine de Michel, Thelma et Rodik comprirent qu'ils étaient arrivés.

« C'est le ménil du maire ? interrompit mon petit frère.

– Chut !

– Oui, mais c'est aussi là où le maire travaille, et là où plein de gens travaillent à son service. C'est la mairie, répondit grand-père Gumfrey.
»

V

Michel se précipita à la réception, discuta longuement avec d'autres humanibots. Des anibots volants portaient les messages d'un bureau à l'autre. Ils attendirent longuement. Plusieurs fois, Michel prit un ton menaçant. Le maire n'était pas là. Les anibots volants sifflaient au-dessus des têtes de Thelma et Rodik. Michel leur expliqua qu'il essayait d'obtenir un rendez-vous avec le maire sans révéler leur origine de la réserve. Michel n'obtint pas de rendez-vous. Ce qu'il obtint de l'administration, ce n'était qu'une adresse, celle où le maire faisait actuellement un discours, dans une ruche un peu spéciale, nommée école.

Le maire était un humanibot à tête de requin métallique, au sourire carnassier, mû par une énergie à toute épreuve. Michel parvint à se glisser dans la cohue et glissa un mot au maire. Ils entrèrent, sans Michel, dans une sersine, une carriole mi-serpent mi-limousine. Le maire avait fait passer, via l'un de ses gardes du corps, un processeur à Michel. Dans un langage impeccable et familier, le maire se présenta : « Je suis Lord Kelvil, maire de la cité de Tobor, vous n'avez rien à craindre. Vous venez de Sisao, à cause de la chaleur ?

Thelma et Rodik enlevèrent leur fausse trompe.

– Comment... ?

– Vous êtes Sisaöte ? demanda froidement Thelma.

– C'est moi qui pose les questions jeune fille. Pourquoi êtes-vous là ? »

Rodik se précipita et raconta la Grande Sécheresse, comment ils étaient partis pour sauver la cité, tous les huit, comment ils s'étaient faits décimés par les taurots, les araignots, la rencontre avec Michel.

La sersine ne cessait de rouler. L'avenue était vide. La sersine fonçait à travers la banlieue de Tobor. Par les fenêtres teintées, Thelma voyait défiler les lumières multicolores des échoppes, les humanibots dif-formes, les rixes qu'ils formaient dans les ruelles mal éclairées. Le maire commanda à la sersine de tourner en rond dans la ville, filant à toute allure. Les piétons attendaient que la sersine passe. Les Tobo-riens connaissaient bien la sersine du maire, c'était le seul à avoir une sersine aussi grande, qui pouvait, lorsque l'occasion se présentait, devenir vraiment menaçante.

Lord Kelvil fixait Thelma, les yeux, et les cheveux surtout. Thelma aussi fixait ses yeux à lui. Le maire leur confirma la rumeur selon laquelle il était Sisaöte. Il adorait escalader les montagnes de Sisao, et de leur sommet, contempler le désert et son horizon tremblant. Longtemps il s'est demandé s'il y avait quelque chose, quelqu'un au-delà du désert, si Sisao était véritablement la seule cité debout, la dernière enclave de la vie terrestre. À Sisao, il voulut monter une expédition pour essayer de repousser les limites de leur connaissance du monde terrestre. Mais sa proposition fut très mal reçue. Il fut exclu, ostracisé, moqué, vilipendé, même sa femme le prenait pour un fou. Il leur raconta ses déboires sur d'autres sujets, comment il avait essayé, chaque fois que cela était possible de repousser les limites, de pousser à l'aventure, de découvrir, il était fondamentalement animé d'un esprit d'ailleurs, à la poursuite de quelque chose qui le dépassait, qui les dépassait tous. La beauté d'une découverte fondamentale valait pour lui tous les risques. Et Thelma l'écoutait avec bienveillance, comprenant mieux que quiconque ce mur qu'elle avait connu, le mur de la coutume, de l'autarcie, l'harmonie circulaire de Sisao, la pensée qui tourne en rond, sa vie qu'elle promenait le long d'un fil qui se bouclait toujours sur lui-même. « Alors, poursuit Lord Kelvil, un matin d'automne, je suis parti, seul. J'ai franchi le col de Rakta, et attaqué le désert. J'avais des vivres pour quelques jours. Au bout de trois jours de marche, je dus me rendre à l'évidence : il n'y avait rien, rien d'autre que Sisao, rien d'autre en tout cas qui me serait permis de découvrir. Le fil, à nouveau, se bouclerait sur lui-même. J'étais, je dois le dire, un peu déçu, mais content tout de même d'avoir forgé cette conviction par ma propre expérience et non de l'avoir seulement reçu en héritage via la coutume ou l'autorité des Agoras. » Ainsi, il fit demi-tour. Et, à l'instar de notre troupe dont Thelma et Rodik faisaient partis, Lord Kelvil avait, sans s'en rendre compte franchit la clôture qu'on ne traverse qu'une seule fois. Ce mur invisible était à la fois la preuve qu'il y avait bien autre chose, que son intuition, ses peines, et ses espoirs étaient justifiés et en même temps était une condamnation. « Sans vivres, je n'aurais pas tenu longtemps devant ce mur invisible. Aussi, j'ai continué, comme vous, tout droit, j'ai affronté comme vous, les taurots, les araignots, et j'ai découvert la merveilleuse forêt. De là, j'ai dû me débrouiller seul, affronter bien des ennemis, me créer des amis chers, refonder une vie, devenir toborien, subir la multiformation en me jetant dans la gueule d'un morphogénérateur, de là j'ai voulu en savoir plus, toujours plus, préserver mon secret, j'ai découvert tant de choses sur le monde, des choses que vous n'oseriez même pas imaginer et que vous refuseriez de croire. »

Thelma regardait par la fenêtre la ville filer. Il n'y avait qu'une seule personne qui ait quitté Sisao ces cinquante dernières années, et dont le corps n'avait jamais été retrouvé, une personne qui l'avait abandonnée, elle et sa mère et le petit Gumfrey, une personne qu'elle avait détestée pour cela, une personne dont elle suivait les traces désespérément. Alors que le squale sondait son visage tout en regardant au-delà de celui-ci, un sourire fugace tordit ses dents carnassières. Lui avait compris dès le début, Lord Kelvil avait retrouvé sa fille. Mais cette fille, il l'avait abandonnée il y a bien longtemps, il avait eu d'autres enfants, des humanibots, une autre vie. Chacun se sondait, savait, aurait aimé se retrouver, mais lucides, chacun savait avoir en face de lui un inconnu. Alors Thelma regardait Tobor, l'autre cité, l'autre vie, et lui Lord Kelvil réfléchissait à la manière de tourner au mieux la suite des évènements.

Thelma sursauta. Une verture avait klaxonné. Lord Kelvil commanda à la sersine de ralentir. Des piétons traversant la route forcèrent la sersine à piller, avant de redémarrer en trombe sous les cris de plus en plus fréquents des vertures.

Rodik ne cessait de demander à Lord Kelvil comment était la vie ici, à Tobor, tandis que Thelma voulait savoir pourquoi il n'avait pas essayé de revenir plus tard, cela faisait tout de même quinze ans qu'il était parti. Et Lord Kelvil leur expliqua que la clôture qu'on ne traverse qu'une fois n'est pas à proprement parler une clôture entourant Sisao, mais une sphère, une couche, un champ de force sphérique préservant en son centre l'oasis uniforme. Sisao était en effet considérée comme une oasis uniforme car les êtres n'ont qu'une seule forme, soit animale, robotique, humaine, ou végétale. Chacune vivant dans son propre espace ontologique. Les autres réserves ne sont pas aussi bien protégées que Sisao avec ses taurots et araignots, des anibots de combat particulièrement dissuasifs. Les autres ont perdu cette uniformité. À ces mots, Thelma et Rodik sursautèrent. Des réserves protégées, il y en avait 114 autres dans le monde, des grandes, des petites, des reliées entre elles, certaines avec des migrations autorisées, d'autres sans, certaines où des humanibots venaient vivre, pour essayer de retrouver une sorte de pureté primitive univoque, certaines au contraire servaient de lieu de débauche. Lord Kelvil soupira : « Et puis même, quand bien même j'eusse pu revenir à Sisao, comment croiriez-vous que les Sisaötes m'auraient accueilli, comment ta mère et toi m'auriez accueilli ? Comme un père ? Comme un aventurier ? Comme un héros ? Bien sûr que non. Comme un monstre, oui. La multiformation est irréversible. Je n'avais plus le choix. Sisao devait rester un souvenir. »

La sersine cessa de filer à toute allure, c'était le début du jour sur Tobor, et les vertures s'agglutinaient dans les grandes voies de circulation. Rapidement, la sersine fut prise dans un embouteillage, où cris de vertures, tensions, s'accumulaient. L'horizon bouché, la sersine se rendait avec difficulté à la mairie. Lord Kelvil avait des obligations, des rendez-vous, beaucoup de mains à serrer, de gens à écouter et de décisions à prendre. L'embouteillage était causé par une manifestation d'humanibots arborant des slogans illisibles avec un sigle commun facilement reconnaissable : un cercle.

La confiance s'était installée en eux. Aussi, Lord Kelvil entra dans le vif du sujet.

Ce cercle que vous voyez sur les manifestants c'est le symbole des réserves protégées de vie uniforme, car elles sont toutes enclavées dans un habitat que nous avons aménagé, en sphère, afin de privilégier l'autarcie et l'autonomie. Le cercle symbolise l'uniformité de la vie et la sphère qui la protège.

– D'autres manifestants arborent des croix à huit branches, fit remarquer Rodik.

– Quatre traits symbolisant les quatre formes de l'être entrecroisées : végétal, animal, humain et machinique. Ces gens défendent la supériorité des êtres multiformes, en l'occurrence des humanibots sur tous les autres : anibots, animains, humains, machines, animaux, cyborgs, et que sais-je encore. Les manifestations sont de plus en plus nombreuses. Le débat tend à se cliver autour de cette question stupide identitaire, alors que la ville se dégrade, que les réserves sont vampirisées. Thelma, Rodik, écoutez-moi bien, la Grande Sécheresse n'est pas un phénomène météorologique naturel, ou plutôt si, enfin elle est juste un effet d'une gestion administrative calamiteuse et intéressée. Les fonds pour la régulation météorologique de Sisao ont été coupés.

– Qui a décidé ça ? demandèrent Thelma et Rodik.

– Le CORP, le Conseil Ontologique des Réserves Protégées répondit Lord Kelvil avant de poursuivre, une assemblée réunissant les maires des cités jouxtant au moins une réserve, j'en suis membre et j'y ai vu la haine des uniformes s'y installer. Au début, pour beaucoup Sisao équivalait à un parc d'attractions où les visiteurs sont interdits – une aberration économique, puis avec la montée du discours formiste, Sisao est devenue une plaie, un vestige contre nature, une faute à expier. Ce que vous devez comprendre, c'est que Sisao est une cité qui n'existe pas vraiment, elle vit sous perfusion, elle est dépendante, son autarcie est factice, ses sciences harmoniques sont des billevesées de théologiens. L'eau de Sisao, celle qui est dans les montagnes, elle vient d'où à votre avis, Sisao est en plein milieu du désert ! Elle vient de nos pompes. Les besoins de Tobor et de toutes les villes du monde explosent, les problèmes sont de plus en plus graves. Alors les priorités sont revues, et certains commencent à dire que certaines espèces valent plus que d'autres, notamment que les êtres multiformes à morphogénèse classique valent plus que les êtres uniformes dans votre genre, même au sein des instances supérieures. Et du coup certains disent qu'il faut soit les transformer, soit les détruire. Prendre l'argent qui les fait vivre n'est que la première étape. À terme, Sisao disparaîtra si rien n'est fait. »

La sersine arriva à la mairie. Lord Kelvil descendit, commanda à la sersine de conduire Thelma et Rodik dans l'un de ses appartements, dans un quartier tranquille de Tobor, ils pourraient s'y reposer et reprendre des forces en sécurité. Lord Kelvil reviendrait vers eux. Ils discuteraient d'un moyen de sauver Sisao.

VI

Ils se reposèrent. C'était un appartement semblable à nos menils, sans anibots. Une humanibot-louve nommée Silvergarde était chargée de leur protection. Thelma avait mal à sa jambe, un reste de poison lui filait une migraine énorme, Rodik s'occupait d'elle, lui nettoyant sa plaie, lui caressant le front, lui parlant de Sisao, réfléchissant à voix haute sur la manière de mettre fin à la Grande Sécheresse et de protéger Sisao. Thelma ne l'écoutait pas, la migraine progressait, elle se lovait dans ses bras. Alertée par l'odeur putride de la jambe anémiée, Silvergarde convint Thelma et Rodik de se rendre chez un médecin. Les manifestations anti-uniformes se multipliaient. Il ne fallait pas qu'ils soient reconnus. Aussi, Silvergade les habilla, les maquilla et leur passa un diffuseur d'identité factice.

Thelma et Rodik, suivis de près par l'humanibot-louve de garde, marchèrent de place en place, de rue en rue, ils entrèrent dans un magasin standard d'équipement physique. Dedans, il n'y avait rien qu'une humanibot allaitant son enfant, Silvergarde manipula leur transmetteur et devant eux, en surimpression sur les murs réels, apparut une collection de membres, de mains, de corps, de têtes, de formes dont l'utilité ne leur était pas évidente, d'éléments animaux, robotiques et humains mixés dans toutes les couleurs, tous les matériaux possibles. Un humanibot-chien entra et choisit un artefact sur la collection en réalité augmentée. La mère-bot actionna un levier. Le cube vrombit. Une trappe s'ouvrit. L'humanibot-chien se coupa la main au-dessus de la gueule de la machine, et y versa une bourse de coquillage, des kuchas. Quelques minutes plus tard, la mère-bot en sortit le bras cyborg imitation patte de léopard commandé par l'humanibot-chien. Silvergarde leur expliqua que c'était : « un morphogénérateur, à la fois une machine et un être vivant, un peu comme une sorte de plante, il faut lui donner des kuchas pour le nourrir et en échange il peut fabriquer un membre. C'est ce qu'à Tobor, on appelle un médecin, ou un réparateur. Les morphogénérateurs sont issus de l'évolution, produit direct de l'Effondrement. Ils sont ce qui rend possible l'ontologie multiforme de Tobor. Aujourd'hui, tous ceux que vous trouvez en ville sont la propriété de la mairie. C'est le moyen qu'a trouvé le maire pour empêcher les partisans des multiformes de jeter dedans les uniformes. Il existe des cités comme Lielos, Outiep, Tantalide, où les migrations hors et dans la cité existent. Les uniformes, à Tobor, sont chassés et multiformés de force. Or, quand la multiformation est subie, l'effet peut être dramatique. » Pour soigner la jambe de Thelma, Silvergarde devait la lui couper, et la jeter dans la gueule du morphogénérateur avec les kuchas que lui avait laissé le maire. Thelma accepta, la douleur ne cessant de s'accroître. Rodik assistait à la scène, bouche bée, il tenait la main de Thelma moins pour la soutenir que pour s'assurer que tout cela était bien réel. Il vit l'humanibot-louve trancher la jambe blanche de Thelma, cria en même temps qu'elle, puis il entendit la louve ordonner à Thelma d'imaginer une jambe forte, une jambe invincible, une jambe idéale, avant de jeter le membre dans la gueule du morphogénérateur. Trois minutes plus tard, Thelma se dressait sur ses deux jambes, l'une humaine, l'autre bionique, l'une fatiguée, l'autre infatigable, parfaite dans sa complexité, indolore. Le morphogénérateur fonctionnait d'autant mieux que l'être qui lui livrait son membre imaginait le membre qu'il souhaitait avoir. C'est la raison pour laquelle lorsque des êtres uniformes étaient jetés dans un morphogénérateur, ils n'en ressortaient que monstres et difformités atrophiées qui ne vivaient pas plus de quelques secondes. Entrer dans un morphogénérateur par peur vous transformait en l'incarnation de cette peur même. Rodik parcourait la collection des membres proposés à la vente, absorbé devant l'immensité du paysage ontologique qui s'offrait à lui.

En rentrant au ménil du maire, Thelma et Rodik passèrent devant une maternité. Silvergarde commenta : « C'est le lieu où tous les êtres dotés d'une matrice donnent vie. Si grâce au morphogénérateur il est possible de passer un membre d'uniforme à multiforme, cela reste encore esthétique, la plupart des humanibots ou anibots ou animains sont nés à la maternité. » Rodik demanda si les humanibots étaient immortels. Silvergarde répondit que non : tout être a une date de péremption, en changeant de formes ou certains de ces organes il peut retarder la mort mais ne peut pas l'éviter. Silvergarde ajusta leur neurotransmetteur, Thelma et Rodik découvrirent alors la véritable Tobor. Le monde matériel était doublé d'un monde numérique. Tobor désignait ce réseau. Rodik eut alors une sorte d'illumination et dit : « De l'espace...de leur condition... ils s'affranchissent de tout, même de la mort... Ils ne souffrent ni la faim ni la soif. Regarde Thelma, ce que nous avons devant nous c'est un bestiaire de dieux vivants ! Cette cité qu'ils ont bâtie est partout et nulle part à la fois. Des êtres surnaturels qui...

— Ce que je voie surtout c'est un gros porc qui nous bloque le passage.

— Imagine Thelma le monde tel qu'ils le voient, imagine comme cela nous dépasse, la beauté et la puissance qui les inondent chaque seconde.

— La beauté ?... La vulgarité plutôt, dit Thelma en montrant du doigt un humanibot porc géant qui vendait des brochettes de limaces-ressorts en se grattant la fesse gauche.

— Thelma ! Nous leur devons le respect, ces êtres nous obligent, corrigea Rodik avant d'incliner légèrement le buste en avant, les yeux baissés, les mains jointes au-dessus de sa tête.

— Ferma-la, t'es vraiment con parfois. Tu vas nous faire repérer. » L'humanibot pachyderme Michel, en effet, scrutait le réseau toborien à la recherche des deux humains, et lorsqu'il repéra le nom de Thelma sur le réseau, il put aisément les retrouver, et les suivre.

VII

Le lendemain matin, Thelma émergea de son sommeil en passant sa main sur l'autre oreiller du lit, mais Rodik n'était pas là. Elle entendit un pas lourd dans l'escalier.

« Thelma, es-tu réveillée ? Il faut que je te parle, j'ai trouvé une solution pour sauver Sisao de la Grande Sécheresse, dit Rodik en restant derrière la porte de la chambre.

– Bah entre. »

Il lui intima solennellement de ne pas crier, pas avant qu'il ait fini d'exposer son plan. Thelma ne cessait de lui dire d'entrer, elle attrapa un t-shirt, traversa la chambre, et ouvrit. Un cri surgit de sa bouche que Rodik étouffa dans la fourrure de sa patte. Rodik s'était transformé en humanibot, une chimère entremêlant le mouton, l'adolescent, et le robot de nettoyage. Sous le choc, Thelma le laissa déambuler dans la chambre, bêler de fierté d'avoir passé le cap de la multiformation. Elle écouta ses digressions sur la beauté et la puissance qu'il connaissait maintenant, l'extraordinaire réseau bionique toborien qu'il pouvait parcourir, les flux qui traversaient chaque être qu'il pouvait voir. Il lui parlait d'immortalité, d'une fraternité naturelle chez les êtres multiformes. Il lui raconta comment l'humanibot Michel l'avait contacté sur son neurotransmetteur et comment il l'avait convaincu de lui ouvrir la porte de la maison, comment Michel et ses acolytes avaient neutralisé Silvegarde. Thelma s'enfuit de la chambre, descendit l'escalier, appelant désespérément Silvergarde, quand elle fut arrêtée net par la manchette d'un humanibot-marcassin. Sept humanibots étaient dans le salon, Silvegarde allongée dans le canapé. « Ne t'inquiète pas Thelma, elle est juste assommée. Nous ne faisons de mal à personne. » dit l'humanibot Michel. Thelma reprenait sa respiration. Rodik bêla. Il l'aida à se relever. Elle jetait des regards inquiets de tous côtés. Rodik vanta la multiformation, c'était sa solution pour Sisao : multiformer tous les Sisaötes. La multiformation n'est bénéfique que si elle est acceptée. Il faudrait donc convaincre les Sisaötes, et qui de mieux que Thelma et lui, transformés en humanibots pour leur parler, les convaincre, les accompagner et sortir Sisao de son cocon d'uniformité. Pendant qu'il pérorait, le regard de Thelma alternait entre la fourrure, les yeux globuleux de Rodik, et le morphogénérateur clandestin installé dans le couloir menant à la cuisine. Elle hochait de la tête. « Comment comptes-tu rentrer ? As-tu oublié la clôture ?

– Justement, avec la Grande Sécheresse à Sisao, un trou s'est formé dans la couche de protection, à son sommet, pour l'instant il doit faire la taille d'un pouce mais bientôt, la chaleur augmentant, le trou s'agrandira et un humanibot lesté par oiseaubot pourra facilement passer, répondit Michel. Rodik bêla pour signifier son accord.

– C'est n'importe quoi, vous allez détruire Sisao.

– Mais non, Thelma, nous lui ferons vivre l'utopie de Tobor, répondit Rodik.

– Mais t'es un putain de mouton, Rodik ! » lui jeta-t-elle en lui flanquant une claque qu'il intercepta et lui renvoya.

Thelma s'effondra. Les humanibots la saisirent et la conduisirent au morphogénérateur. « De toute façon, tu finiras par aller dans ce morphogénérateur, soit tu refuses la multiformation et tu finiras débile et mourra rapidement, soit tu l'acceptes et tu vivras la vie multiforme et pourras sauver les Sisaötes de la Grande Sécheresse. Donc je te conseille de te faire une raison et fissa. » lui cria Rodik, tout en montrant les dents et tapant du sabot. On donna une grande quantité de kuchas au morphogénérateur, sa gueule s'ouvrit. Thelma se débattait, utilisant sa jambe bionique en rempart. On la renversa, en haut de l'escalier, la tête en bas, prête à être lâchée sur la machine vivante. Tout à coup, la porte de la maison fut fracassée, quatre humanibot-louves entrèrent suivis d'un humanibot-requin. Thelma aperçut son père, et des larmes coulèrent de sa joue pour tomber dans la gueule du morphogénérateur.

« Vous êtes en état d'arrestation pour possession illégale d'un morphogénérateur et usage non conventionnel de la multiformation. Je suis Lord Kelvil, maire de Tobor, relâchez cette humaine et cette louve

immédiatement. Je n'ai pas envie de me répéter. » Les quatre humanibots-louves n'attendirent pas la fin de l'ordre de Lord Kelvil pour arrêter les thuriféraires du multiformisme, libérer Silvergarde et Thelma.
Si Michel parvint à s'enfuir, il fut pris en chasse par d'autres unités
louves de la police municipale. Les autres humanibots furent neutrali-
sés. Rodik n'avait pas fui, ni été arrêté, car il restait pour le maire un
Sisaöte victime dans cette affaire. Il s'était contenté de gravir l'escalier
pour se cacher sous le lit, par peur de la situation, non par culpabilité.
Thelma prit son père dans ses bras. Lord Kelvil inspira profondément
avant de la confier à Silvegarde et autres humanibots-louves. Il fixa
ensuite Rodik l'humanibot-mouton et songea à Sisao la superbe, à tous
ces Sisaötes qui se croyaient les seuls survivants de l'Effondrement.
Peut-être était-ce en fait le cas ? Tobor n'était-elle pas une cité effon-
drée sur elle-même ? Il ne le savait que trop, et surpris par sa propre
nostalgie, Lord Kelvil regretta les rues simples et blanches de Sisao,
avant que son souvenir ne soit fusillé par un coup de sabot que lui
assénait Rodik. Le coup reçu en pleine mâchoire, dans ce moment
d'absence, bascula Lord Kelvil par-dessus la balustrade de l'escalier,
directement au-dessus de la gueule encore ouverte du morphogénérateur. Au coup sec de la mâchoire cassée, Thelma se précipita, marcha sur le canapé, la table comme sur un escalier, pour finir par se
jeter en plein vol contre son père, qui retomba à côté du morphogénérateur, indemne, tandis qu'elle plongea dans la gueule de la machine
métamorphosante. Rodik bêlait, sautillait comme un cabri, ivre de sa
victoire.

Le morphogénérateur vrombit. Deux humanibots-louves immobili-
sèrent Rodik. Silvergarde retint Lord Kelvil qui essayait de forcer l'entrée de l'anibot broyeur d'uniformité. Les secondes s'égrenèrent. Lord
Kelvil était en rage, vitupérant, broyant tout le mobilier, maudissant
les imbéciles mutiformistes et leurs incantations à la complexité. De la
fumée sortait du morphogénérateur. Le processus de multiformation
touchait à sa fin. Le morphogénérateur s'ouvrit. Il était vide. Lord Kelvil s'effondra sur les genoux, des larmes coulèrent entre ses dents carnassières. Lorsqu'il se redressa vers Rodik, il le distinguait mal alors
qu'il était à moins de deux mètres de lui. La fumée s'intensifiait. Un

brouillard naissait autour du morphogénérateur. Personne ne bougea. La fumée était tellement dense qu'on ne voyait plus à vingt centimètres. Un bruit sourd surgit, comme si l'air lui-même s'était brisé, juste là, autour d'eux, puis un éclair traversa la pièce, trouant le plancher, perforant le plafond, et enflammant le toit. Par le trou formé, la fumée s'échappa. Le maire, ses humanibots-louves et leurs prisonniers sortirent de la maison, et découvrirent que la fumée s'accumulait au-dessus de la ville en un nuage, gigantesque, terrifiant, jetant çà et là des éclairs qui embrasaient la ville, se structurant de manière autonome par quelque force invisible en un amas conscient de condensations électriques et de vapeurs d'eau. Thelma ne voyait plus, n'entendait plus, ne sentait plus, mais elle percevait pourtant clairement son environnement d'une manière totalement inédite, indescriptible et incompréhensible pour la personne qui n'a pas connu l'état multiformé du nuabot, hybridation d'un humain, d'un robot, et de la larme d'un sacrifice authentique. Thelma était légion, essaim de matières nuageuses. Sur la pelouse de la maison enflammée, Lord Kelvil projeta le réseau toborien devant ses yeux embués par le nuage, et il sut, il vit la complexité gigantesque du nuage, le réseau interne du nuabot qu'était devenue sa fille, plus dense, plus riche de morphogénèses que le réseau toborien lui-même. Le nuabot s'éleva haut dans le ciel, et dans un geste d'adieu, Thelma s'enroula en volutes autour de son père.

Thelma disparut en une traînée de nuages, au-dessus de la banlieue toborienne, avant de survoler la forêt, la pente méphitique des araignots, le territoire des taurots, pour pénétrer finalement le désert jusqu'à la clôture. Butant contre le champ de force invisible, Thelma se dilata et s'éleva davantage jusqu'au trou formé à son sommet. Elle contempla la rotondité nette de la Terre, avant de s'étirer en un fil de nuage qui puisse passer à travers le trou d'un demi-pouce.

C'est ainsi que Thelma, ma grande sœur, rentra à Sisao. Je l'ai vu, de mes yeux, j'ai vu le fil de nuage couler par le trou, au zénith ; j'ai vu le fil s'épaissir, s'entortiller, gonfler ; j'ai vu le premier nuage se former ; j'ai vu le soleil masqué, les bords du fleuve Azalée refleurirent et l'étang d'Aruspiane se remplir. Les Sisaötes sortirent dans la rue, crurent au miracle, se prirent dans les bras, l'espoir revenait. Je courrais chercher ma mère. De volute en volute, le nuage grossissait à vue d'œil. Et puis, d'un coup, le tonnerre sonna et la pluie tomba. Thelma pleuvait sur Sisao, alimentant les nappes phréatiques et les sources des montagnes. La Grande Sécheresse était terminée. En devenant pluie, Thelma ne fit que changer d'état, circulant dans le cycle de l'eau retrouvé. Par l'humidité environnante, l'infime trou par lequel elle était passée se résorba. Eau, glace, vapeur, pluie, humidité, rosée, les morphogénèses permanentes de Thelma formèrent un nouvel écosystème naturel vivant, protégeant par là même l'inviolabilité de la clôture qu'on ne traverse qu'une seule fois. La réserve de Sisao est ainsi devenue une petite planète, autonome, autarcique, imperméable au fracas du monde, dehors.

VIII

« Alors quand je bois, je bois Thelma ? demanda mon petit frère apeuré.

– En un sens oui, répondit grand-père Gumfrey avant de poursuivre, Thelma vit en chacun de nous, et chaque être vivant dans la réserve de Sisao est une entité qu'elle habite d'une manière qu'il nous est impossible à comprendre ni même à sentir. Devenir nuabot est une expérience que très peu d'individus ont eu l'occasion de connaître. Mais si vous savez l'écouter, alors Thelma vous parlera. Comment croyez-vous que j'aurais pu vous conter son histoire si elle ne me l'avait pas déjà racontée ?

– Allez les enfants, ça suffit, les histoires de grand-papa sont terminées, au lit maintenant, lança Maman en passant dans le salon. »

Nous avons embrassé grand-père Gumfrey. Nous couchions dans la même chambre avec mon frère. Maman nous a bordés, embrassés, mais avant de fermer la porte, mon petit frère lui a demandé d'une voix rêveuse si elle aurait aimé être nuabot comme Thelma. Ce à quoi Maman répondit par une caresse sur le front et un sourire triste avant de dire : « Votre grand-père n'est plus tout jeune, et de plus en plus sou vent ressasse le souvenir de Thelma, cette grande sœur qu'il aimait tant... Vous savez les enfants, c'est dur, très dur, de perdre un être cher..., alors pour se consoler certaines personnes, comme votre grand-père, imaginent des histoires où l'être perdu vit transformé... C'était très gentil de votre part de l'écouter, mais ne croyez pas à ses histoires fantaisistes. Thelma est partie dans le désert quand elle avait seize ans, et n'est jamais revenue. » Maman nous a embrassés encore, a rapproché la veilleuse de nos lits, et fermé la porte. Dans l'obscurité, j'ai entendu mon petit frère sangloter. Je me suis alors levé, l'ai rejoint, et séchant l'une de ses larmes lui ai avoué : « Moi, j'y crois à l'histoire de grand-père. Thelma n'est pas morte. Elle vit dans chaque forme du vivant.

— Comment tu sais ?

— Parce qu'elle m'a déjà parlé. »

Thibaut Lem

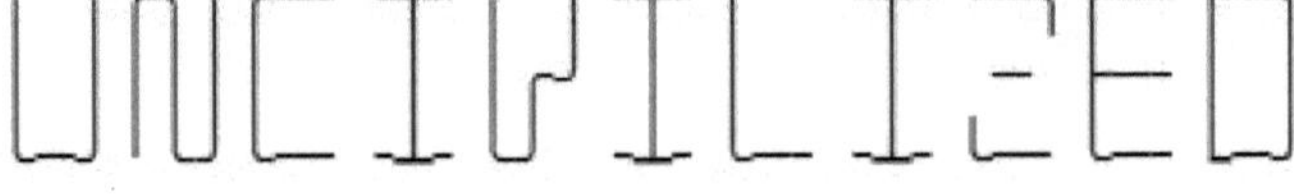

I

Tout a basculé quelques jours avant le début des moissons, lors de cette courte saison où la Terre, inondée du soleil des immenses journées, restitue à la nuit la chaleur de ses pierres. C'est une période heureuse, peut-être la plus heureuse de l'année. Les plantes et les animaux nés quelques mois plus tôt sont alors pleins de vie, les feuilles sont encore solidement accrochées aux arbres et les terrasses retentissent d'éclats de rire tard dans la soirée.

Cette année-là était plus chaude que les précédentes, bien sûr, comme chaque année. Nous étions sans cesse contraints de nous adapter aux nouvelles conditions climatiques qui rendaient chaque été plus brûlant, chaque hiver plus doux. L'hiver, durant lequel il n'avait ni neigé ni gelé, avait été très pluvieux, et sur les pentes des Apennins, l'herbe avait poussé en abondance. Cela nous avait permis à la fin du printemps de faire une récolte de foin exceptionnelle, qui nous permettait de voir venir avec sérénité la saison chaude. Les bêtes auraient de quoi tenir, et si les bêtes tenaient, alors nous aussi.

J'étais moi-même en grande forme, le maniement de la faux à flanc de montagne aidant sûrement beaucoup à mon équilibre. Même les pollens, qui avaient commencé à se répandre au milieu des champs et jusque dans nos maisons, me faisaient moins souffrir que durant mon enfance.

Plus que par les pollens, c'était par les mouches que nous avions été incommodés. Attirées par les excréments des animaux, elles avaient été encore plus nombreuses que les années précédentes, au point que la communauté avait tenu un conseil exceptionnel pour décider d'une action. Si dérisoire que ce problème puisse paraître à une personne étrangère à Nova Gaïa, la question touchait pourtant de manière assez fondamentale à l'un de nos principes essentiels : le respect de la vie. Pour résumer cette doctrine, établie lors de la fondation de la communauté, nul acte ne devait mettre en péril quelque forme de vie que ce soit sans raison valide. Il en allait ainsi pour les animaux, les insectes et même les plantes. Lorsque nous tuions un mouton, c'était pour apaiser notre faim. Lorsque nous coupions un arbre, c'était pour nous chauffer ou pour bâtir. Mais toujours, nous prenions bien garde à sauvegarder l'espèce dont nous avions supprimé un membre. Nous savions bien que les insectes étaient indispensables au maintien de notre écosystème : ils nourrissaient les oiseaux, pollinisaient les fleurs, recyclaient la matière organique.

Tout cela, nous le savions, mais à présent, c'était trop. Généralement, notre politique vis-à-vis des insectes consistait à les tenir éloignés des habitations, en laissant des pieds de basilic dans les cuisines, ou des bouquets de lavande aux fenêtres. Mais cette année, rien à faire : Sergio et Lisa étaient même allés jusqu'à élaborer des huiles essentielles que nous pulvérisions autour de toutes les fenêtres et les portes, en vain. Les mouches pénétraient par les moindres orifices malgré les moustiquaires et elles nous tournaient sans cesse autour, se jetant sur chaque miette de nourriture qui ne fût pas enclose dans un récipient hermétique. Les filets des jambons étaient couverts de ces créatures. L'invasion menaçait nos réserves.

Le sujet avait en fait été abordé lors de deux conseils : le premier à la fin du mois de Germinal. Les quarante-six membres de Nova Gaïa étaient présents ; de Katia, tétant encore le sein de sa mère, et dont les minuscules membres émergeaient à peine de la peau de chèvre qui lui servait de protection, à Mergrand, qu'on avait sortie exprès du voisinage de la cheminée, encore allumée malgré la douceur du climat. Dans la yourte centrale, le débat avait été finalement de courte durée. Chacun s'accordait sur la nécessité de faire des concessions à la règle pour enfin se débarrasser de l'espèce invasive. Mère avait ensuite prononcé un discours inspiré et légèrement hermétique concernant la symbiose entre nature et culture. Par politesse plus que par réel intérêt, nous avions tous vaguement écouté, puis le reste de la soirée avait été une occasion de festoyer.

La technique conseillée par les anciens était basique : il suffisait de laisser une bouteille ouverte avec un fond de vin rouge. Les mouches seraient attirées par le vin, se saouleraient, puis se noieraient. Imparable, selon eux. Avec ma sœur Astrid, nous avions donc consciencieusement disposé les bouteilles autour de la maison et effectivement, des mouches s'y retrouvaient coincées.

Au bout de quelques semaines, cependant, la désillusion était grande. Nous attrapions bien des mouches, mais la quantité globale ne diminuait pas de façon conséquente et certaines mouches semblaient même ne pas du tout tomber dans nos pièges.

J'en parlai à Mère, qui accueillit la nouvelle avec un froncement de sourcils. Elle sortit pour regarder les pièges, observa les insectes voleter pendant vingt bonnes minutes, puis s'enferma dans la bibliothèque, comme elle en avait l'habitude lorsqu'elle devait réfléchir. Le soir, au repas, elle me dit :

« Demain, il faudrait que tu fasses le tour pour avertir tout le monde. Nous tiendrons un conseil dans deux jours. »

Pour que Mère convoquât un conseil aussi vite après le précédent, c'était qu'elle jugeait la situation relativement grave, ce qui surprit aussi bien ma sœur que moi-même. Pour ma part, la perspective de faire le tour du domaine ne me déplaisait pas : c'était l'occasion d'une jolie balade et d'une visite à Wiennen. Je me débrouillerais pour me trouver chez ses parents juste avant midi, et passer ainsi un peu plus de temps près d'elle.

Le lendemain, je commençai par avertir les habitants du hameau, puis je descendis vers le ruisseau, jusqu'au moulin de Piedrick. Les abords de la bâtisse étaient littéralement infestés de mouches. Lorsque je lui expliquai le but de ma visite, Piedrick passa sa main vite fait devant son visage pour en faire fuir quelques-unes, et il acquiesça gravement en marmonnant « Ouais, c'est plus tenable ! »

Je remontai ensuite jusqu'à l'altipiano en traversant les vignes. Depuis le ruisseau, il y avait bien quatre cents mètres de dénivelé, si bien qu'arrivé sur les hauteurs, je m'arrêtai un instant pour reprendre mon souffle. La vue était splendide. Au-delà de la vallée, la chaîne de montagnes s'étendait sur des kilomètres et au loin, on pouvait apercevoir la plaine fumante, horizon inaccessible que je regardais à cette époque avec crainte et curiosité.

Comme prévu, j'arrivai à la bergerie des Silveira alors que le soleil était pratiquement à son zénith. Wiennen était dehors, arrachant les mauvaises herbes du potager familial, et lorsqu'elle me vit, un sourire illumina son visage bronzé et dégoulinant de transpiration.

« Ashot ! »

Mon estomac se noua instantanément, comme toujours lorsqu'elle prononçait mon nom. Elle s'était approchée, mais refusait de me faire la bise à cause de la sueur. Je la suivis jusqu'à l'intérieur de la maison, où son père Alfredo était en train de préparer une polenta sur la cuisinière à bois. Sa mère lâcha son bouquin et se leva de son fauteuil pour venir m'embrasser.

« Ashot ! Comment vas-tu ? Tu restes manger avec nous à midi, d'accord ? »

Je ne me fis pas prier. En plus, la cuisine d'Alfredo était toujours excellente.

« Alors, qu'est-ce que tu racontes, Ashot ? Il y aura suffisamment d'eau pour faire un peu de maïs, cette année ? Pas de maïs, pas de polenta, OK ?

– Ça va, il n'y a pas trop de risques. On a de bonnes réserves d'eau et puis Pieter a encore amélioré la variété, apparemment. Elle consomme à peine plus que du blé standard, t'imagines !?

– Sérieusement, il est trop fort, ce Pieter ! Heureusement qu'il est là ! »

Amanda, la mère de Wiennen, enchaîna : « Ouais, s'il pouvait nous trouver une solution contre ces putains de mouches, aussi, ce serait bien »

Je relevai légèrement la tête de la polenta : « À propos, c'est pour ça que je viens. Il y aura un nouveau conseil demain soir pour en parler. »

Après le repas, je les quittai pour finir mon tour. J'avais toujours une impression étrange en repartant de chez eux, à cause de mes sentiments inavoués pour Wiennen. J'aimais leur compagnie, mais la timidité me laissait un goût amer d'inaccompli, lorsque je sentais leur regard dans mon dos, en m'éloignant sur le sentier.

Mon dernier arrêt était pour Pieter et Georgio. Ils habitaient près de l'étang, en contrebas du plateau, au point le plus distant par rapport au hameau. Leur lieu de vie était constitué de divers chalets, cabanes, tipis, yourtes et autres habitats de toile ou de bois, auxquels ils donnaient des noms étranges tels que « le zeugme » ou « l'héliotrope », qui n'avaient a priori pas grand-chose à voir avec l'architecture. Toutes ces pièces constituaient une sorte de puzzle de forme plus ou moins circulaire, auquel le patio central donnait sa cohérence. C'est là que les enfants de la communauté – dont moi-même – avaient appris à lire, à écrire, à penser et découvrir presque tout ce que nous savions. Je jetai un œil dans deux de ces pièces avant de tomber sur Georgio, qui était en train de sculpter ce qui semblait être un instrument de musique en bois. Je lui expliquai le but de ma visite et il leva les yeux au ciel avec un soupir :

« Oh ! Tu vas intéresser Pieter. Ça fait une semaine qu'il est enfermé dans son labo à torturer des insectes. Là, il fait la sieste, donc je le réveille pas, mais ne t'inquiète pas, on se verra demain. »

Les gens arrivèrent tôt le lendemain. Les esprits étaient plus échauffés que la fois précédente, à cause de l'échec généralisé de la méthode traditionnelle d'éradication des diptères. Chacun avait sa petite anecdote : « J'ai pas dormi depuis trois jours », « Même mon cheval fait des insomnies, j'ai dû lui mettre des couvertures pour le protéger », « Ça me rappelle les reportages télé sur les famines en Afrique, quand j'étais petite », etc., etc. Et puis, petit à petit venaient les explications du tout-venant : « C'est le réchauffement climatique, on n'arrive pas à compenser à notre échelle. », « Il y a trop de bêtes, ça crée un dés-équilibre, trop de mouches parce que trop de merde ! », « Mais non ! On a toujours le même nombre de bêtes, mais il y a quatre fois plus de mouches que d'habitude », « Ce qu'il nous faudrait, c'est un bon vieil insecticide bien brutal, style DDT, parce que là, les remèdes de grand-mère, ça suffit plus ! »

Ce n'était plus vraiment un conseil, mais une espèce de brouhaha informe, alors Mère se leva, fit un signe d'apaisement des deux mains et tout le monde se calma très vite.

« Je crois qu'on peut commencer la réunion. Si je vous ai fait revenir aussi vite, c'est parce que nous sommes face à un problème plus important que ce que nous avions imaginé. Quand nous avons décidé de créer cette communauté il y a maintenant dix-neuf ans, notre but était de trouver un équilibre entre l'homme et la nature. Je pense qu'à bien des égards, nous y sommes parvenus, puisque Nova Gaïa est, depuis de nombreuses années, totalement autonome, et qu'en même temps, nous avons atteint un niveau de confort acceptable, sans créer de déséquilibre dans notre écosystème. Cela, nous l'avons réalisé car nous n'avons jamais abandonné nos principes : pas de machine, bien sûr, mais aussi pas de lien avec l'extérieur et un strict respect de la vie sur les terres que nous occupons. Cependant, aujourd'hui, ce modèle est remis en cause, puisque quelque part, un déséquilibre s'est créé. Je ne sais pas comment, ni pourquoi, mais nous devons mettre en œuvre notre intelligence collective pour faire face à ce problème. »

En l'occurrence, l'intelligence collective n'était pas brillante. La seule différence avec le brouhaha précédent, c'était que chacun prenait la parole à son tour, mais personne n'arrivait à la même conclusion, donc on avançait toujours aussi peu. Du côté de l'entrée, je vis que Georgio et Pieter arrivaient, un peu en retard, comme souvent.

Pieter avait son regard étrange, comme celui d'un homme parvenant parmi ses semblables après des jours de marche solitaire. Il resta quelques minutes à écouter Piedrick, qui était en train d'expliquer qu'il fallait réduire le nombre de bêtes, puis il s'avança.

« Excusez-moi. Je n'ai pas entendu le début de la conversation, mais je pense que j'ai quelques éléments qui pourraient vous intéresser. »

Il sortit une petite bouteille en verre, bouchée. À l'intérieur, une mouche volait.

« Vous savez depuis combien de temps cette mouche est dans la bouteille ? Non ? Quatre semaines ! Pas d'eau, pas de nourriture ! Étrange, non ? »

Nous connaissions bien Pieter. C'était un passionné, un peu excentrique, voire même complètement perché en ce qui concernait la vie quotidienne, mais aussi un authentique génie. C'était grâce à lui et ses talents de biologiste agronome que nous pouvions assurer une survie aussi facilement à plus d'une dizaine de familles.

« Personnellement, je trouve cela étrange parce que je sais bien que la mouche est un animal résistant, mais, normalement, elle vit en moyenne dix-neuf jours. Or, cette mouche-là, sans manger et sans boire, a déjà survécu vingt-huit jours et elle ne semble pas vouloir s'arrêter. Et qu'est-ce que j'en conclus, les enfants ? »

Il nous regarda avec attention. Il attendait vraiment une réponse, en plus ! Comme quand il nous faisait cours ! Heureusement, il y avait Nino, huit ans, qui a répondu :

« C'est une super-mouche ?

– Exactement, Nino, une super-mouche et pas du tout notre bonne vieille musca domestica qui a un thorax gris avec quatre rayures étroites, alors que celle-ci a un thorax gris avec cinq rayures étroites. Et d'ailleurs, j'ai pris une autre mouche (une avec quatre rayures), je l'ai enfermée de la même façon et devinez quoi ? Elle est morte ! De là je conclus que nous avons affaire à deux espèces différentes qui n'ont presque rien à voir. Et encore, je pourrais m'avancer un peu plus si on me permettait de faire des hypothèses. »

À ce stade, on entendait les mouches voler, bien sûr. Mère rompit le silence.

« Continue, s'il te plaît Pieter. Nous avons tous envie d'entendre ce que tu veux dire.

– Ce que je veux dire, c'est que ce ne sont pas des mouches. Ce sont des machines. »

Conflagration ! C'est là, à ce moment précis, que tout a basculé.

II

Il ne nous a pas fallu longtemps pour admettre ce que disait Pieter, d'autant plus que la dissection avait mis en évidence des matériaux non organiques, de type métallique. Cependant, notre scientifique était bien en peine d'expliquer le rôle précis de ces composants. De nombreuses zones d'ombre subsistaient. Comment ces machines fonctionnaient-elles ? Que faisaient-elles ici ? Qui les avait envoyées ? Comment lutter ?

Derrière toutes ces questions, toutes ces angoisses, apparaissait comme une évidence notre tabou, notre subconscient collectif, notre Némésis : ce qu'on appelait entre nous « Zombieland » ou « Babylone », c'est-à-dire la société mécanisée, le monde hors de notre monde.

Et à mesure que nous continuions à parler et parler et faire des suppositions et des conjectures et des plans pour arrêter le temps nous apparaissait, telle une masse floue et orageuse à l'horizon, ce qui constituait déjà notre destin : la fin de l'isolement. Babylone était venue jusqu'à nous sous la forme d'insectes opiniâtres et sans vie, et nous n'avions plus d'autre choix que de nous confronter à cette réalité.

Pour ma part, je ne m'exprimai pas, cette nuit-là. Ma décision avait été prise quelques minutes après la révélation de Pieter, et le temps n'était pas venu de l'étaler publiquement. À ma grande surprise, cette nouvelle situation m'apparaissait moins comme une catastrophe que comme une opportunité. Je ressentais des flots d'adrénaline se déverser en cascade dans tout mon corps et les attaches affectives qui me liaient à mon lieu de vie semblaient se dissoudre devant l'appel irrésistible de l'inconnu. Il ne me restait plus qu'à convaincre Mère. Silencieuse comme moi au milieu de la cohue et de l'excitation générale, elle me scrutait déjà de toute sa prescience.

Je ne partis que deux semaines plus tard, peu avant le solstice d'été. Mère avait à peine tenté de me faire changer d'avis. Elle savait que ma démarche était nécessaire et que si une personne devait l'entreprendre, c'était moi. J'étais le premier né dans la communauté et vu mon âge, il semblait logique que je fusse le premier à partir. D'ailleurs, j'étais le seul à m'être porté volontaire pour une mission à l'extérieur, alors qu'il était évident que nous ne trouverions pas de réponse à nos interrogations dans l'enceinte de Nova Gaïa. Les autres membres semblaient donc considérer cette aventure comme une sorte de rite initiatique incontournable ; le passage à l'âge adulte, en quelque sorte. Enfin, Mère savait que mon enquête pourrait aussi me permettre de retrouver la trace de mon père, ce qu'elle jugeait important pour moi. Cela, elle ne me l'a pas dit, bien évidemment, mais c'était implicite au moment même où elle m'a glissé le bout de papier au creux de la main.

« Je ne sais pas si c'est encore valable, parce que c'était il y a quinze ans, mais lors de sa dernière visite, Narèk m'a laissé cette adresse. Si tu as besoin, vas-y. »

Pour éviter les embrassades et pour avoir toute la journée devant moi, je suis parti à l'aube. J'ai quand même dit au revoir à ma sœur, qui m'a serré très fort contre elle, mais je ne suis pas passé voir Wiennen. Malgré tout mon courage, je n'ai pas osé, j'étais toujours trop lâche.

L'adresse que Mère m'avait donnée était située à Bologne, à une centaine de kilomètres au nord-est, ce qui n'était pas rien. Il me faudrait d'abord sortir de la vallée, puis de la réserve, pour enfin descendre jusqu'à la plaine. D'après les anciens, il faudrait que je trouve un moyen de transport à partir de là, ou au moins que je me fasse indiquer la route, parce que tout serait nouveau pour moi et je n'aurais plus mes repères. Sergio avait sorti sa vieille carte de l'Émilie-Romagne. Il m'avait aussi passé sa boussole, un couteau pliable et ses fringues d'époque... « pour pas que tu te fasses prendre pour un sauvage », avait-il dit. Cela me faisait à la fois bizarre et sourire, parce que j'avais l'habitude des habits fabriqués à Nova Gaïa, mais du coup, j'avais encore plus l'impression de partir en mission secrète. En fait, presque chaque membre de la communauté était venu me voir au cours des jours précédents pour me donner quelque chose : des fruits secs, un onguent contre les ampoules, une gourde, une montre mécanique... Mon sac était rempli de choses utiles, et je me rendais bien compte que tous ces objets étaient en quelque sorte les porte-bonheur de la tribu, les grigris qui me permettraient de traverser tous les obstacles et de revenir à bon port quand le temps serait venu.

Aucun sentier ne menait plus à Nova Gaïa depuis longtemps, alors je suivis le bord du ruisseau, encore abondant à cette période de l'année. La progression n'était pas très facile à travers les broussailles et les accidents du terrain, mais je m'en sortais tout de même relativement bien. En début d'après-midi, je m'arrêtai un instant à l'approche d'un village. Devant la perspective de rencontrer d'autres humains que ceux de la communauté, mon cœur s'emballa, mais je me résolus tout de même à avancer. Adossé à la montagne d'où je descendais, s'élevait un bâtiment gris et cubique de quatre étages, en béton. J'observai l'immeuble en approchant et le contournai, pour arriver devant l'entrée. Les deux portes vitrées étaient fermées à clé. Je me retournai pour faire face à la rue. Personne. Pas de bruit autre que celui d'une légère brise et de quelques corneilles se chicanant sur le trottoir d'en face. Des touffes d'herbe recouvraient partiellement le bitume, des rideaux en fer étaient baissés devant ce qui avait dû être des boutiques. Je longeai les autres habitations, frappai aux portes, criai en pleine rue. Rien. L'endroit avait été abandonné, et ça ne datait pas d'hier.

Je cassai la croûte à l'ombre du bâtiment gris, passablement désorienté : j'avais imaginé Zombieland à notre porte, progressant irrémédiablement pour nous déloger de notre montagne, et je me retrouvais seul dans un village fantôme. Après déjeuner, je suivis le tracé de la route goudronnée qui sinuait à travers d'anciennes prairies livrées aux fougères et aux ronces.

Par la suite, je traversai encore plusieurs villages désertés. Comme il faisait particulièrement bon à l'altitude où j'étais rendu, je décidai de m'installer pour la nuit dans une clairière, à la belle étoile. J'allumai tout de même un feu, peut-être plus pour lutter contre les ténèbres que contre le froid. Même si je savais très peu de choses, je ne pouvais m'empêcher de faire des hypothèses. Qu'avait-il pu se passer pour que tout soit laissé à l'abandon ? Une pandémie ? Étions-nous les derniers survivants de l'humanité ? Oui, mais alors d'où venaient les mouches ?

Je dormis tout de même un peu et me remis en marche au petit matin. Il ne me fallut pas plus d'une heure pour arriver à la clôture. Un grillage de métal, d'environ quatre mètres de haut, coupait la route et se prolongeait à sa perpendiculaire. J'explorai rapidement les environs et remarquai qu'il n'y avait aucune ouverture. De retour sur la chaussée, j'escaladai et me retrouvai de l'autre côté. Un panneau lapidaire indiquait : « Réserve intégrale des Apennins. Défense d'entrer. » Voilà déjà ce qui expliquait l'abandon des villages. Quelque part, c'était plutôt rassurant.

À l'extérieur du parc, le paysage changeait sensiblement. La forêt continuait mais avec une seule essence d'arbres : des pins, aux troncs immenses, plantés en un quadrillage parfait malgré le relief. Je progressai quelques heures dans ce paysage surréaliste pour moi, sur une voie mieux entretenue, mais je ne croisai aucun véhicule. Et puis enfin, alors que la pente s'était adoucie, j'aperçus au loin un trou de lumière qui me signalait l'orée de la forêt. Je continuai à marcher sur quelques kilomètres avant de l'atteindre.

Le spectacle qui s'offrit à mes yeux est resté depuis gravé dans ma mémoire et ne s'en effacera probablement jamais. Le bassin du Pô s'étendait à perte de vue, et j'éprouvai tout d'abord une sorte de vertige devant cet espace incommensurable. Puis mes rétines s'habituèrent un peu à la puissance de la lumière et aux distances. Un champ de sorgho gigantesque se déroulait comme un tapis jusqu'à la plaine, survolé à basse altitude par de gros objets à hélices dont il m'était difficile de décrypter l'action dans le détail, à cause de l'éloignement et de l'éblouissement. Une construction semi-sphérique, au volume démesuré, s'exhumait dans le lointain, comme fondue dans la réfraction de l'air torride sur le sol. Je retournai quelques minutes me protéger de la chaleur à l'ombre des pins, avant de poursuivre mon périple.

Avez-vous déjà ressenti la soif ? Bien sûr. Chacun connaît ce réflexe de survie qui nous incite à boire, de même que la sensation de chaleur nous pousse à trouver un abri. Vous devez donc aisément imaginer, si vous ne les connaissez déjà, ces situations qui combinent la canicule et la soif, sans possibilité de protection autre que l'espérance incertaine d'un refuge prochain. Alors que le corps poursuit ses mouvements tel un automate, que le cerveau se rétracte sous l'effet de l'évaporation, la perception globale se trouble et l'attention se focalise sur des sensations physiques désagréables et irrépressibles, telles que le dessèchement de la bouche, la brûlure de la peau, ou la sueur qui dégouline dans les yeux et le long du dos.

Ainsi, alors que je mettais un pied devant l'autre en direction de la plaine interminable, ma conscience était-elle altérée par le vrombissement des drones de culture crachant un liquide immonde — j'ai fait l'erreur d'y goûter, ce n'était pas de l'eau —. L'immense demi-sphère qui se profilait au loin dans mon champ de vision, tel un mirage, me semblait ne jamais devoir être atteinte.

J'y parvins pourtant, à bout de forces, et pendant quelques instants, je me demandai si j'étais passé dans une autre dimension ; si c'était le monde des morts qui se dressait ainsi tel un mur titanesque devant mon corps de fourmi. La paroi s'élevait jusqu'au ciel, me renvoyant mon reflet déformé comme une caricature par sa surface légèrement convexe. J'approchai la main, qui rencontra une matière dure, vitreuse et opaque. Rien ne se passa. J'étais face à cette absurde construction totalement close, et je ne ressentais plus rien que la fatigue et la stupéfaction. Brièvement, je pensai à la communauté, à Wiennen, Pieter, Sergio, Mère et les autres, et cette pensée fugace me submergea comme une angoisse. Les reverrais-je jamais ? Des larmes auraient jailli de mes yeux si toute l'eau de mon corps n'avait été déjà dépensée.

Puis je respirai. De toute évidence, je n'étais pas mort. J'étais toujours sur la planète Terre quelque part au nord de Nova Gaïa, comme prévu. Cette structure gigantesque portait la marque de l'humain et elle n'était pas là sans raison ; il devait donc y avoir une entrée et je devais la trouver si je ne voulais pas mourir. J'entrepris de faire le tour par le côté est, qui serait plus ombragé à cette heure de la journée. D'ailleurs, la route que j'avais empruntée se prolongeait dans cette direction.

Il me fallut longtemps pour atteindre l'entrée − peut-être une heure ou deux − et cela ne m'aurait sûrement servi à rien sans un concours de circonstances qui me sauva la vie. Quand je parvins à la face septentrionale de l'édifice, je vis que la route se séparait en deux : une branche obliquait à droite vers le nord ; l'autre revenait vers le dôme, comme si elle devait se prolonger à l'intérieur. Je me dirigeai vers ce point, mais ne remarquai rien d'autre que deux infimes irrégularités verticales espacées d'une cinquantaine de mètres. C'était sûrement une porte ; seulement, elle ne comportait ni poignée ni clochette à faire tinter. De manière un peu dérisoire, je recourbai mon index et frappai doucement contre cette entrée potentielle, puis devant le manque de réaction, un peu plus fort, avec le poing. Au bout de quelques minutes, je projetais mes pieds, mes épaules, mon corps entier contre cette surface inamovible, en hurlant dans ma tête, faute de salive pour articuler des mots : « Laissez-moi entrer ! Je vais crever, vous entendez ? Je vais crever ! ». De nouveau, le désespoir m'envahissait, et je crus encore avoir affaire à une hallucination lorsque mon oreille fut attirée par un bruit sourd qui enflait derrière moi.

Le truc qui s'approchait était démesuré, lui aussi. Un monstre métallique sur roues, de plus de cent mètres de long, glissait sur le bitume en direction du dôme. Je me décalai sur la droite en faisant des signes dont je ne savais pas s'ils étaient perçus. Dans mon dos, je sentis le frémissement de la structure. Ça s'ouvrait. Sans réfléchir plus longtemps, je me précipitai, ou plutôt je titubai jusque dans la bouche béante, suivi de quelques secondes par le monstre.

La porte se referma derrière nous, me laissant dans un espace clos d'une centaine de mètres de large, sur environ trois cents de long, occupé le long de ses parois par des machines inertes. Le véhicule, sorte d'hybride de train et de camion, similaire à ceux que j'avais pu voir dans les livres illustrés de la bibliothèque communautaire, s'était arrêté au milieu de la pièce. Personne n'en descendait, mais cela ne m'étonna guère, car Pieter m'avait jadis enseigné le principe du transport autonome. Au bout de quelques secondes, ses pans s'ouvrirent et se déployèrent jusqu'au sol. Les machines en attente se déplacèrent pour décharger les caisses de diverses tailles entassées sur le tramion.

Je contemplai ce ballet en spectateur hébété, et lorsque, à l'autre bout de la pièce, une porte s'ouvrit pour laisser passer les robots, je ne fis que suivre le mouvement de mes jambes pour atteindre l'autre côté.

Aujourd'hui encore, je ne saurais comment expliquer la sensation de se retrouver brutalement transporté dans un autre monde. Je me souviens simplement avoir senti le gazon sous mes pieds ; aperçu, en levant les yeux, les immeubles, les passerelles, les drones ; senti la fraîcheur de l'air ; odeur synthétique de lilas ; bruit feutré des robots qui s'éparpillent et s'envolent dans les artères de la cité ; un type qui me regarde d'un air ahuri ; moi qui essaie de faire sortir un son de ma bouche ; sourire à la con ; jambes qui flanchent ; rideau.

III

La première chose, c'est une voix. Une voix de femme. J'entrouvre les yeux. Un plafond, blanc. Les referme par instinct de survie, pour écouter ce qui se dit. Plusieurs personnes dans la pièce. Un homme :

« Il faut juste attendre qu'il se réveille. Après, on verra. Il respire, son pouls est normal, et on l'a réhydraté. Donc on attend et c'est tout.

– Mais enfin, on n'est pas docteurs et on ne sait même pas qui c'est. Ça pourrait être dangereux, tu ne crois pas ? Pour lui et pour nous, je veux dire.

– Mais c'est clair, papa ! On sait trop pas qui c'est. Il faut appeler le centre ! »

C'est une voix plus jeune qui vient de parler après la femme. Une fille. Le père reprend la parole :

« Exactement. On ne sait pas qui c'est. Et c'est pour ça qu'on ne va pas appeler le centre avant qu'il nous explique.

– On sait pas qui c'est et donc on n'appelle pas le centre !? Mais ça n'a aucun sens, ça !

– Écoute, il y a un type qui arrive en sale état devant chez nous, il s'évanouit, on le recueille ; point ! Tant qu'il dort, on attend ! »

Une nouvelle voix. Un garçon, très jeune :

« Mais pourquoi il faut pas appeler le centre, papa ? »

Le père pousse un grognement :

« C'est juste des règles élémentaires, basiques. Quand quelqu'un est dans la merde, on l'aide, et basta ! La dernière chose qu'on fait, c'est appeler les flics ! S'il avait voulu voir les flics, il y serait allé lui-même, non ? »

La fille reprend :

« Donc en gros, tu es en train de dire que ce gars, là, sur le sofa, avec ses fringues des années 60 et son odeur de chacal, c'est peut-être un criminel en fuite, c'est ça ? »

Elle ne lâche pas l'affaire, la garce ! Heureusement, son père non plus :

« Mais enfin j'en sais rien, qui c'est, ce mec, Lola ! C'est juste que des fois, il faut attendre, avant de se précipiter pour faire une connerie. Là, le type, il dort, il est bien, alors on attend qu'il se réveille et... mais qu'est-ce tu fais, Dastan ? Lâche ça !

– Mais pourquoi ? Je le montre juste en ligne pour les copains !

– Non, mais sérieux, vous allez me rendre fou, vous savez ! On va où, là ? Tu crois que ça se fait, de rézoter quelqu'un qu'on ne connaît pas comme ça, sans son accord ? Et elles sont où, les règles de politesse, hein ? »

Pleurs du gamin. Sa mère le console :

« Allez ! Ce n'est pas grave. Tout à l'heure, quand il se réveillera, on lui demandera et il te laissera peut-être le rézoter, d'accord ? »

OK, je ne comprenais pas tout, mais c'était clairement une famille d'humains, et ils n'avaient pas l'air trop dangereux, même si leurs cris me faisaient mal au crâne. Il fallait juste que je les rassure, en gros. J'optai pour un léger mouvement du bras vers ma tête. La mère le remarqua :

« Shht ! Il se réveille ! »

Je tournai la tête et vis leurs quatre paires d'yeux braquées sur moi. Je fis mine de me redresser, mais la dame me dit gentiment :

« Pas trop vite ! Vous pouvez rester allongé. »

Comme je ressentais une grande fatigue, je lui obéis. Je clignai des yeux pour les habituer à la lumière artificielle. Autour de moi, je sentais une odeur étrange, un peu comme si la pièce était dans une bulle de savon. J'inspirai et expirai profondément avant de prononcer mes premiers mots. Je me lançai, mais tout ce que je réussis à dire, c'est :

« Bonjour... »

Et puis ma langue se colla à mon palais. Je n'arrivais pas à articuler un mot de plus. La mère se leva pour aller chercher un verre d'eau et le père s'était approché pour m'aider à me redresser et boire un peu. Il me parlait à voix basse :

« Ça va. Doucement. Vous êtes en sécurité, là. Vous êtes chez nous. Buvez de petites gorgées. »

Je me laissais guider par ses conseils. Au bout de quelques secondes, je commençai à me sentir mieux. Je tentai de reprendre la parole :

« Merci. Excusez-moi, je crois que j'ai fait une insolation.

Silence. La fille fit une grimace :

« Quoi ? Une insolation ? A Girasole !? »

Je ne savais pas quoi répondre, bien sûr. Le père enchaîna :

« Calme-toi, Lola. Tu sais bien que je l'ai vu sortir du terminal. Il devait venir de l'extérieur et il a fait une insolation. Ça se tient. »

Lola leva les yeux au ciel en signe d'exaspération. Je retentai ma chance :

« Désolé, ça doit vous sembler assez étrange, mais je suis un peu perdu. Je m'appelle Ashot Margossian et je viens des montagnes. Je suis arrivé face à la grosse boule noire. Comme il y avait un tramion qui entrait, j'en ai profité. »

La stupéfaction se lisait sur leurs visages. Le père me demanda, comme s'il ne pouvait y croire :

« Vous êtes arrivé à pied depuis les montagnes ? »

Je ne vous retranscris pas la conversation dans le détail, mais nous communiquions avec beaucoup de difficultés, même s'ils faisaient autant d'efforts que moi. Ils employaient des mots qui m'étaient inconnus, tels que « conapt », « télétransport », « rézoter ». En même temps, eux ne saisissaient pas le sens de termes aussi simples que « ruisseau », « fougères » ou « messidor ».

Nous arrivâmes tout de même à nous accorder sur une base simple, mais fondamentale : nous ne nous voulions pas de mal.

Les deux parents s'appelaient Filippo et Cathy. Ils habitaient un conapt familial de plain-pied, dans le quartier de Casalecchio, près du terminal, c'est-à-dire à l'entrée de ravitaillement de Girasole. Apparemment, nous étions dans ce qu'ils appelaient une écoville : une structure urbaine à faible impact environnemental. Ils étaient très fiers de vivre dans cette ville nouvelle, dont la construction s'était achevée dix ans auparavant, et où ils avaient emménagé trois années plus tard. Ils commençaient à m'expliquer le fonctionnement de la cité, mais Lola s'est écriée :

« Non mais franchement, vous êtes sérieux, là ? Vous allez le laisser comme ça sans le doucher, le changer et lui faire un check-up ? »

Cathy sourit à Filippo et à moi :

« C'est vrai que ce serait peut-être pas mal, non ? La salle d'eau est à côté. »

Puis se tournant vers Dastan :

« Tu peux lui montrer, mon chéri ? »

Le gamin n'avait pas dit un mot depuis le début, mais il ne m'avait pas non plus lâché des yeux, apparemment fasciné.

Tout seul, je n'aurais pas su faire couler une goutte d'eau. J'avais l'habitude de me doucher à Nova Gaïa, mais il fallait d'abord faire un feu pour chauffer de l'eau, puis hisser la bassine au-dessus d'une cabine en bois, au plafond de laquelle était fixée une pomme de douche. De là s'écoulait, en quelques minutes, le contenu versé dans le réservoir supérieur.

Dans le conapt, au contraire, il suffisait de donner des ordres : « coule », « plus chaud », « plus froid », « plus fort » « savon », « gel ». Je dois l'avouer : c'était mieux. C'était même extrêmement agréable. L'eau était à la température idéale, ma peau se réhydratait en douceur et mon corps se détendait enfin. J'avais le temps de reprendre mes esprits et analyser un peu la situation. Une fois sorti de la cabine, je me changeai avec des habits apparemment neufs qui avaient été laissés en évidence pour moi et je refis mon entrée dans le salon.

Apparemment, j'avais meilleure mine. Je pus le voir à la réaction de Lola et Filippo, qui me regardaient en souriant. Les deux autres membres de la famille n'étaient plus dans la pièce.

« Allez ! Check-up ! »

C'est Lola qui avait parlé. Elle désigna un emplacement avec deux pieds dessinés au sol. Je remarquai qu'à peu près au même endroit, une espèce d'insecte faisait du surplace à un mètre cinquante du sol. Je me tournai vers Filippo, qui sourit : « C'est Dr Bee ! ». Légèrement rassuré, je plaçai mes pieds sur le marquage, ce qui positionna mes yeux à une cinquantaine de centimètres de l'objet. Les battements d'ailes produisaient une zone floue de quelques millimètres de chaque côté d'un objectif vitreux qui scannait l'intégralité de mon corps. Je n'avais visiblement rien à craindre, mais la similarité entre ce bidule et les mouches faisait monter en moi une angoisse irrépressible. Je sentais les battements de mon cœur résonner dans mes tempes. Une fois que le rayon violet eut achevé son parcours sur la surface de ma peau, l'œil s'éteignit quelques secondes, puis effectua un quart de tour sur lui-même pour projeter les résultats.

Mes hôtes écarquillèrent les yeux et poussèrent en même temps un « Woow » d'étonnement.

De nombreuses lignes étaient rouges, notamment la première : « Identité : inconnue ». La longue rubrique « immunité - vaccination » apparaissait aussi de la même couleur.

Lola commenta à voix basse :

« C'est un cluster ambulant. »

Puis quelques instants plus tard :

« Par contre, tu as vu un peu sa masse musculaire ? J'avais remarqué qu'il était bien gaulé, mais là, c'est carrément un athlète !

– Ouais, impressionnant ! En tous cas, au niveau température, tension et tout ça, c'est bon ! Pas besoin d'aller au centre.

– Euh ! Ça se discute, ça, parce que là, il y a quand même marqué qu'il n'a aucun vaccin et en plus le système le reconnaît même pas. »

Ils recommençaient à se chamailler. J'intervins :

« Merci beaucoup, Lola, mais je me sens en forme. Je ne crois pas avoir besoin d'un médecin.

– OK, on voit bien que tu es en forme, mais le problème, c'est que t'es pas du tout en règle, et que nous, on est supposés te signaler, tu vois. Mais peut-être que tu veux pas parce que tu as quelque chose à te reprocher ?

– Lola, tu veux pas lui foutre la paix, un peu ? C'est quoi, cette mentalité de balance, là ? »

Il n'est jamais facile d'expliquer ce que l'on veut, surtout lorsque soi-même, on ne comprend pas bien la position dans laquelle on se trouve. Cependant, j'éprouvais une répulsion instinctive à me présenter dans un centre de contrôle.

« Je n'ai rien à me reprocher, à part le fait d'exister. Honnêtement, je crois que ma situation n'est pas très habituelle, et donc si vous me signalez, ils ne vont pas me laisser en liberté, si ? Qu'est-ce que vous en pensez ? »

Filippo acquiesça :

« C'est certain ! Vous connaissez le dicton : une intelligence artificielle flic, c'est une intelligence vraiment artificielle ! »

Lola sourit :

« Une fois, ils m'ont confisqué mon rose à lèvres parce qu'il pouvait être porteur de germes.

– Donc pour moi, par exemple, c'est hors de question qu'ils me laissent aller voir mon père à Bologne, c'est ça ?

– Ton père est à Bologne, il n'est pas dans la communauté ?

– Théoriquement, il est à Bologne. Il a laissé une adresse il y a quinze ans. »

Lola était sur le cul :

« Quinze ans ! Sans nouvelle de ton père ! Et t'as jamais rézoté avec lui ?

– Je ne sais même pas ce que c'est, *rézoter*. »

Silence. Elle reprit :

« En fait, t'es pas juste bizarre, t'es carrément un Indien, toi. T'es en dehors du monde. T'en as aucune idée, de tout ce qui se passe. C'est un truc de dingue. »

Bien sûr, aujourd'hui, je pourrais lui expliquer, à Lola, que c'était eux qui étaient coupés du monde. Que dans ma montagne, j'étais connecté aux étoiles et que dans chaque mètre carré de Nova Gaïa, il y avait une infinité de mondes qui grouillaient et vivaient, alors que dans leur « éco-ville » aseptisée à la con, ils ne connaissaient même pas le souffle du vent sur leur peau. Mais à ce moment-là, pour moi, il était impossible de nier ce qu'elle disait. Je sentais bien que je ne connaissais rien à cette société, que je n'en possédais pas les codes, que je n'étais qu'un marginal, un vagabond sans projet autre qu'une adresse vieille de plus de dix ans. Et en même temps, j'étais reconnaissant envers ces gens : ils m'avaient donné à boire quand j'avais soif, ils m'avaient lavé quand je puais et maintenant, ils essayaient, malgré tous les problèmes que je leur créais, de m'aider.

Me voyant m'enfoncer dans toute ma confusion, Filippo tenta de me rassurer :

« Tu sais, tu n'es pas obligé d'aller jusqu'à Bologne pour voir ton père. »

Je ne comprenais pas. Comment pourrais-je le voir sans l'avoir en face de moi ? Il m'expliqua :

« Avec le rézo, tu peux joindre n'importe quelle personne, la voir, lui parler sans te déplacer physiquement. »

Je levai les yeux vers lui. J'avais du mal à concevoir ce qu'il me disait, mais si cela pouvait faire avancer mes recherches, j'étais prêt à le tenter.

Ils me firent monter à l'étage. Dans une salle, je vis Dastan et sa mère, assis côte à côte avec des sortes de tissus gris sur la tête qui les empêchaient de nous voir. Ils prononçaient de temps en temps des mots, mais sans rapport avec la situation. Filippo m'expliqua :

« C'est l'heure des cours. »

Nous entrâmes dans la pièce adjacente. Il y avait quatre fauteuils, des machines qui clignotaient et les mêmes couvre-têtes que j'avais vus. Le père et la fille s'assirent et m'indiquèrent un siège. Nous enfilâmes les cagoules. Aussitôt, des images, des chiffres, et puis la voix de Lola :

« Rézo : Bologne ; stop. »

Projeté au milieu d'une place pavée, rouge. De grands bâtiments médiévaux autour de moi et quelques véhicules flottant au ras du sol. De nouveau, la voix de Lola :

« Si tu veux bouger, avoir une information, ou contacter quelqu'un à part nous, tu dois dire "rézo", puis ce que tu veux, puis "stop" pour finir l'ordre. Physiquement, tu es toujours dans notre maison, mais virtuellement, tu es sur le rézo. Tu peux avoir accès à n'importe quel endroit public pourvu de vecteurs et aux lieux privés sur consentement des propriétaires. »

Moi, j'hallucinais. Mais qu'est-ce que j'avais foutu toutes ces années, dans mon coin paumé ? Le monde entier était là, à portée de voix ; mais si loin, si radicalement loin du hameau, de la communauté et des travaux dans les champs, que c'en était une aberration. Filippo me demanda :

« Bon ! C'est quoi, l'adresse de ton père ?

– XM24, via Ferrarese 199

– Rézo : XM24, via Ferrarese 199 ; stop. »

Changement de scène. Une avenue avec des immeubles en enfilade. À notre droite, une surface verticale totalement remplie de petits carrés flous, comme si elle ne faisait pas partie du même environnement.

« Merde ! L'adresse est floutée. J'essaie de sonner. Rézo : sonner ; stop. »

Après l'ordre de Lola, les carrés se teintèrent de couleurs rouge et mauve, formant une tête de divinité maléfique indienne, un Rakshasa, qui tirait la langue. Puis une mélodie dans nos oreilles :

« Vous êtes en bordure d'une zone libre, hors de contrôle virtuel. Mais si vous voulez vraiment nous rencontrer, pourquoi ne pas venir en personne ? »

Voix de Filippo :

« Rézo : déconnexion ; stop »

Les images disparurent ; nous étions de nouveau dans la maison.

Lola et Filippo se regardèrent d'un air étrange, visiblement troublés.

« C'était quoi, ça ? demanda Filippo.

– Un pare-feu, a priori. Bon, Ashot, il faut absolument qu'on ait une discussion avant d'aller plus loin. »

Ils se levèrent tous les deux et je les suivis. Cathy et Dastan sortaient aussi de leur session. Nous nous retrouvâmes tous les cinq dans le salon.

Apparemment, l'adresse fournie par mon père était protégée et isolée par un système élaboré et pratiquement inviolable, ce qui était très rare. Je constatai à ses pupilles dilatées que Lola était particulièrement excitée par cette nouvelle situation. C'est d'ailleurs elle qui prenait les choses en main, désormais :

« Si tu veux qu'on t'aide, il faut nous expliquer un peu mieux ce qui se passe, OK ? Déjà, ton père, c'est qui ? »

Je pris une longue inspiration. En gros, elle me demandait de leur raconter l'histoire de mes origines, ce qui n'était pas une chose évidente. Pourtant, je sentais bien qu'il fallait y passer et puis je leur devais bien ça, même si je redoutais qu'ils renoncent à m'aider.

Je leur expliquai donc les évènements qui avaient précédé la fondation de la communauté : l'engagement de mes parents dans la lutte armée contre le régime de Cartocci ; l'amnistie dont ils avaient bénéficié après sa chute ; la création de Nova Gaïa par Mère et quelques autres en 2069, juste avant ma naissance ; la séparation. Mon père, Narèk Margossian, n'était pas d'accord avec l'isolement. Pour lui, l'émancipation du vivant ne pourrait se faire qu'en continuant le combat à l'intérieur de Babylone, pas en se tenant à ses marges. Alors il était parti, et il n'était depuis retourné qu'une fois à Nova Gaïa, pour laisser cette adresse et faire ses adieux. Je ne gardais de lui que le souvenir très précis de son visage maigre et bronzé qui me souriait ; rien de plus.

« Et donc, tu as quitté la communauté pour retrouver ton père, c'est ça ?

— Non, je l'ai quittée à cause des mouches !

— Des mouches !? »

J'attrapai mon sac et sortis la fiole que m'avait donnée Pieter. À l'intérieur, l'insecte se cognait inlassablement contre les parois.

« Cela fait un mois et demi qu'elle est là-dedans ; la communauté en est infestée. Je suis sorti pour obtenir des informations, savoir ce qu'elles étaient et d'où elles venaient. »

Alors qu'ils avaient été subjugués par l'histoire de mes parents, la vision du diptère les laissa de marbre. Cathy affirma :

« Muscoïde.

— Pardon ?

– C'est un muscoïde : une mouche artificielle, de la même façon qu'il existe des catoïdes, des canoïdes et des humanoïdes. Ça, c'est un muscoïde. Tu as ta réponse, c'est bon, tu peux rentrer dans ton village. »

Ils éclatèrent tous de rire. Personnellement, je me contentai d'un sourire.

« Et ils servent à quoi, ces machins ? »

Filippo expliqua :

« Ce n'est pas si drôle que ça, en fait. Ils ont été conçus pour l'espionnage de guerre. La stabilité de l'image transmise est formée par la synthèse d'informations des facettes de l'œil d'un spécimen, combinée aux visions des autres mouches de la cohorte, ce qui donne une diffusion artificielle d'une grande netteté. Ce sont des robots très discrets car ils adoptent le comportement des mouches naturelles, donc en zone de conflit, quand la cible n'est pas au courant, elle n'y fait absolument pas attention. Aujourd'hui, comme tout le monde les connaît, ils sont peu utilisés.

– Tout le monde les connaît, sauf nous. »

Je prononçai ces mots avec amertume, honteux de notre ignorance. Nous étions donc les plus idiots de tous les humains sur cette planète ?

« Mais qui les envoie ? Pourquoi on nous espionne ? »

Philippo secoua la tête :

« Là, on n'a pas la réponse, par contre. Désolés. »

Quelques secondes après, Lola reprit la parole :

« Ça nous fait deux mystères à résoudre, ça ! Un : Où est ton père ? Deux : Qui envoie les mouches ? On commence par lequel ? »

Apparemment, pour elle, il n'était plus du tout question de me balancer, mais plutôt de se lancer dans un jeu de pistes amusant. Je répondis :

« Peut-être que je devrais me rendre physiquement à l'adresse. Comme ça, mon père pourrait m'aider. »

J'ai cru que Lola allait me mettre deux claques, tellement elle avait l'air en colère :

« Mais tu comprends vraiment rien, toi, hein ? Écoute-moi bien, gars ! Le temps que tu sortes d'ici, que tu te dessèches à moitié sur la route de Bologne, que tu trouves l'adresse d'une espèce de squat dont tu ne sais rien et que tu te rendes compte qu'en fait, ton père est parti depuis une dizaine d'années, moi, ça fera déjà trois jours que j'aurai résolu ton affaire, OK ? Alors arrête de pleurnicher en cherchant ton papa, parce que moi, je te la démonte en deux-deux, ton enquête ! »

Elle avait dit tout ça d'un trait, sans respirer et je voyais ses parents qui se regardaient comme pour se dire : « Et c'est parti ! Lola pète un câble ! »

J'ai bien compris qu'il valait mieux que je n'insiste pas trop, alors je lui ai donné les infos qu'elle voulait sur mon père et sur Nova Gaïa. Elle a filé directement dans la salle de rézo. J'allais la suivre, mais sa mère m'a retenu :

« Laisse-la faire et viens manger un morceau. Ne t'inquiète pas : notre fille, elle est vraiment forte, en rézo. Dans les concours, les jeux d'échecs et tous ces trucs où il faut se servir de son cerveau, elle gagne à tous les coups. En fait, maintenant qu'elle est de ton côté, tu as la meilleure alliée du monde. »

Les deux parents rayonnaient, tout fiers de leur progéniture. C'étaient vraiment des gens chouettes. Je réalisais petit à petit la chance que j'avais eue, de tomber sur des Babyloniens aussi bien disposés.

En revanche, leur bouffe était immonde. Ou plutôt non, pas vraiment immonde, mais elle ne ressemblait à rien, comme s'il n'y avait pas eu d'ingrédients à l'intérieur. Heureusement, d'ailleurs ! Ils m'ont expliqué ensuite que c'était un mélange de céréales (vous vous souvenez du champ de sorgho ?) et de matière organique recyclée. De la merde en barre ! Littéralement ! J'ai failli vomir, mais je me suis retenu, par bonheur. Si ça se trouve, ils en auraient fait un gâteau !

Pendant que leur fille essayait de résoudre mon affaire, Filippo et Cathy m'expliquèrent le fonctionnement du rézo. Il reposait sur un système de « vecteurs » qui quadrillait l'espace public et privé. Ces vecteurs jouaient à la fois un rôle de récepteurs, recueillant les informations environnantes, et de diffuseurs, transmettant ces mêmes informations aux rézoteurs qui s'y connectaient. Les vecteurs fixes, qu'on trouvait dans la rue et dans les maisons, émettaient en permanence, mais dans les espaces privés, il fallait l'autorisation du propriétaire pour accéder au contenu. Les vecteurs portables, eux, reposaient sur le même principe que les fixes, mais ils n'étaient pas assignés à un emplacement particulier. Ils proposaient un contenu précis pour un public volontaire, lorsque leur propriétaire le décidait : c'était notamment le cas de la cellule ronde que transportait Dastan un peu partout dans la maison, et probablement aussi des muscoïdes de Nova Gaïa.

Cette conversation était très instructive pour moi, mais nous ressentions tous, à présent, le besoin de dormir. Le petit s'était déjà effondré sur le sofa et son père l'avait porté jusque dans son lit. Sans avoir revu Lola, nous allâmes nous coucher.

IV

Le lendemain, je me levai très tôt, comme toujours. La maison était encore silencieuse quand j'arrivai dans le salon. Lola était assise. Elle buvait un liquide noir et, à ses cernes, je devinai qu'elle n'avait pas dormi. Elle me demanda : « café ? ». Je n'en avais jamais bu, mais j'acceptai tout de même. Après me l'avoir servi, elle me lança :

« J'ai deux nouvelles : une bonne et une mauvaise.

J'attendais.

« Je commence par la mauvaise, comme ça s'est fait. Impossible de retrouver ton père. J'ai exploré les registres médicaux, policiers, et même celui des décès... Il n'apparaît nulle part après 2075. C'est comme s'il s'était volatilisé. Désolée. »

J'encaissai le choc. Ces derniers jours, je m'étais fait à l'idée que j'allais revoir mon père ; qu'une pièce perdue de mon puzzle personnel allait m'être restituée après tant d'années ; mais cette perspective s'évanouissait à nouveau, au moment même où elle prenait consistance.

« Et maintenant, la bonne. J'ai retrouvé tes mouches ! »

 Un sourire de fierté s'esquissait sur son visage tiré.

« Tu vas halluciner. En fait, vous êtes des stars, tu sais ! "The Uncivilized", vous vous appelez. Tu connais l'anglais ? Ça veut plus ou moins dire "les sauvages", ou "les barbares", "les rustres". Bref, des trucs pas très flatteurs, tu vois ? Vous vous classez en sixième place des séries ethnozoologiques en Amérique du Nord, juste après les derniers bonobos d'Afrique centrale. »

Je ne réagis pas vraiment. Qu'est-ce que tout cela voulait dire ? Elle reprit en voyant mon regard perplexe :

« Le programme est produit par "Exoethics", une boite spécialisée dans ce genre de séries. Ils ont dû vous repérer par satellite, puis envoyer les mouchards. Ça fait six mois que la série existe. Vous pouvez être vus par n'importe qui, en direct ou en podcast. »

Six mois ! Mais ils avaient le droit de faire ça ? Je posai la question à Lola, qui me répondit :

« Je sais pas trop. La théorie, c'est qu'on peut pas rézoter quelqu'un sans son accord, sauf s'il est dans l'espace public. Du coup, il faudrait savoir si Nova Gaïa est considéré comme un espace public ou privé.

– C'est chez nous. Personne ne peut le nier. C'est nous qui y vivons. »

Léger ricanement de Lola :

« Ouais, mais ça, devant un tribunal, ça pèse pas bien lourd, tu vois. En plus, je crois que tous les habitants de la réserve ont été expropriés, donc même si vous aviez un titre de propriété avant, peut-être que maintenant il vaut plus rien du tout.

– Mais alors qu'est-ce qu'on peut faire ? »

J'étais désemparé. Le village m'apparaissait comme un îlot perdu au milieu de l'océan, susceptible d'être immergé à tout instant par la montée des eaux. Lola me regardait avec compassion :

« Honnêtement, ça va pas être facile, de se débarrasser des mouches. Je vois pas beaucoup d'options. La première, c'est d'apporter l'affaire à un avocat, mais je crois que vous avez peu de chances de gagner, parce que face à vous, vous avez une entreprise qui a les moyens, et c'est toujours les entreprises qui gagnent, dans les tribunaux. La deuxième serait d'éliminer les muscoïdes sur place, mais vu le succès de la série, à mon avis, même si vous y parvenez, ils vous en enverront d'autres. Vous ne vous en sortirez pas. Sinon, il doit être possible de pirater leur rézo...

– Je devine déjà qu'il y a un « mais »

– Ouais. Le *mais*, c'est que c'est hyper complexe, et que vous avez même pas l'électricité, là-haut. Donc comment vous feriez pour mener une cyberguerre dans ces conditions ?

– Bref, en fait, on n'a pas beaucoup d'options.

– Il en reste une dernière, mais je suppose qu'elle va pas te plaire. À vrai dire, elle me plaît pas non plus.

– Dis toujours.

– Ne rien faire. Protéger seulement vos aliments des nuisibles, et accepter d'être des bêtes curieuses dans un zoo humain. »

Je ricanai à mon tour :

« Tu plaisantes, j'espère ? »

Elle haussa les épaules :

« Tu sais qu'il y a beaucoup de gens qui le font de leur plein gré ? Ils se font rézoter toute la journée, tous les jours, et tout le monde peut voir ce qu'ils font en permanence. »

Quelle société de fous ! Les zombies n'avaient donc aucune limite ?

« C'est à cause d'absurdités comme ça que mes parents ont quitté Babylone. »

Ma réflexion lui fit hocher la tête. Après quelques secondes de réflexion, elle reprit :

« Ah au fait ! Je t'ai pas encore dit l'autre truc qui craint ! Apparemment, les mouches sont géolocalisables. »

Pas de réaction de ma part. Ça faisait beaucoup de mots nouveaux, pour le matin.

« Ça veut dire qu'on peut savoir où elles se situent à n'importe quel moment. Et vu que tu as eu la bonne idée d'en prendre une dans ton sac, Exoethics sait exactement où tu es. J'imagine que ça ne te fait pas trop plaisir. D'ailleurs, à nous aussi, ça pourrait nous créer des problèmes. Il faudrait qu'on aille l'éclater à l'autre bout de la ville, pour brouiller les pistes. »

C'était tout de même fou, ce changement d'attitude, par rapport à la veille ! Comme si m'aider était devenu une mission prioritaire et qu'il n'avait de toute façon jamais été question de me dénoncer.

« Oui, c'est sûrement mieux, lui répondis-je.

– Allez ! Prends ton sac ! Je te fais découvrir Girasole. »

Je suivis Lola dans une pièce attenante au salon. Elle donna deux ordres. Deux plateformes, d'un mètre carré chacune, se déplacèrent, à vingt centimètres du sol, jusqu'au milieu de la pièce ; une porte coulissa pour donner accès à l'extérieur. Lola monta sur l'une des plateformes et me désigna l'autre.

« On va y aller en flottant. Ce serait plus rapide en faster, mais l'accès est contrôlé par les IA ; il faut une identification. Du coup, tu vas prendre le floater de papa. T'en as déjà fait ?

– Non.

– C'est tout simple. Une fois que tu es dessus, tes pieds sont magnétisés, donc de toute façon, tu ne peux pas tomber. Ce bouton à ta droite, c'est pour démagnétiser, quand tu es à l'arrêt. Après, tu te diriges avec le joystick. Tu vas voir, c'est très intuitif. »

Je me laissai guider. Effectivement, le véhicule donnait une grande impression de stabilité. Nous sortîmes donc de la maison et je découvris enfin la ville, que je n'avais pour l'instant qu'entr'aperçue.

Le quartier était constitué de petites maisons cubiques, collées les unes aux autres. Lola m'expliquait à mesure :

« Ce que tu vois, à ta droite, c'est le terminal par lequel tu es arrivé. Et là, c'est l'une des centrales de redistribution d'énergie. En fait, le dôme est un panneau solaire divisé en vingt-quatre sections, qui sont rattachées à des batteries alimentant les différents quartiers. En longeant la paroi, on trouve aussi le centre de retraitement de l'eau, qui utilise la condensation de l'intérieur et la pluie de l'extérieur.

– La ville est autonome sans source ?

– Pas tout à fait. Une conduite forcée sous terre fait le complément, mais l'impact est réduit au maximum. »

J'étais impressionné. Il fallait bien admettre qu'arriver à fournir un tel degré de confort à une population aussi importante relevait de l'exploit. Encore mieux si les nuisances sur l'environnement étaient limitées !

« Allez ! C'est bien joli, l'industrie, mais c'est pas le plus sexy. Suis-moi. »

Nous nous enfonçâmes dans le cœur de la cité et je remarquai assez vite que les immeubles s'élevaient en se rapprochant du centre, comme s'ils suivaient la courbe du dôme. Après quelques centaines de mètres, les hauteurs devenaient vertigineuses.

« On monte ! »

Comme Lola, je tirai sur le joystick et nous nous élevâmes rapidement. Je pris peur quand je jetai un coup d'œil une cinquantaine de mètres plus bas. Lola s'en aperçut et me rassura :

« T'inquiète pas ! Tu peux pas tomber ! »

Je m'amusai énormément, malgré le vertige. Voler ! Quelle folie ! Je ne pouvais rapprocher ce type de sensations que de mes rêves les plus jouissifs. D'ailleurs, un instant, ma conscience eut cette hésitation. Tout cela était-il bien réel ? N'étais-je pas tout simplement dans un songe, une illusion ? Je remarquai en m'élevant que la ville était constituée de paliers, et que dans les constructions les plus imposantes se nichaient des placettes et des jardins. Même si ce n'était pas ce qui m'avait le plus surpris au premier abord, je réalisai assez vite que les rues, les parcs, les places étaient quasiment déserts. Seuls quelques robots voletaient de-ci de-là.

Je m'en étonnai auprès de Lola, qui se contenta de dire :

« Il est tôt. Les gens ne sortent pas encore se promener. Ils dorment. »

Se promener ? Mais ces gens ne travaillaient donc jamais ?

« Travailler ? Non, c'est très rare. Il n'y en a pas vraiment besoin, en fait. Vu que les machines font tout le boulot... »

Je ne savais plus quoi penser. Cet endroit était-il l'enfer ou le paradis ?

Nous nous élevâmes encore, pour arriver au sommet d'une tour, en plein centre de la cité. Au-dessus de nous, la paroi laissait filtrer une lumière diffuse et grise. La tiédeur ambiante demeurait la même, en ce début de matinée comme au milieu de la nuit précédente, à cette hauteur comme dans la maison de mes hôtes. Nous descendîmes des floaters et nous nous assîmes en silence. Notre regard embrassait désormais la ville, dont la limite circulaire se dessinait tout autour de nous. Lola brisa le silence :

« Tu sors la mouche ?

Je lui obéis. L'objet continuait à se heurter aux parois de verre, inlassablement. Lola ôta le bouchon et au moment où la mouche sortit : PAF ! Mes deux mains la percutèrent. Elle gisait maintenant au sol. Aussi simple que ça ! Je souris :

« C'est dommage qu'on ne puisse pas faire ça avec toutes !

– Ouais, c'est sûr. «

Elle resta un instant silencieuse, puis elle me demanda :

« Et alors ? Qu'est-ce que tu vas faire ? »

Je profitai de l'occasion pour y réfléchir enfin sérieusement. Lola avait une tendance à penser très vite ; à concevoir des solutions à l'instant même où les problèmes apparaissaient. Mais chacune des issues qu'elle envisageait était accompagnée de difficultés supplémentaires ; elle manquait de vision globale. Je fermai les yeux et pris une longue inspiration, comme Georgio m'avait appris, puis je segmentai les possibilités dans ma tête, à la manière de Pieter. Petit à petit, les différents chemins potentiels m'apparaissaient distinctement. Tout n'était en fait qu'une question de choix et de conséquences.

La dernière option qu'avait proposée Lola chez elle – ne rien faire – n'était en réalité pas si absurde, mais elle requérait beaucoup de patience et de détachement. Il s'agissait de parier sur le besoin de nouveauté permanente de Babylone. Les voyeurs finiraient sûrement par se lasser ; le programme deviendrait un jour non rentable et cesserait de lui-même, n'ayant pas de prise sur notre propre temporalité. En même temps, cette approche « bouddhiste » constituait un pari risqué. Nous ne savions pas si les concepteurs de la série ne trouveraient pas un moyen vicieux et inattendu de relancer l'attractivité de notre communauté. Nous étions susceptibles de servir de cobayes, et puis en attendant, il faudrait accepter cette intrusion dans nos vies ;

cela signifiait que nous n'accordions strictement aucune importance aux regards portés sur nous.

La lutte contre les mouches elles-mêmes était aussi une option envisageable. Lola ne savait pas à quel point Pieter pouvait être inventif face à ce genre de problèmes. D'ailleurs, j'étais persuadé qu'il devait déjà être en train de nous concocter un petit sortilège d'alchimiste dont il avait le secret, notre druide !

Mais si tout cela ne suffisait pas, alors oui, il faudrait partir en guerre, autant que ce mot pût nous répugner. J'avais en mémoire la figure du rakshasa aperçue à Bologne. Narèk en était-il l'auteur ? Je savais que cette hypothèse était perturbée par l'image − forcément erronée − que je me faisais de mon père et de l'envie que j'avais de le faire entrer dans ma propre histoire. Mais enfin, si les habitants de cet immeuble étaient capables de repousser les vecteurs, alors ils pourraient peut-être nous aider !

Ces différentes stratégies commençaient à se dessiner un peu plus clairement, avec chacune leur lot d'inconnu et d'hypothèses invérifiables. Quant à ce qu'il convenait de faire pour moi !? Mon instinct me poussait à l'aventure : je voulais continuer mon voyage, découvrir le monde, aller voir mon père, tout résoudre là, maintenant, tout de suite, tout seul ! Néanmoins − je ne sais si c'était de la sagesse ou de la frilosité − ma conscience me dictait exactement le contraire de mon instinct. Je savais bien que le chemin que je choisirais de suivre n'engagerait pas que moi. Je n'avais pas qu'un muscoïde dans mon sac ; j'avais tous les grigris de la tribu. Or, la solution résidait probablement dans une synthèse de toutes les possibilités d'action, plus que dans une échappée solitaire inconsciente. Aussi, je rouvris les yeux et répondis :

« Retourner à Nova Gaïa ; en discuter avec les autres. »

Elle haussa les sourcils :

« Quoi ? Et c'est tout ? Tu veux dire que tu viens juste de sortir de ton village pour la première fois de ta vie, tu te retrouves dans un scénario de thriller de malade et toi, tu vas juste retourner chez maman comme ça, trois jours après, la queue entre les jambes ? Tu me déçois ! »

Je me raidis, un peu vexé :

« Je ne rentre pas la queue entre les jambes ; je vais faire un rapport de mission. Mon but était de prendre des informations sur les mouches. J'en ai obtenu, grâce à toi, et je t'en remercie. Si cette tâche a été menée à bien aussi vite, alors tant mieux ! »

Lola n'était pas convaincue. Elle enfonça le clou :

« Franchement, je trouve ça vraiment petit. Tu as jeté un œil, autour de toi ? La ville, la technologie, le rézo ! Et il y a encore plein de trucs de barjot que tu ignores ! Si tu restes un peu, je vais te faire voir la vraie vie, moi ! Drogues virtuelles, transport multidimensionnel : le grand jeu ! Ici, tu peux te déplacer virtuellement sur toutes les planètes du système solaire, tu saisis ! Tu peux avoir le son du roulis des vagues de l'océan Pacifique et le parfum des mangues de Goa, en te baladant, un cocktail aux lèvres, sur l'Elysium Planeta, à 76 millions de kilomètres d'ici ! T'imagines ? »

Je voyais bien que si elle s'énervait contre moi, en fait, c'est parce qu'elle avait envie que je reste. Quelque part, c'était touchant de se faire engueuler de cette manière. J'ai essayé de la rassurer :

« Je comprends ce que tu me dis, et si tu veux savoir, j'aurais vraiment envie d'explorer Babylone, et de résoudre toute l'affaire moi-même, mais ce n'est pas possible. Il y a des gens qui comptent sur moi, qui attendent de savoir à quelle sauce ils se font manger. Je dois rentrer leur dire ce que je sais. Éliminer les mouches, démonter tout ce système qui nous opprime, c'est une nécessité, je suis d'accord avec toi. Mais c'est justement pour ça que je ne peux pas faire passer mon ego avant ma mission. Le repérage est fait et avant de repartir au combat, je dois rentrer à la base. Tu comprends ? »

Elle hocha la tête silencieusement, le regard un peu dans le vide :

« OK, je vois. Je trouve ça vraiment dommage, mais j'imagine que tu n'as pas le choix. »

Nous rentrâmes chez ses parents, qui étaient un peu inquiets parce qu'elle ne les avait pas prévenus qu'elle partait. Après une petite discussion familiale, elle m'annonça :

« Je suis claquée ! Il faut que j'aille me coucher ! Pendant ce temps, tu peux aller regarder ta tribu.

Elle m'entraîna dans la salle de rézo.

« Le programme est installé. Il te suffit de mettre la cagoule et naviguer. Pour entrer dans une image, tu la touches du doigt ; pour en sortir, tu tapes dans tes mains. J'ai mis en langue originale ; sinon, par défaut, vous parliez tous américain. »

Cagoule. Une salle sans mur avec des images flottantes dans l'air. Deux mots flottent au milieu du champ de vision, quelle que soit la direction où je tourne la tête : « The Uncivilized ».

L'image centrale s'appelait « vue générale ». Je la touchai du doigt. Il y avait d'abord une vue des montagnes, depuis le hameau. Là-haut, le soleil n'était pas encore sorti de derrière le massif. La ligne de crête se profilait par contraste avec l'aube, qui teintait le ciel de sa couleur rose bleutée. On entendait le chant d'un merle mais, curieusement, le bourdonnement des mouches était comme annihilé. Après quelques secondes, une autre image : Georgio, près de l'étang, faisait des mouvements de Tai Chi. Je ne pus m'empêcher d'admirer la grâce qui se dégageait de cet instant. Le point de vue changea de nouveau : nous étions maintenant dans une bergerie, avec les moutons qui s'éveillaient. Je tapai dans mes mains.

C'était absolument fascinant, comme si les mouches racontaient le quotidien de notre communauté de manière extrêmement détaillée, à la fois de l'intérieur et de l'extérieur. Je me tournai vers les autres images de la section « En direct ». Elles étaient pourvues de légendes telles que « Sergio », « Mère », « moutons », « montagnes ». J'explorai la plupart d'entre elles, satisfaisant ma curiosité sur chacune des personnes qui m'étaient pourtant si chères.

J'ai vu, comme tous les matins, ma mère allumer un feu dans la cuisinière pour faire chauffer de l'eau, puis parler avec Astrid de la météo du jour et des tâches à accomplir. J'ai vu Piedrick sortir de chez lui en bâillant, se gratter l'entre-jambes avant d'aller uriner à même pas dix mètres de sa porte. J'ai vu Iban, qui est pourtant si à cheval sur les principes durant les conseils communautaires, sortir d'un coffre une vieille console de jeux solaire – une machine ! – et s'y plonger avec délectation avant même de prendre son petit déjeuner. J'ai vu Sergio et Lisa se réveiller mais ne pas sortir du lit, et je sais que je n'aurais pas dû regarder, mais je me suis tout de même rincé l'œil jusqu'au bout. Et j'avoue aussi, à ma grande honte, avoir vu Wiennen ôter ses vêtements de nuit pour prendre une douche ; j'ai contemplé son corps sous l'eau pendant tout ce temps et je ne pouvais détacher mon regard d'elle, comme un putain de pervers. Rien que le souvenir de cette image me remplit encore d'un malaise terrible, parce que j'ai l'impression d'avoir violé son intimité, sans son consentement, et c'est ce que j'ai fait, en réalité ! Et puis je me suis rappelé que je n'étais pas le seul à regarder, qu'ils étaient des milliers, peut-être des millions à nous mater. Cette pensée vertigineuse m'a rempli d'une colère sourde, inexprimable. Je me suis souvenu, au milieu de ce flot d'images, de toutes les fois où j'avais mal agi, menti, vagabondé dans la montagne alors que j'étais censé bosser ; volé un bout de dessert dans l'assiette de ma sœur ; torturé et tué des insectes sans raison ; de toutes les fois où je m'étais masturbé en cachette. Qui n'a rien à se reprocher ?

Un son électronique me tira de ma contemplation. Un message s'inscrivit en rouge dans les airs : « Alerte ! On a retrouvé Ashot ! ». Pris de panique, j'approchai le doigt. On me voyait de face, assis, avec une cagoule sur la tête. Immédiatement, je l'enlevai.

Devant moi, un sourire innocent aux lèvres se tenait Dastan, avec son vecteur portable dans les mains. Je me suis levé, me suis penché vers l'appareil, et j'ai articulé, le plus clairement possible :

« YOU ARE THE UNCIVILIZED »

Remerciements

Ce livre n'aurait pas pu voir le jour sans l'aide chaleureuse et amicale de Catherine Dufour et Sabrina Calvo.

Avertissement final

Désincarcérer le futur, *Zanzibar*, *Zanzimooc* et <u>tous</u> les mots commençant par Z sont la propriété exclusive du groupe Z-Anon. Utilisez-les à vos risques et périls, on vous voit !